魅丽文化 天下同萌

良辰未迟

瑶台卷

3

Bailu
ChengShuang

白鹭成双 著

江苏凤凰文艺出版社
JIANGSU PHOENIX LITERATURE AND ART PUBLISHING

图书在版编目（CIP）数据

良辰未迟．3，瑶台卷 / 白鹭成双著．-- 南京：江苏凤凰文艺出版社，2020.8
ISBN 978-7-5594-4632-9

Ⅰ．①良… Ⅱ．①白… Ⅲ．①长篇小说－中国－当代
Ⅳ．① I247.5

中国版本图书馆 CIP 数据核字 (2020) 第 036190 号

良辰未迟．3，瑶台卷

白鹭成双 著

责任编辑　张　倩
特约编辑　江秀英杰
装帧设计　summer
出版发行　江苏凤凰文艺出版社
　　　　　南京市中央路 165 号，邮编：210009
网　　址　http://www.jswenyi.com
印　　刷　湖南天闻新华印务有限公司
开　　本　880mm × 1230mm　1/32
印　　张　10
字　　数　246 千字
版　　次　2020 年 8 月第 1 版
印　　次　2020 年 8 月第 1 次印刷
书　　号　ISBN 978-7-5594-4632-9
定　　价　38.60 元

CONTENTS

目录

CONTENTS

目 录

第一章 对峙

这一场仗打得血流成河，长念站在城楼上，眼看着敌军三次靠近城门又退去，眉头紧锁。

她一向只是纸上谈兵，上回埋伏得当不过是运气好，当真面对如此悬殊的兵力，她很清楚，这城早晚会被破，守不住的。

侧头看过去，叶将白那一抹突兀的颜色仍在，他施施然地骑在马上，踏过残肢鲜血，勾唇看着硝烟和血雾。

他没出城时，太子是没有这等兵力的。长念推测，叶将白恐怕是暗藏了兵力，就为了今日之战。

那么，要解决这一场危机，她得先解决叶将白。

长念将手放在墙垛上，却被下头射上来的羽箭堪堪擦过，火辣辣地疼起来。她皱眉收回手，招来黄宁忠，吩咐了几句。

叶将白出城的时候只带了随侍和姚氏，秦大成尚在城中。于是，傍晚停战休整的时候，秦大成独自出城，去见叶将白。

“师父是被当成说客派来的吗？”叶将白给他倒了杯茶。

秦大成叹息：“他们知道我来此处定能安然回去，所以让我来知会国公一声，叶家上下两百余口人，已经悉数被关进死牢。”

叶将白一顿，微微眯眼：“七殿下长本事了。”

“眼看京都将破，七殿下已经被逼至绝路。”秦大成抿唇，看了面前这人一眼，“国公当真打算帮着太子拿下皇位？”

叶将白浅笑不语，手里握着个挂件，轻轻摩挲。

秦大成知道他是不会答了，无声地叹了口气，而后起身：“草民的家眷还在京都，必须回去。”

“师父保重。”叶将白看着他往外走，身子未动，脸上依旧带笑。

当秦大成走到门口时，叶将白终于抿唇开口：“师父。”

秦大成一只手掀着帘子，闻声回头，不解地看着他。

他那一向不可一世的徒儿，眼下静静地坐在茶垫上，头半垂，睫毛微颤，像是平静了一会儿，才轻声问：“七殿下肚子里的孩子……是没了吧？”

秦大成心里一慌，匆忙别开视线：“没……自然是没了。”

叶将白“嗯”了一声，修长的手指摆弄着茶具，低声道：“她能捡回一条命，就是积德了。”

秦大成忍不住转身问：“国公很担心殿下？”

“没。”叶将白板着脸，“我担心她做什么？只是多少与我脱不了干系，问一句也是应当。”

秦大成沉默，他想，要是有一天国公发现那是一个骗局，是会把七殿下清蒸，还是红烧呢？

打了个寒战，秦大成闷头继续往外走。

这一场仗虽然没能打开京都大门，但也快了。叶将白亲上战场，得了不少赞誉，也开始参与军机部署。太子麾下几位大将一向敬重他，此回共事不过几天，更是跟中了迷药似的对他言听计从。

赵抚宁一开始是没想过叶将白会来投奔他的，但人家不仅来了，还把未婚妻押在他这儿，摆明了是对他忠心耿耿。赵抚宁觉得，就让他出力也好，这人反正是孤身一人来的，还能翻天不成？

眼下形势大好，赵抚宁心情也好了，回到营帐的时候看见香慈将他的里衣叠得好好的放在床榻上，心里更是止不住地高兴。

“让我看看你的手。”他过去拉着她，心疼地道，“往后这种粗活就让别人去做，就算天气暖和，河水也有些刺骨，你身子弱，万一感染风寒就不好了。”

香慈没看他，把叠好的里衣拿起来，放在他手里。

“我这就穿！”赵抚宁喜上眉梢，当着美人的面就开始脱衣裳。

香慈脸上毫无波澜，只轻轻垂下眼，侍候他换好了里衣，又去倒了杯茶来，看着他喝下去。

“你今日……怎的对我这般好？”赵抚宁有些受宠若惊，“是想通了？”

香慈不答，美目安静地盯着他的衣襟，像是在走神。

当天晚上，赵抚宁感染了风寒，脸色有些难看，半靠在软榻上咳嗽不止。

香慈端着药在旁边伺候，因着副将之死，没人敢去管她，也没人敢说半句不是，所有亲卫都在帐篷外头守着。

赵抚宁一边喝药一边笑：“你越来越关心我了，还会给我熬药。”

面前的人是不会应答他的，他就自顾自地继续说：“慈儿你是不知道，初次湖上相见，你笑得有多美。全天下的花加在一起，也不如你好看。只可惜，我好久都没见你笑了。你是不是还在生气？那等你消气了，再笑给我看看好不好？”

香慈听着，轻轻点了点头。

赵抚宁大喜，想说话，结果又是一串咳嗽。

娇生惯养的太子在军营里生了病不是什么稀奇事，谁都没有太在意。香慈端着水盆从主帐出去，后面只远远跟了两个卫兵。

她去河边倒了水，然后蹲下来，望着粼粼的河面。

“你可想好了？”有人开口，声音低沉悦耳。

香慈一愣，下意识地回头，就见卫兵不知何时被遣走了，传闻里手段狠厉的辅国公眼下正站在她身侧，笑意盈盈。

“想好了。”香慈开口，嗓子有些哑，“从一开始，我就想好了。”

“可是我听人说，太子待你极好。”叶将白勾唇，“不心动吗？”

香慈起身，环佩清响，面容如玉。

“妾一直以为，这世上总有命中注定的姻缘，但大多数人没能遇见，故而姻缘周折，常能以他人相替。”她道，“但也有那么些人，是遇见了的。”

“一旦遇见，你就会知道，这全天下有的是好男人又如何？旁人待你千般好万般贵又如何？抵不得的。”她双眸含泪，认真地摇头，“怎么样都抵不得。”

叶将白一怔。

他其实只是来确定明日不会出什么意外，却没想到被她说得心头触动，手不自觉就握紧了。

“抵不得吗？”他眼里隐隐有戾气，“若是那人伤你骗你，与你不共戴天，你难不成也忘不得她？”

香慈哪里知他在说谁，只当他是不信，抿唇道：“您若有幸遇见，试试不就知道答案了？”

叶将白皱眉。

每每午夜梦回，看见的都是同一个人，答案是什么，他显然已经知道，但不想认，无论如何都不想认。

“明日我会让人接应你。”他转身道，“届时，你看见信物跟人走就是。”

“好。”香慈点头，端起木盆往营里去。

叶将白一路沉着脸回到自己的营帐，坐下闷了许久才想起来，他好像忘记说信物是什么了，香慈也没问。

他皱了皱眉，心想，明日让良策亲自去接应好了。

太子大病的第二日，城外大军又开始攻城。长念连城楼都已经上不得，被北堂缪捆着送回了皇宫。

“放开我！”赵长念急了，“我不在，城门只会更快失守！”

“您在，城门也会失守。”北堂缪面容沉静，“不能冒险。”

长念咬唇，千般万般的不甘心，手紧紧攥着衣袖。

等北堂缪转头去带人守城的时候，她起身，带人去了叶宅。

自从上回找到这地方之后，长念就一直让人严加把守，叶家上下两百余口人，无一人离开此处。眼下东城门将破，她又让人传了话，叶将白一定会派人来这里。

只是，什么时候才来呢？长念深深地皱眉。

“咚”的一声闷响，东城门应声而开，敌军声势浩大地鱼贯而入，北堂缪早早部署好了巷战，新一轮的厮杀开始了。就在东城门被破后不到半个时辰，太子赵抚宁让人抬着先皇棺椁进了京都，直抵皇宫。

“殿下！”

长念正在叶宅门口发呆，就见冯静贤脸色惨白地跑过来，一见她就跪了下去。

“怎么了？”长念连忙去扶他，“城被破了是吗？你用不着这么慌张，先起来。”

冯静贤跪着不敢动，老泪纵横：“殿下，先皇棺椁……到宫外了。”

长念一震。

有先皇棺椁开路，谁敢再动手，便是忤逆——赵抚宁就是为了这个，才替父皇下什么罪己诏，甚至不惜将皇陵都掘开。

长念气得浑身发抖，咬牙道："随我走，去宫门！"

"殿下，那边敌军甚多……"冯静贤很想劝，但一看赵长念的眼神，硬生生将后半句话咽了回去。

虽然身边兵力不过两百，长念却毫不畏惧，活像身后跟着两万人，他们在巷口遇见一支敌军，还打了起来，结束战斗复又继续往前。

叶家那宅子在深巷里，要拐好几道弯，过好几个巷口。长念匆匆地走着，眼瞧着要走出巷子了，却听得一声玉石相击的清脆之音。

她一顿，停下了步子。

很久以前赵长念送过叶将白一个白玉挂件，是用她当时的全部家当买的，叶将白一气之下将那东西摔断了。后来两人和好，叶将白不声不响地又将那断了的白玉挂件做成了两个精巧的玉铃挂在腰间，走到哪儿都能听见那悦耳的声音。

长念抬头，果然看见叶将白站在外头，锦衣华服，眉目慵懒。

"好巧啊。"他说，"殿下竟也在这儿。"

冯静贤一凛，立马后退两步，低声吩咐准备护驾。长念倒是丝毫不怯，身板站得笔直，正视着他，开口道："国公早知我会在此，何必说这些客套话。"

叶将白微微眯眼。

是啊，他一早就知道她会在这儿等着，所以一进城便迫不及待地往这边来了，就想看看她狼狈不已的样子，好让他解气。

但……当真见着人，他发现自己心里也没好受到哪里去。

赵长念是个女儿家，被迫在这乱世里立足，恐怕已经很久没睡好觉了，眼下乌青，脸色苍白，站在他面前跟个纸糊的一样，随便来阵风就能吹跑了。

叶将白的脸色有点黑。

双方对峙，叶将白带着的人显然多多了，两边若是动手，怎么都是长念这边吃亏，毕竟她还留了人把守叶宅。

“动手吗？”长念开口道，“国公若不动手，那我可就走了。”

站在叶将白身后的副将心想，这位七殿下是不是脑子坏了？国公专程来抓人，怎么可能不动手？还能就这么轻松地让他走？

“你走。”叶将白开口。

副将：“……”

像是一早就料到了一样，长念冷笑一声，朝身后的人挥手：“继续往前，去宫门。”

冯静贤瞠目结舌，一边带着人往外走，一边侧头看过去，只见七殿下也转身，与他们一同离开。

然而，七殿下像是有些走神，脚下踢到不平的石板上，人就是一个趔趄。

护卫刚刚伸手，旁边却有人动作更快，立马将她扶稳，又飞快地收回手，还嗤笑一声：“就这样的身子，也妄图与一群大男人斗？”

长念羞愤地咬唇，捏紧了拳头，一言不发地走了。

“国公！”副将实在不解，“抓着七殿下，咱们就能掌控大局了啊，如何能放走？”

叶将白没好气地指了指巷子里，道：“我一家老小的性命都在她手里，抓着她，你给我赔命？”

副将一顿，觉得叶将白说的好像很有道理，于是也就收了声。

叶将白带着人跟上赵长念，他知道她要去哪儿，也知道她想做什么。

正宫大门外人山人海，声音嘈杂，偶尔有兵器碰撞之声响起。

长念带着人赶到，硬是冲出了一条路，才隐隐看见了先帝棺椁。

从古到今，敢将自己父皇棺椁抬到大庭广众之下的，赵抚宁是第一人，赵长念知道，他必定会被载入青史，受后世唾骂。

但现在，将他变成历史，是她要负起的责任。

皇宫门口烽火又起，长念等来了北堂缪的支援，一举将赵抚宁压退半里，战意正浓时，却看见了高高扬起的止战旗。

“殿下。”传令兵来报，“棺椁横于阵前，我军不得近。敌方将领请殿下上前相见。”

说是敌方将领，实则就是赵抚宁，长念满腔怒火，提了袍子就带着精锐过去。

两军列成整齐的方阵相对，阵前放着的赫然是先皇棺椁。长念不敢多看，上前捏着拳头朗声问:“赵抚宁何在？”

声音撞在高高的宫墙上，而后在两军之间荡开。对面的人群应声分开一条小道，小道尽头是一辆光鲜华贵的宝盖。

宝盖里，香慈正看着赵抚宁，一双美眸依旧无波无澜，只是这回，她开了口。

“要扶您出去吗？”她问。

赵抚宁病得委实厉害，两天的工夫，人就以肉眼可见的速度消瘦了一圈，颧骨之下的肌肤往里凹陷，眼下青黑，嘴唇则是紫白色。

他裹着大毡发着抖，牙齿打战，道:“你……终于肯说话了。”

艳阳透过车窗照进来，香慈安静地坐在一侧，朝他笑了笑。

在来这里之前，赵抚宁的状况要好些，他安排了要用先皇棺椁打开宫门，也想过进宫后第一件事就是去朝堂上坐龙椅。马车行着行着，他却越来越虚弱。

外头赵长念的声音显得遥远而缥缈，赵抚宁不想听，他看着面前香慈脸上的笑，想跟着笑，却笑得很难看。

“没人比得上你。”他急促地喘着气，哑声道，“你是全天下最好看的女子。”

也是……最狠心的女人。

香慈起身，在狭窄的车厢里朝他微微颔首，而后想伸手去掀车帘。

“等等……”赵抚宁皱眉，伸手想去拉她，“你要走……也……拿上这个。”

枯瘦干瘪的手颤抖着递出一块玉佩，那是他的信物，拿着它，才能安然无恙地离开这里。

香慈垂眸，冷声道：“你变成这样，是我害的。”

玉佩晃了晃，又定住，赵抚宁闭上眼，仿佛没听见似的，只道：“拿着。”

“我给你洗的里衣上头熏了腐肉草，加上给你泡的茶里和汤药里的蚀骨毒，才让你变成了现在这样。”香慈的声音很清晰，“从顺从你的第一天开始，我就抱定了要杀你的心思。”

“慈儿……”

“你杀了凌云。”香慈眼里涌上恨意，“你该把命赔给他！”

赵抚宁闷哼一声，嘴角溢血，一张脸像干枯的老树，半点神采也无，只是他仍旧不甘心，执着地捏着玉佩问：“我待你……不比他好？”

“你不是他，也不是我。”香慈红了眼，“我与他夫妻二人的日子，凭什么要你来论个好与不好？”

顿了一下，香慈继续道：“我喜欢春风，您觉得宫女用扇子扇出来的风更好也无妨，但您凭什么赶走我的春风，强要我来受宫扇之风？落在旁人眼里，只会骂我不识抬举。可殿下，民女一开始就未曾要抬举，只求您放过民女，您放了吗？您爱的不是民女，是您自己罢了。”

有泪落下来，香慈抬手拭去，朝他行了一礼："今生来世，民女都只求与殿下再不相逢。"

赵抚宁心口大痛，侧身吐出一口黑血，血溅上手里的玉佩，染污了大半。他抬眼看了看，眼里一片茫然。

赵抚宁有很多侧妃，没人不喜欢他的赏赐，他随意给些东西，都能让她们欢喜好几天。这还是头一次有人对他的给予这么抵触，甚至，还说是他自私。

他不自私，他只是……当真很喜欢她呀。

艰难地捏了袖子去擦玉佩上的污血，赵抚宁的声音越来越低："不相逢……便不相逢，你先将这个拿着……"

香慈红着眼后退，掀开车帘，头也不回地下了车。

"慈儿！"赵抚宁急喝，却止不住地呛咳起来，外头好像有人拦住了她，他听见刀枪碰撞之声，连忙喊，"放她走！放她……咯……"

外头的侍卫再不敢拦，香慈红着眼走了几步，就被叶将白派来的人接应上，隐入了人群。

马车里的咳嗽声越来越弱，在外头等着的内侍实在不放心，终于掀开车帘进去了。

"殿下！"只听一声急喝，内侍匆忙出来，慌得六神无主，连忙吩咐人，"快！快去找辅国公来！"

车厢里的赵抚宁停止了咳嗽，无声无息地侧躺着，一只手伸在外头，还死死地捏着一枚玉佩。

叶将白远远看着对面站得笔直的赵长念，一双狐眸半眯。

赵长念本就娇小，此刻站在大军之前，怎么看怎么突兀，要不是她身侧有北堂缪护着，随便谁放支冷箭，她就得香消玉殒。

不过，北堂缪是不是护得太紧了点？两人几乎是贴着站的，北堂缪一只手还放在她身后，亲密得紧呢。

正冷笑，后头便是一阵骚动，叶将白回神，知道赵抚宁肯定是命丧黄泉了，他侧头朝良策颔首，然后不慌不忙地穿过人群，走到赵长念跟前去。

长念等了许久也没见赵抚宁出来，倒是叶将白一身锦袍施施然地就来了，与她相对而站，脸上带笑。

“太子的意思，是希望殿下能让一让。”他拢着袖子，气定神闲地道，“不然当真打起来，伤着先帝棺椁可是不好的。”

若是手里有石头，赵长念定是要朝这人脸上砸的。他哪里来的脸跟她提先帝棺椁？若不是这群畜生，她父皇何至于九泉之下仍旧不得安宁？

“太子无权进宫。”她咬牙道，“名不正，言不顺，更有忤逆之举在先！”

“七殿下何出此言？”叶将白淡声道，“太子良孝，愿意替先皇补偿过失，如何算是忤逆？况且，先帝在时，太子一直未曾被废，何来‘名不正言不顺’一说？”

他远远地看着她，像很久以前在宫宴上一样，笑得和善：“七殿下委实是多虑了。”

旁边一直沉默的北堂缪突然开口：“要是在下没记错，当初是国公亲传圣旨，被太子所违。回宫禀于先帝，令太子远遁离京的也是国公。如今国公以何来说太子名正言顺？”

他侧眼看向对面：“风也不见得多大，草怎么自己弯腰了？”

正准备反驳的长念一愣，颇为意外地看了北堂缪一眼。

她家兄长向来是不喜欢多话的，不承想在这千军万马之中，他倒是开了口。而且，他这是骂叶将白是墙头草啊，半点颜面都没留。

本来笑得很和善的叶将白转眼看向他，眼神霎时凉了。

“凡事讲究体统。”叶将白冷声道，“先帝未曾下旨废黜太子，太子便是名正言顺。”

没有先帝的废黜圣旨，对长念等人来说是致命的弱点，长念自己也知道这点，所以她拉了拉北堂缪的衣袖，低声道：“兄长，莫与他作口舌之争。”

北堂缪低头，抿唇：“我见不得他欺负你。”

“弱肉强食，算不得欺负。”长念笑道，“看谁站得住脚些罢了。”

她说话时，北堂缪低下了头，两人靠得很近，看着亲昵得很。

庞安站在叶将白身后，正想说点恭维话，就听得国公一声冷哼，如六月里坠了冰窟，凉得叫人浑身起鸡皮疙瘩。

“国……国公。”他抖着嗓子低声道，“您如今临危受命，咱们数十位将军连同这几万大军，便以您马首是瞻了。”

叶将白回过神来，侧头看了看他，脸上泛起笑意，和善地道：“将军不用担心，在下既然受命，就必定带着各位闯开这宫门。”

叶将白脸上的笑容俊美动人，刚刚的冰冷仿佛只是他的幻觉，庞安挠了挠头，觉得自己可能是眼花了，忙不迭地拱手：“都倚仗国公了！”

谁也没想过太子会在这个时候突然暴毙，眼下这场面，一退必定连累全族，故而他们没人敢把消息外泄，只将全部希望放在叶将白的身上。

叶将白投效太子，既有能力又有手段，最近与各位将军的关系也甚是好，太子没了，众人理所当然地跟随他，半点也没往别处想。

一切都是如此顺理成章、水到渠成。

叶将白收回目光，拢袖看着对面高高扬起的战旗，勾唇。

赵长念想赢他，太难了，之前他唯一的缺点是没有兵权，而现在，他最大的优势就是手握兵权。

她要以何来抵挡“太子之师”呢？

两厢对峙，赵长念也知道自己不占上风，低声吩咐了冯静贤两句，看着他离开，心里仍旧没底。

这样耗下去，伤的只会是她这边的士气，得想想办法才行。但如今，朝廷之中臣心不稳，她无名无分，兵力又处于下风，二皇兄的援兵恐要两日之后才能完全抵达京都，等不到那个时候，这宫门怕是就要被破了。

怎么办？

知道不妙，却被堵在死胡同里，一条生路都没有，长念几近绝望，僵硬地站在原地。

午时已至，烈日当空，叶将白看着对面那人干裂的嘴唇，正想说点什么，却见一直紧闭的宫门突然“吱呀”一声，缓缓打开。

沉闷的声音引得众人纷纷看去，长念也跟着看过去，就见十二个黄门太监鱼贯而出，分列两侧。走在最后的那个太监，手里捧着一件明黄的东西。

“太后有旨——”

那太监是太后身边的老人，饶是面对这种大场面，声音也没抖：“奉天承运，太后诏曰：赵氏皇室嫡长子抚宁，私掘皇陵，亵渎先帝，不忠不孝，罔顾人伦，是为赵氏皇室之大耻。着，废黜其太子之位，改立七皇子长念，择日登基，钦此。”

亮堂的嗓门刚起了个头，旁边就不断有羽箭射过去。那太监身子未动，顺顺当当地将旨意念完，眉目间隐有威严之色。

长念很是意外，瞧着羽箭纷飞之中岿然不动的人，又觉得喉咙发紧。

“护住他！”她急道，“把人护住！”

身边的将士闻声而动，然而，对面太子的人也动了，刀剑与人马齐冲，一道羽箭破空，百步穿杨。长念的人阻拦不及，只能眼睁睁地看着那羽箭没入宣旨太监的心口。

太监脸色苍白，不敢吸气，却缓缓将手里的懿旨卷好，高举过头顶："请殿下……接旨。"

长念心里堵得慌，她大步上前，推开堵着路的人，急急朝那太监跑过去。

"殿下！"身后有人惊呼，长念没回头，她知道这一路危险得很，人家能射杀宣旨太监，也能射杀她。但这旨意，她拼死也得接下来！

刀剑无眼，叶将白浑身僵硬地看着她从刀口下穿过，瘦小的身子倒是成了优势，左躲右闪，灵活地上去，重重地接住了懿旨。

"长念接旨。"她拿下卷轴，红着眼看着那太监。

太监朝她一笑，低声道："太后说了，她老了，在宫里也没别的用，帮不了殿下太多……只能做这件事。"

他说得很快，声音却越来越低："手心手背都是肉，太后她没有特别偏私太子，太后说，您是个很好的孩子……"

赵家的江山，要靠您担着了。

最后这句话终究是没能说出来，宣旨太监往后重重一倒，砸在了宫门口，鲜血喷洒出来，湿了几块青砖。

长念想拉他，却没能拉住，呆呆地站着被血溅了一身，心口连着四肢百骸，都忍不住发抖。

"护驾！护驾！"身后一片嘈杂，有人朝她冲杀而来，又被她身后的人挡了回去。长念捏着懿旨，抖着手将那太监睁着的眼合上，然后起身，看向远处鹤立人群的叶将白。

他脸色很难看，想必是被太后的懿旨气的，但他尚算冷静，没有命人上来取她性命，这些个躁动的人，不过都是太子亲眷。

"叶将白。"她喊。

然而，她的声音太小，淹没在了刀枪的碰撞声里。长念深吸一口气，双手放在嘴边，大喊：“叶将白！”

叶将白，叶将白。

一声又一声，喊得声嘶力竭。

叶将白看见了，待听清她在喊什么之后，微微一愣。

拥挤嘈杂的人群里，她与他敌对而立，她就站在那里，一声声喊着他的名字，小脸涨得通红，眼神却很执拗。

叶将白觉得，赵长念的眼睛是他见过的最漂亮的，黑白分明，杏仁的形状，眼尾微微上扬，顾盼之间像怯怯的小鹿。他每次盯着她瞧，都能瞧上许久也不腻。

而现在，那双眼里迸发出属于狮子的厉光，穿过人群，直击他的心口。

叶将白一瞬间竟然有点不敢直视。

旁边的庞安顺着他的目光看了看，皱眉道：“这算什么？大庭广众之下唤您，难不成还要您过去？”

叶将白捻了捻腰间的玉铃，垂眸失笑：“是啊，那人就是这样，任性起来不讲道理。”

庞安一愣，侧头。

他惊奇地发现，方才还气息低沉的国公，眼下竟笑了起来，眉目舒展开，像三月里国公府开得最盛的桃花，半合的眼里隐隐有光，显然心情极好。

“你开路。”叶将白道，“我要过去。”

庞安：“……”

纷飞的羽箭慢慢减少，最后归于地上，再没有新的射来。站在她身前护着的人稍稍让开一条路，长念就看见了顶着嘈杂朝她而来的叶将白。

不管是在觥筹交错的酒宴上，还是在硝烟弥漫的战场里，这人都贵气得很，一身月白暗绣仙鹤的锦衣随着他的步子衣摆翻飞，腰上的玉铃清脆作响，精致的玉冠上还别着一枚镂空细雕的龙簪。在他身后，太子一派满脸不甘心，蠢蠢欲动，却被叶良和林茂等人压得死死的。

漫天的杀气，都被他脸上那看不清真假的笑意压了下去，他缓缓走至离她五步远的地方，站定，问她："想说什么？"

宫门的拱形城洞之中，两边亲信皆戒备拔刀，叶将白却像是来叙旧的，闲闲散散地问她。

长念站直了身子，捏着拳头道："太后懿旨已下，赵抚宁不再是太子，你们若再行兵权，就是谋逆。"

此话一出，叶将白"扑哧"一声笑了出来，他抬袖掩唇，一双狐眸盯着她问："殿下，我若不是为谋逆，今日为何要站在这里？"

长念咬牙："你想借太子之名闯入皇宫，再利用赵家美人除去太子，自己登基，算盘打得很响。可现在太子是我，你强闯进宫，各地封王便会名正言顺地讨伐你，即便登基，你也坐不稳皇位。"

"哦？"叶将白低笑，"普天之下，能来讨伐我的封王，除了一个二皇子，殿下以为还有谁？"

长念一愣。

"三皇子已经失势，四皇子醉心美色，五皇子野心勃勃，但去往封地之后便一病不起，至今生死尚且堪忧，六皇子更是体弱多病，在封地被武将欺凌，没有半分实权。"叶将白笑道，"就连带兵来增援的二皇子，兵力也是不济。你赵家男儿，无一人堪用，殿下还说什么讨伐？"

长念脸色阴沉，捏着拳头仰头看他，道："赵家还有七皇子。"

叶将白微微合眼，居高临下地看着她，道："是啊，最了不得的就是咱们七皇子，将我骗得团团转，真将只吃肉的老虎，错当成了吃草的兔子。但眼下，殿下就算拼尽全力，也未必守得住这皇宫。"

“是吗？”长念努力稳住自己的气势，冷笑道，“那若再加上你叶家上下的性命呢？”

叶将白一顿，脸色骤沉：“你说什么？”

“叶家上下两百余口人，皆在刀刃之下。”赵长念迎上他的目光，不畏不惧，“只要你敢坐上那龙椅，他们的人头就将落地。听闻国公与叶家人素来不和，想必不会怜惜。但若你当真不怜惜，那留给你的，就是不忠不孝、不仁不义之名。”

没有人担得起这么重的恶名，就算是一手遮天的叶将白，一旦背负上，大业也必随之崩塌。

叶将白阴沉了眼神，定定地看了她好一会儿，才道：“殿下好手段，只是不知殿下的命若也悬在刀刃之下，能不能换得我叶家上下平安？”

长念失笑：“不能。我早料到国公会以我的命作要挟，但没用，死令已下，我的生死也改变不了，只要国公登基，叶家上下必死无疑。”

“赵长念！”叶将白低喝。

听出他声音里的怒意，长念反而笑得更欢：“昔日念不堪用，碌碌无为，这些手段都是您倾囊相授，就算在九泉之下，我也会感念国公大恩。”

旁边的庞安听得恼火，大骂一声“卑鄙”，突然就拔出刀，直冲长念而去。

叶将白完全没料到他的动作，急喝一声：“庞将军！”

但已来不及，双方在这城洞里本就隔得近，庞安突然发难，长念避无可避，只能拔剑横于身前，想挡住他这一刀。

然而，赵长念的身子实在是太瘦弱了，细细的胳膊举着剑，怎么看都抵不住庞安那雷霆万钧的力道。叶将白大步上前，一只手抓住庞安后衣，怒斥她：“闪开！”

往哪儿闪？长念左右都是人，压根来不及反应，还不如试试能不能接下来。

“不自量力！”叶将白急得甩袖。

电光石火间，一只手从背后伸过来，稳稳地将长念捏着剑的双手握住。

“当——”

清脆的撞击声伴随着嗡鸣响彻整个城洞，庞安的刀劈在长念的剑刃上，剑下一寸，未能伤她分毫。

长念只觉得虎口发麻，忍不住倒吸一口凉气，微微侧头。

北堂缪牢牢地握着她的手，一双眼看向对面离得更近的叶将白，反手夺过长剑，剑尖直抵他咽喉。

“你说谁不自量力？”他眯眼。

庞安大惊，想护驾已来不及，北堂缪这一剑角度极好，不管叶将白怎么动，都在他的击杀范围之内。

眼瞧着那小不点无碍，叶将白这才懊悔自己冲动，白送人家破绽。

“你想杀我？”他问。

北堂缪理所当然地颔首：“在场的人当中，最想杀你的莫过于我。”

不管是为人，还是为国。

叶将白轻笑：“那你动手吧。”

长念回神，呆呆地看着北堂缪。

“殿下。”北堂缪头也不回地问她，“杀是不杀？”

长念眨眼，歪了歪脑袋。

不杀？那外头的大军必定破她皇宫，叶将白此人嗜血残暴，若天下落在他手里，不会有好下场。

“杀。”她答。

毫无感情的一个字，掷地有声，听得叶将白恍惚了片刻。

北堂缪闻声便动手，剑尖带着压迫直刺他的衣襟，逼得他回了神。

她要杀他，一点犹豫也没有，哪怕眼睁睁地看着他死在她面前，也没什么好可惜的。不像他，竟还傻兮兮地上前来拉着庞安。

叶将白沉了脸，伸手飞快地握住北堂缪的剑尖，以左手换命，敏捷地躲开了北堂缪这一击。

利刃划破手掌，深可见骨，旁边有护卫惊呼，叶将白却看也没看，飞快地后退几步，冷眼睨向赵长念。

她脸上一点意外也没有，像是早就料到他能脱身一样，还微微有些失望之色。

是当真盼着他死。

叶将白胸口发闷，扯了手帕往左手上缠了两圈，收回目光，不再看她，只往外走。

“攻城。”他下令。

北堂缪一击不中，已经没了机会，庞安上来与他缠斗，十招之后就被他抵在墙上，一剑穿胸。

身后的人如潮水一般涌上来，北堂缪一把将长念往宫门里推，然后带人厮杀，下令关门。

“兄长！”长念惊呼，“我能一战，我能随你一战！”

朱红的宫门缓缓合上，北堂缪提着长剑回眸，朝她勾了勾唇：“上阵杀敌是将军的职责，而您的职责，是守住这皇宫。”

长念瞪大了眼，努力想挣开身后黄宁忠的钳制，却只能眼看着宫门合上，发出沉重的闷响，没去了北堂缪的脸。

外头的打杀声淹没了整个京都，长念愣怔地看了宫门许久，才深吸一口气，扭头带人去往内阁。

朝中官员剩得不少，但眼看人都打到皇宫门口了，敢再为她出力的人也就寥寥无几。长念亲自选拔，提了一拨人上来，勉强应付当前形势。二皇子也在两日之后带援兵赶到。

但如叶将白所说，二皇子带的援兵不多，顶多让北堂缪轻松两分罢了，完全不足以击退逆贼。长念废寝忘食，调度兵力，安排粮草，又挨个给封地的王爷们写信，寻求援助。

然而，远水难救近火，皇宫的大门终究还是在十天之后被破了，原因是皇后让人打开了西侧宫的宫门，迎了敌军入宫。

长念两眼血红，听见消息便接了太后，与北堂缪一道往东迎山上撤退。

“敌不过。”她跪在太后面前，颤声道，“皇奶奶，孙儿尽力了，但敌不过他们。”

慈祥的皇太后将她揽到膝上，轻轻拍了拍她的肩膀：“哀家都看着呢，是你父皇不好，未曾将兵权分与你，你与北堂将军都无愧于赵家的列祖列宗。”

“皇兄手里，应该也只有三镇新兵兵力才对。”长念哽咽，“孙儿不明白为什么会输，为什么他们的人像杀不完一样，击退了又来……”

太后拍着她肩膀的手一顿，神色复杂地动了动唇，最终长叹一口气，摇了摇头。

说是暂时撤兵，但他们到底是败了。长念与北堂缪清点了剩余的兵力，开始计划如何才能养精蓄锐，重新打回去。

沐疏芳在旁边听着他们的部署，突然开口问了一句：“来攻城的人，都是赵抚宁的人吗？”

长念一愣。

按理说，有兵权的人只有赵抚宁，叶将白就算麾下有许多能用的将领，但毕竟没有兵权，不足为惧。虽然不知道为什么赵抚宁将一切权力都让给了叶将白，但总的来说，他们的兵力不至于会可怕至此。

“有没有一种可能，”北堂缪皱眉，“还有别的兵力在暗中相助他们？”

长念不解：“世上会有这种出力不邀功的好人？卧底探子都不清楚他们的兵力来源，说明他们自己也是一笔糊涂账。什么人会借兵相助他们，自己不捞半点好处？”

话说到这里，她一顿，突然想起一个人。

北堂缪也想到了，皱眉道：“前日宫中撤退之时，我看见了一个人，本以为是眼花了，但现在想想，也许是真的。”

“谁？”

“武亲王的亲信，李常安。”

长念皱眉。

昔日她与兄长一起带武亲王回屯兵三镇探望旧部，武亲王曾经念叨过那个人，一见面更是叙旧了整整一天，酒都喝了三坛子。彼时她不曾注意过那个人，但北堂缪一定认得，毕竟后来武亲王让兵权于北堂缪，交接之时李常安也在。

长念不解：“若是皇叔，他为何要帮皇兄造反？他与皇兄一向没有来往，与叶将白更是毫无交情，除非……”

第二章 虎狼

想到一种可能，赵长念挑了挑眉。

知道她在想什么，北堂缪摇头：“武亲王将手里仅剩的兵力都交予了我，按道理来说是不会有余力相助逆贼的。”

“兄长，皇叔在宫里养了多年的大花飞燕，最后害死了我的父皇。”长念道，“在知道真相之前，我也未曾料到皇叔竟会弑君。”

北堂缪一愣。

“皇叔心有不甘，恐怕当初将兵权让予兄长，也只是障眼法，毕竟兄长手里的兵权一直未曾交出，怎么说也不该如此薄弱，连三镇新兵也敌不过。”长念沉吟，“兄长既然看见了李常安，那他背后必定是皇叔。”

沐疏芳听得心惊肉跳：“被先皇关在宫里那么多年，就算是百足虫，也该死僵了，武亲王怎么会……”

“他手里最厉害的不是兵符，而是人心。”长念苦笑，“我与兄长都见识过。”

北堂缪神色凝重地颔首。

被囚宫中十几年的武亲王，一朝出宫，昔日的部下竟没一个怠慢他，依旧视他为主，仅凭信物就愿意听他调遣，压根没有把皇权兵符放在眼里。

这样的人才是最可怕的。

长念突然就轻松了些，回头朝黄宁忠道：“不必西撤了，咱们就在这东迎山上停留一段时日。”

黄宁忠听得云里雾里，分外不解：“万一他们追杀上来……”

“不会的。”长念道，“如果兄长当真没有眼花，那叶将白必定没有闲暇来追杀我们。”

他们元气大伤，在山上休养生息是最好的选择。

并且……长念勾唇，她真的迫不及待想看狗咬狗的热闹。

他们是亲近过武亲王的人，尚在这一场大战之后才反应过来，更别说完全不了解武亲王的叶将白。

一路冲进皇宫，占领各个官衙，叶将白不是没察觉到己方兵力过于雄厚，但这是好事，他要忙的事情太多，也就没有深究，只让林茂去查一查。

然而，林茂还没查到，他的面前就已经站了一个人。

“国公别来无恙啊。”武亲王还是一副憨厚的模样，傻里傻气地冲他笑。

叶将白心头一跳，左右看了看，确定外头的守卫还站着之后，微微眯眼，起身笑道：“王爷怎么过来了？”

“听说国公把念儿赶走了，我就来看看。”武亲王背着手，挺着圆圆的肚子，左右踱了两步，乐呵呵地道，“国公厉害啊，本王的几个侄儿都不是国公的对手，就连最机灵的小七，也落败了。”

“王爷客气。”叶将白道，“侥幸而已。”

他摸不清武亲王是怎么进来这里的，也摸不清这人想做什么，只能说些客套话，但客套到这里，武亲王突然就不笑了，一双眼静静地看着他道：“国公也知是侥幸？”

叶将白挑眉。

武亲王自顾自地在御书桌后坐下，翻了翻他桌上放着的战报，哼声道：“若不是本王的兵力相助，抚宁的兵力早在破城的前两次大战里就折损殆尽，真以为区区几万新兵，就能拿下大恭京都吗？”

眼皮微跳，叶将白笑道：“我当是谁，原来是王爷在暗中帮忙，那在下便替太子谢过王爷了。”

“都是一家人，有什么好谢的？”武亲王拍拍肚皮，眯眼看他，“抚宁也是个孝顺孩子，一开始就答应了，让本王坐一坐那龙椅，平了被囚宫中十三年的怨气，再禅位于他，本王这才出力相助。”

叶将白脸色微变，拢袖站好，总算是明白这位王爷今日是来做什么的了。

七殿下已远离京都，赵抚宁对外称病，眼下是他这个外姓在把持大局。这老东西是暗中帮忙夺位，继而以功窃国。

他将所有的皇子都防备着，独独没想过这儿还藏着个王爷。

叶将白微微一笑，道：“既然是殿下应承的事，那在下便去与殿下合计合计，看如何处置，在下便先告辞。”

“站住。”武亲王沉了神色，看着他道，“来都来了，国公也总不好让本王白跑一趟。”

他话音一落，外头守着的护卫突然齐刷刷地进门来，长矛直指叶将白。

叶将白怎么也没想到身边这些护卫竟是武亲王的人，想来武亲王也是暗中准备了良久，无怪刚才他进门，门口护卫无一阻拦了。

“辅国公的大名，本王早有耳闻。”武亲王道，“好不容易能当面谈一谈，国公哪儿能现在就走呢？”

这客气话跟眼下的场面一点也不搭，还不如直接说：老子要皇位，你要是不答应给，今日你就别想出这大门！

多痛快，多了当，多不要脸啊。

叶将白转身，朝武亲王和善地笑了笑：“王爷觉得，抓住在下，所愿之事就能成了吗？”

“这是自然。”武亲王轻笑，“旁人不知道，本王还能不知道？如今这宫中上下大小事务，哪样不要国公点头？就连咱们名义上被拥护进宫的大皇子，如今也是一句话都没说上……”

话没落音，门口堵着的、手持长矛的护卫就惨叫两声，被人从外头踹进来，跌倒在地。

武亲王脸色骤变。

叶将白头也没回，施施然地道：“殿下是说不了话，不是说不上话，若殿下当真开口，在下也必定听殿下的命令。只是……今日这御书房，王爷委实没必要闯。”

林茂进门来，朝他一拱手：“国公。”

“内阁还有事务没处理完，王爷若是有事要谈，不妨约个晚膳。”叶将白笑道，“人总在皇宫里，跑不掉的，王爷急什么呢？”

武亲王余光往外一瞥，就见另一拨护卫已经赶了过来，他低咒一声，脸上恢复了憨厚的笑，拱手道：“那就请国公安排晚膳了。”

“好说。”叶将白还他一礼，带着人离开了御书房。

“主子！”走得远了，林茂才恨声道，“这武亲王是从何处冒出来的？竟胆敢对您动手！”

“他不是冒出来的，是咱们一直疏忽大意了。”叶将白神色冷淡，“武亲王手里兵力雄厚，随着这次咱们入宫，已经渗透到各处，真闹起来，咱们未必能占上风。”

林茂一听，神色顿时严峻起来，气愤更加：“咱们打下来的江山，凭什么叫他占便宜？属下看他力没出多少，尽想着怎么争功了，竟还想夺位……”

“好了。”叶将白道，“大局未稳，眼下争这些，必定导致局势更乱。当务之急，还是先将兵力编制妥当，握在手里。”

“……是。”

远处的天阴沉沉的，怎么都瞧不见阳光。叶将白走在青石铺成的宫道上，心里半点愉悦也无。

他突然忘记了自己一开始为什么想要皇位，在战火缭绕之中站在最高的位置上，所获得的喜悦远没有他想象中那么多。

缺了点什么呢？

“国公国公！”

恍惚间，他好像听见有人一迭声地喊他，声音清脆，胸腔里的东西不自禁地就跟着狂跳起来。

他停住步子，猛地回头。

林茂等人跟在他身后三步远的地方，被他的动作吓了一跳，连忙询问：“主子？”

皱眉看了看他们，又看了看后头空荡荡的宫道，叶将白失笑，伸手揉了揉眉心：“近日未曾休息好。”

都出现幻听了。

“那，晚宴要不要推一推？”

“不必。”叶将白抿唇，“武亲王怠慢不得，今日他心里有气，总得给他消了，往后争端才不至于过大。”

林茂看着他有些苍白的嘴唇，无声地叹息，只得应下：“是。”

谁都不是轻松就能活下来的，每个人为了自己的性命和想要的东西，都拼尽了全力。叶将白觉得，自己也不能例外。

只是，好空啊，这宫道。

林茂一路跟着自家主子，时不时抬眼往前看，突然发现，前头那天下尽握的人，好像也只是个普普通通的世家公子，踏在这春日的宫道上，凭空多出两分深秋的愁来，青丝慵懒，背影寥落。

在林茂眼里，叶将白一直是个无所不能的人，会文会武，知商懂官，这天下就没他走不通的路子、办不成的事。他甚至早早就幻想过，有朝一日主子站在万人之上，睥睨天下时，会是何等的雄姿英发、气宇轩昂。

然而现在，离成功只差几步，他看着主子，突然觉得有点心疼。

主子舍掉的东西太多了，如今一身轻松，反而四顾茫然，像一匹迷路的骏马，找不到归处。方才他回头看过来的眼神，从无比明亮渐渐灰暗下去，当真是让人心口发紧。

他在找什么呢？林茂不知道，只是忍不住跟着难过，甚至开始担心，主子会不会就此一蹶不振、看淡名利，弃掉这唾手可得的一切……

“不可能。”

宫灯燃了起来，和喜宫里摆上了晚宴，叶将白坐在武亲王对面，笑眯眯地吐出了这三个字。

林茂终于从恍惚里回神，定睛看过去。

几个时辰前孤寂而落寞的世家公子，在宫灯的映照下，又变回了无所不能的辅国公，眼角眉梢没一处柔软，锦袍上的四爪龙纹更是熠熠生光。

他和善地看着武亲王，气势却压人：“王爷参与谋害先帝，是被七殿下上禀了刑部的，您如今要继位，于情于理都说不过去。”

“国公说笑。”武亲王嗤了一声，“若说先帝薨逝一事，国公如何能置身事外？”

“王爷说得是，在下也脱不了干系，故而如今在下也没敢往那龙椅上坐。”叶将白叹息，“还是要名正言顺才好。”

武亲王眼角抽了抽。

要不是赵抚宁那一派人莫名都听叶将白的话，他早就拍案而起了。这竖子满口都是胡话，要不是他来了，这人还能不敢坐龙椅？怕是要在上头倒立！眼下为了搪塞他，倒是同他说什么名正言顺。

他这个赵家人，怎么也比个外姓更名正言顺！

“大皇子虽然重病，不能见风，但到底是大恭的嫡长子。”叶将白吃了一口菜，慢条斯理地道，“等殿下病好，这皇位自然就无争议了。”

武亲王眯眼：“我听皇后说，抚宁这一病，连她也没能见上一面。”

叶将白长叹一口气，放下筷子，满脸担忧：“已经让宫中数十位太医都去看过了，说是见不得风，眼下安置在养心殿，主殿的门一日都只在太医去的时候开一次。在下也很担心，但太医说见风致命，在下总不好硬闯。”

眼眸一抬，他看向武亲王：“王爷要是实在着急，不如去养心殿看看？这谋害皇子的罪名，王爷担着无碍，在下可没那么厚的命。”

不愧是辅国公，睁眼说瞎话的本事比谁都厉害。武亲王很清楚地知道这人在瞎编，但说实话，他还真不敢硬闯养心殿，唯恐中了面前这人的诡计。

两人各怀鬼胎，在尚算和睦的气氛里用完了晚膳。临辞之时，叶将白十分诚恳地道：“请王爷放心，在下一心辅佐明主，绝不会对赵家的江山有觊觎之心。”

武亲王闻言，也分外憨厚地道：“本王也只是不忍心江山无主，并非想自己坐上皇位，国公也不必替抚宁防着本王。”

两厢都乐呵呵地拱手作礼，带着各自的“无私”之心，回了自己的住处。

然而，当子夜时分，双方住所都有刺客闯入的时候，武亲王和叶将白各自侧过头，黑着脸“呸”了一声。

什么没有觊觎之心，什么不忍江山无主，都是假的！统统是假的！鹿死谁手，就看谁手段狠了！

一夜腥风血雨，第二日早朝，武亲王和叶将白在崇阳门相遇，两人还是分外友善地拱手。

“王爷早。”

“国公早啊，听闻国公昨日深夜还在批阅文书，委实是辛苦。”

“哪里哪里，鞠躬尽瘁罢了。王爷也辛苦，兵部那几位躁动的大人，听说全靠王爷安抚。”

“应该的应该的，国公里面请。”

“不敢不敢，王爷先请。”

场面和睦、友爱而虚假，叶将白应付起来尚算得心应手，只是觉得真无聊，比他没造反之前还无聊。

“国公。”风停云在朝堂门口等他，见他来，便低声禀告，“探子回禀，说七殿下带兵停在了东迎山上，并没有西撤之意。”

叶将白挑眉。

按理说赵长念是该跑的，她现在仅剩的兵力，绝对不足以支撑她卷土重来，但她不跑，是笃定他不会追杀？

若没有武亲王，他必定是要派人去追的，可眼下……只能算她走运了。

叶将白颔了颔首，抬步准备进朝堂，又停下，眼神复杂地问：“是有人身子不舒服，才没西撤，还是有别的原因？”

风停云自然明白这个“有人”是指谁，当下翻了个白眼：“左手上那么重的伤，也没能给您长长记性？还惦记着？”

“我不是问她。”叶将白有些恼，“我是担心……太后娘娘，太后若是凤体有恙，总归是不好。”

“哦？”风停云撇嘴，一双眼看透了他。

叶将白颇为恼怒地拂袖：“不说便罢，上朝了。”

瞧她当初站在宫门前那气势，身子怎么也是无恙的，就是不知道会不会因着小产落下病根……真落下也不关他的事，他也就是这么一想。

她如今是死是活，都影响不了他的大业。既然她都盼着他死，那他总不能还望着她活。

“阿嚏——”

走在山路上的赵长念猝不及防地打了个喷嚏，声势浩大，吓得山林里的鸟扑棱着翅膀乱飞。

“殿下这是冷了？”北堂缪问。

长念吸吸鼻子，摇头：“这天气，哪里会冷。”

两人走在去给太后寻野兔子的路上，北堂缪手里已经拎了两只，他往前头树林扫一眼，道：“殿下，那边好像有东西。”

长念顺着他指的方向看过去，就瞧见一团白花花的物什在树丛里若隐若现。

“走。”她踮起脚，屏住呼吸往那边靠近，正想掏箭筒里的箭，却觉得哪里不对劲。

“这兔子……”长念停下步子，拉了拉北堂缪的衣袖，“是不是太大了点？简直像个人一样。”

北堂缪深深地看她一眼，道：“殿下，这就是个人。”

长念：“……”

早说嘛，害她白激动了。

长念收回羽箭，扒开树丛，就瞧见不远处立着一座新坟，旁边的火盆里烧着纸钱，一个一身素衣的姑娘正跪在坟前，一动不动。

偷看了半晌，长念皱眉，小声问：“兄长，她还活着吗？”

北堂缪颔首："活着。"

"那为什么不哭？"长念不解，"一般新坟前的人，不都哭得很伤心吗？"

北堂缪垂眸，低声道："有人心伤哭断肠，也有人心死了，再也哭不出来。"

长念一愣，再看那姑娘的背影，竟觉得有点难过，忍不住走上前去，朝那新坟拱了拱手。

鞋子踩在树枝上，发出了声响。跪着的姑娘回过头来，一双美眸疑惑地看向他们。

有诗怎么说的来着？北方有佳人，遗世而独立，一顾倾人城，再顾倾人国。赵长念觉得眼前这位姑娘就很称诗里所写，美得连她都倒吸一口凉气，忍不住感慨："我是不是闯入仙境了？"

姑娘微愣，朝她微微颔首。

长念有点兴奋，拉着北堂缪的袖子小声道："兄长你看，她简直是仙女下凡啊！"

北堂缪脸上一点表情都没有，冷淡地点头："哦。"

长念瞪他一眼，提了袍子就上前关切地问："姑娘怎么独身一人在这荒郊野岭里？"

那姑娘朝她笑了笑，道："有夫君在此，妾并不是独身一人。"

长念唏嘘，转头看了看那墓碑，想知道谁家福薄的男人，竟留下这么美丽的妻子赴了黄泉。

不看不知道，一看，她惊得差点跌坐在地。

刘氏忠孝之嗣凌云？

"这……"长念结结巴巴地问，"是京都富商刘凌云吗？"

香慈微微一笑："贵人也认得我夫君？"

"不……不认得，只是听说过。"长念皱眉，看看墓碑，又看看美人。

真是刘凌云的妻子，怎么会在这里呢？皇兄如今占据了京都，怎么着也会把美人留在自己身边的，哪儿能放她出来祭奠亡夫。

除非……长念抿唇。

香慈自顾自地烧着纸钱，既没有问他们是什么人，也对他们没有丝毫防备，见他们没有要走的意思，倒是开口道："有一个不情之请，不知二位能否应下？"

长念神色复杂地道："姑娘请说。"

"妾愧对夫君，本是不敢与他同穴而眠的。"香慈低眉，看着火盆里跳动的焰色，神情温柔，"但夫君走得不平，他素来脾气又不好，没我在身边陪着，少不得要得罪人，我总要看着他点，哪怕给他当丫鬟，也得同他一路走……"

本是没哭的人，絮絮叨叨地说上两句话，眼睛终究是红了，葱白似的指尖发颤，颤得纸钱纷飞漫天。

"我不知他嫌不嫌我，但我到底是替他报了仇，他再怨我，哄一哄也该好了才是。"香慈委屈地咬唇，声音沙哑，"哄一哄，不行我就给他做好吃的，做他最爱吃的豌豆黄，再不行做鸽子蛋也好，黄泉路上总要等一等我。"

坟前摆着几个盘子，里头放的都是她说的那些东西，她侧过头，认真地跟长念比画："就在这旁边，随意挖个坑，将我埋了，可好？"

长念惊了惊："姑娘，你还这么年轻，总不能就寻了短见。"

"短见？"香慈摇头，"我不是要寻短见，我只是要去寻他。你不知道，我的夫君离不得我的，每天都要见着我才好，我已经让他等了太久了，再等下去，他会不理我的。"

她撇了撇嘴，眼泪大颗大颗地往下掉，喃喃："我最怕他不理我了……"

长念听得动容，深吸了几口气，终于点头："好。"

香慈释然一笑，起身朝她再拜："多谢贵人。"

“有个问题，你能回答我吗？”长念扶她起来，皱眉道，“大皇子……后来如何了？”

香慈一顿，指尖慢慢收拢，捏着袖子道：“贵人问这个做什么？”

“好奇而已。”长念道，“你不必担心，我不是他的人，断不会帮他迫害于你。”

香慈沉默片刻，道：“他死了。”

“什么？”长念大惊，往后退了半步，很是不敢置信，“刚入宫呢，怎么就死了？”

“他在入宫之前就死了。”提起赵抚宁，香慈的脸色不那么好看，却还是回答她，“他是害死我夫君的凶手，我断不能叫他好好活着。”

长念愕然，脑子转了好一会儿，才反应过来。

所以现在叶将白是在用大皇子的名头撑场面？这人好大的胆子，连天下人都敢一起骗！

香慈安静地烧着纸钱，嘴角不小心溢出了血，她若无其事地擦掉，待所有的纸钱都烧了，她又朝新坟磕头。

一个，两个……磕到第六个，美人身子一软，在坟前闭上了眼。

北堂缪上来查看了一番，道：“砒霜，她倒是忍得，这毒吃下去腹痛难安，她看起来却像是一点事都没有。”

长念叹了口气，起身拔剑，用剑鞘在坟边挖坑，如香慈所言，埋她于此，再在墓碑上刻上“正妻刘氏”。

“出来打个兔子也能遇见这等奇事。”北堂缪皱眉，“运气不好。”

“没有。”长念朝着墓碑一拱手，正色道，“我们运气很好。”

“此话怎讲？”

“皇兄死了。”长念侧头，“武亲王也是觊觎皇位之人，与叶将白两虎相斗，叶将白背后没了皇兄，占不了上风。他若想翻身，就只有一条路。”

望着东边正往上升的太阳，赵长念笑了笑：“兄长，咱们这一战，还没败到绝境呢。”

北堂缪不知道她说的是什么意思，只觉得眼前人的模样好看得紧，像嗅到最好吃的青草的兔子，鼻翼微扇，眸子闪闪，灵动极了。

他忍不住就盯着她多瞧，管她说的是什么，统统点头。

长念与他一同回山上寺庙，边走边比画，樱唇一张一合，好像说了很多话，北堂缪只偶尔听见两个人名，什么“徐游远”“谢晖”，然后便走了神。

他想起在秦妃故乡的时候，她与他初识，她看起来可怜兮兮又充满戒备，那么小一个人，脸蛋和身子都软软的，像天上的云，偏生眼底有一股子韧劲，叫他不敢小瞧。

北堂缪从前有个愿望，那就是让长念有朝一日能光明正大地以女儿身过活，因为他知道，她心里是渴望的，渴望自己回到原位，渴望女儿家的小裙子和漂亮的妆容。

然而这次回京之后，他发现赵长念长大了，软弱和渴望都从她身上退去，眼底的韧劲倒是更甚。看着她如今的模样，他突然觉得有些迷茫。

若还要让她变回女儿身，便会误了她的大事。可若就随她这样一直下去……

一直这样下去，她这一辈子都只会唤他兄长。

身子微绷，北堂缪皱了眉。

“……到时候咱们就只管等他来。”察觉到身边的人脸色不太对劲，长念停下了步子，侧头喊，“兄长？”

北堂缪回神，认真地看着她问：“你能不能换个称呼？”

“什么？”长念有些发蒙。

“不要再唤我兄长。”

长念咋舌，笑道："那唤北堂将军？"

北堂缪脸色更黑。

"别生气呀。"长念朝他作揖，"多大的事情，也值得兄长动气？当初不是兄长自己说的，拿我当亲妹妹看吗？这一声兄长，很是恰当又亲近，缘何突然觉得不对了？"

北堂缪狠狠咬了咬牙，闷哼一声不作答，推着她继续往前走。

当初与她那样说，是因为知道她的性子，冒进必定被她推开，不如占牢了兄长之位，至少能在她心里有分量。

然而现在，北堂缪发现自己已不满于此，人性的贪婪，就连他也躲避不开。

伸手揉了揉眉心，他道："与你玩笑，不必当真，回去吧。"

长念边走边回头看他，满目担忧。北堂缪只好撒谎："我只是想起了你的几位皇兄，与他们同做你的兄长，叫人不太愉快。"

原来如此，长念苦笑："这也是没法子的事情，不过现在人都没了，也没必要再怨。再说，还有二皇兄在呢，他也疼我。"

二皇子赵淮居已经与他们会合，这几日陪在太后身边尽孝，来的时候不仅带了援兵，还给长念带了她小时候最爱吃的米糕，就一小块，放在他自己的衣袖里揣了八百里，难得的是长念拿着的时候还能吃。

提起二皇子，北堂缪稍稍松了表情，颔首道："他是好的。"

长念又笑，伸手替他拎了一只野兔子，蹦蹦跳跳地就往前头寺庙里冲，边冲边喊："皇兄、皇奶奶，兔子回来啦！"

远不如宫殿巍峨的山间寺庙，因着她这一声吆喝，多了几分宫里没有的烟火气，一桌简单烹饪的晚膳，也比宫宴吃着香。

议政宫。

叶将白正与风停云等人闭门议事，桌上的菜已经放凉都无人动筷。

“不知道哪里传出的风声，说大皇子已经薨逝，养心殿里放着的只是一具尸体。”风停云的面色十分凝重，“已经追查了两日，有人说消息是从养心殿出去的。”

叶将白阴沉着脸。

养心殿的人他是亲自打点过的，按理说不会有人胆大包天泄密才是，但这世上许是当真没有不透风的墙，大皇子的死讯怕是瞒不了太久了。

本来行这一步棋，是万无一失的，若是没有武亲王，眼下大皇子薨逝，他便可坐上皇位。但武亲王半路杀出，这一步棋便将死了他自己。

叶将白有些烦躁地起身，去了一趟养心殿。

十几个御医在旁边战战兢兢地行礼，里头伺候的不是宫女太监，而是往日太子身边的亲信。

“见过国公。”那人行礼。

叶将白眯眼打量他半晌，问：“你叫什么来着？”

那人拱手：“下官徐游远。”

这名字听着耳熟，叶将白一时半会儿也想不起来是谁，只道：“最近几日你可有离开此处？”

“回国公，不曾。”徐游远摇头，“外头守着人呢，轻易不让出去，下官如何能离开？”

说得有理，叶将白抿唇，进殿去看了看赵抚宁。

昔日意气风发的太子，如今变成了一具枯尸，被封在长长的木匣里，隐隐有些尸臭。

就算消息没有泄露，这味道也瞒不了多久了。

只看了一眼，叶将白便转身往外走，径直走到崇阳门才停下，他捻着手里的玉铃沉默半晌，吩咐道：“明日，我要上山一趟。”

风停云知道他想怎么做，颇为头疼地揉了揉眉心："没有其余的法子了？"

"也许有，但我现在没有想到。"叶将白冷着脸道，"凡事都要做万全的准备，是该去走一趟。"

风停云长叹一口气，也不拦着他了，只道："缘分这东西，躲不过就是躲不过，罢了，若真走到那一步，武亲王与七殿下之间，我也偏向后者一些。"

叶将白斜眼看他，问："因为她更好控制？"

"不是。"风停云嬉皮笑脸地冲他眨眼，"因为她更可爱。"

叶将白："……"

"哎哎，我开个玩笑，你黑脸做什么？"风停云护着自个儿就往后退，"是谁说的不惦记了？又是谁说的想杀了她？眼下怎么的，玩笑都开不得？"

"开不得。"叶将白沉声道，"要杀她的是我，恨她的也是我，她跟你没有半点关系。"

被这话一噎，风停云翻了个白眼。

就没见过他这样的，爱时霸道得要命，恨上了也蛮不讲理，仿佛赵长念从头到脚都是他一个人的。

抱紧手里的账本，他告了辞就往外走，一边走一边小声嘀咕："她才不会做你一个人的。"

赵长念的心里，还有整个天下呢。

三月天气转暖，但山上还是有些清凉。长念一早起来便打水洗漱，认认真真地束起男儿发髻，再选了一身新些的袍子换上。

太后就坐在她屋外的小院里看花，闻声回头瞧了瞧她，笑道："念儿这是要去见皇妃吗？"

沐疏芳亲自上阵说服附近城镇粮商卖粮，已经三日未归，今日想必也是赶不回来的。长念摇头，乖巧地趴在太后膝边，轻声道：

“孙儿今日要去与人议事。”

太后有些茫然，寺庙就这么大，平日里他们有什么动静她都能听见，可没听说今日哪位大人要来议事啊，念儿准备得倒是挺仔细。

“不管议什么，别委屈了自己就好。”太后摸了摸她的头发，慈祥地道，“人这一辈子，也不是离了荣华富贵就不能活。”

长念苦笑：“皇奶奶，走到这一步，谁还为的是荣华富贵呢？”

太后愣怔，像是瞬间忆起许多往事，眼里情绪翻涌难平，不由得合上双目，轻咳两声。

“皇奶奶？”

“无碍。”太后长叹一声，眼睛湿润，拍着她的手道，“想做什么就去做吧。”

长念困惑地看着面前这张布满皱纹的脸，她觉得皇奶奶好像知道很多事，但什么也不说，什么也不管，像前殿里捻手俯视众生的观音，慈悲而默然。

瞧着时候差不多了，长念也没追问，行礼起身，带着红提就往外走。

红提好奇地问：“殿下，这是要去哪里？”

长念道：“后山腰上有个凉亭，在咱们的守卫范围之外。”

红提吓了一跳：“去那边做什么？万一遇到刺客……”

“你放心吧。”长念道，“不会来刺客，只会来客人，而且，是带着不错筹码的客人。”

红提听不懂，她只觉得担心，一路上忍不住左顾右盼，小声念叨：“该多带两个侍卫呀，后头那几个人哪里够。”

长念微哂，心想做坏事哪里能让太多人知道啊，带几个心腹就成了。

后山腰上的凉亭里一个人也没有，微风过处，野草倒是香。

红提按照长念的吩咐将凉亭收拾干净，倒上热茶，然后就好奇地在旁边等着。

谁会来呢？

日头渐高，长念哼着小曲喝着茶，像是一点也不着急，兴致上来了，还翻去凉亭后头的花丛，采一大堆花上来编花环玩。

“殿下，花环不是这样缠的。”红提看得连连皱眉，“枝条将花都压着了，不好看。”

“我在民间街上看过，是这个形状呀。”长念叨咕，“一个圈吗，要成圈，就得缠。”

“可不能缠着花，要像这样……”红提忍不住上手帮忙。

长念瞧着，就见她手指翻飞，没两下便弄出个漂亮的花环，像极了当初她与叶将白在集市上看见的那种。

长念微微眯眼，有点走神，手里拿的分明是野花，她却总觉得哪儿有蜡梅的香气，隐隐约约的，寻不着来源。

若是她当初一直装傻充愣，不去掺和这些争斗，她与他如今的结局会不会不一样？

不会，摇摇头，长念自个儿否了自个儿，一出生就注定了的事，不是她躲就能改变的，除非她冷血无情，将赵家其他人的生死都看作浮灰。

但显然，她做不到。

叶将白也做不到。他那个人，不可能舍得下谋划了这么久的大业，儿女情长于他，不过是可有可无的调剂罢了。她顺他，便可得他庇佑；若逆他，长箭射来也是丝毫不留活路。

垂下眼，长念将手里的花环扔回了草丛。

“哎？”红提不解，想留没能留住，疑惑地看一眼自家主子，见她脸色不好，便也不再开口。

新鲜的花环孤零零地躺在草丛里，有点委屈。

日近午时，山腰上终于有了动静，赵长念侧头看过去，就见叶将白带着叶良遥遥而来，一身白衣被山风拉扯，墨发也跟着翻飞，像哪幅挂画里的仙人，不小心走了出来——如果他身后的叶良没穿玄衣的话。

“殿下？”看清了来人，红提吓得白了脸，“这……”

长念气定神闲地撑着下巴看着，低笑道：“是不是很像黑白无常？”

红提：“……”这都什么时候了，殿下还能开玩笑！那可是辅国公啊，这个时候来这里，万一打起来……

“见过殿下。”叶将白走至凉亭，笑着行礼。

“国公多礼了。”长念起身还礼，一样是笑脸盈盈。

红提：“……”

“今日天气甚好，就想来山上吹吹风，没想到巧遇殿下，倒是缘分了。”随意在石凳上坐下，叶将白看了看桌上的两个茶杯，挑眉，“殿下在等人？”

长念微笑：“不过与山风同饮罢了，国公既然来了，这一杯便与您同饮。”说着，她拿起茶杯倒掉凉掉的茶，重新斟上。

叶将白大笑，道：“殿下当真是潇洒。”而后端起茶盏，一饮而尽。

这两个之前还都要置对方于死地的人，如今竟坐在这里毫无防备地喝茶，红提看得呼吸困难，万分不解。长念倒是轻松自如，仿佛之前什么也没发生过一般，两盏茶品完，才道：“国公竟有闲心上山。”

叶将白淡笑：“我叶家上下皆为殿下所囚，不上山来看看，岂不是真要落个不忠不孝、不仁不义的罪名？”

“国公睿智。”长念朝他拱手，“那上山这一趟，国公如何就觉得一定能看到叶家人？”

“因为殿下想回京，在下想要家人，两厢有得谈。”叶将白没看她，只盯着远处的山峦，“殿下既等在此处，想必也是愿意谈的。”

长念垂眸。

她想得半点没错，赵抚宁没了，京中有武亲王，叶将白一个人抵不住，便想要她回去相助于他。叶家人只不过是个台阶，双方都能顺阶而下，不伤体面。

只是，这样的对话真是虚假，两人脸上的笑也没一个真切，她与他，终究是同朝中其余皇子臣子无异了。

“好说。”长念开口，“若国公肯迎太后回京，叶家上下，我放了也无妨。”

“殿下既然如此痛快，那在下也就不绕弯子了。”叶将白道，“只要殿下放了叶家人，那么在下自当恭迎太后回宫。只是殿下回去的时候，难免要委屈些，仪仗之类，想来是不会有的。”

“我知道。”赵长念笑，“但国公可想过，我一旦回去，他们早晚会知道？”

“知道也是后头的事了。”叶将白轻咳两声，“只要殿下回去，在下定不会苛待。”

“好。”长念想也不想就点头，“如国公所言。”

来之前，叶将白想过很多种可能，比如赵长念不愿意配合，抑或是直接对他刀剑相向，唯独没有想过她会像现在这般冷静而圆滑。

圆滑得像他一样，令人烦躁。

他好像从来没有真正认识过这个人，也从未走进过她心里，他于她而言，从来只是一把上好的刀，抑或是一个难缠的对手，别的什么也不是。

眼底微微有些戾气，叶将白别开了头。

长念自是不明白他在想什么，只问：“我若与国公化干戈为玉帛，国公如何与部下解释？”

这事有些大，肯定是要让手下人都知道的，但解释起来甚为麻烦，也无从开口，总不可能直说：老子扛不住武亲王的压力了，赵抚宁已经翘辫子了，必须把七殿下接回来当新的傀儡，才能名正言顺地继续争权。

这样说不体面，做大事的人，最讲究的就是体面。

狐眸一转，叶将白道：“此事，就需得殿下机灵些了。”

他眼里又泛起了算计别人时独有的光华，长念在旁边瞧着，竟觉得挺怀念的。这人坏透了，向来会使手段，与他为敌太累了，但若站在旁边看他算计别人，倒不失为一件愉悦的事。

山风渐大，两人有一搭没一搭地说着些细节。长念看了看天色，觉得时候不早了，很想说要不今日就到这儿，明日等她回京了再接着说。

然而，她刚想开口，叶将白就眯了眯眼。

好歹也在一起过，长念很明白，这人这表情是不高兴的前兆。也对，辅国公万人之上，一向只有他给人下逐客令的，哪能让她先开口赶人？

于是长念生生将话咽了回去，继续同他商议太后仪仗的规制问题。

日头在天上打了个圈，眼瞧着要往西边落下去了，叶将白仍旧不慌不忙地道：“为了先压住消息，还得委屈殿下暂住国公府。”

提起国公府，长念就想起那被自己撬走卖了的玉阶，忍不住咽了口唾沫：“不……不必麻烦了吧？”

“怎么？殿下还怕在下谋害？”叶将白满眼讥诮，“如今都是一根绳上的蚂蚱，谁都会想杀殿下，唯独我不会。”

“倒不是怕这个……”长念干笑。

叶将白斜眼看着她脸上明坦坦的心虚，低低地哼了一声：“国公府已在重新修缮，断不会让殿下用绳子吊着上楼去。”

长念傻笑着抬头望天，叶将白这个人也是有优点的啊，大方极了，她搬空他的国公府，他都没打算跟她计较。

那随他回府住两日，也没什么大不了。

“就这么定了。”长念道，“之后，国公可要好生配合。”

叶将白微微颔首，目光看向山下隐隐的京都轮廓。

第三章 合作

京都尚在一片迷雾之中，百姓不知道发生了何事，朝中百官也是人心惶惶。武亲王正与旧部密谋呢，就听见宫里的眼线传来了消息。

“王爷！大事不好了！大皇子薨了！”

一枚玉棋落在了地上，清脆地跳了老远。武亲王陡然起身，皱眉问：“什么时候的事？”

“今日一早养心殿里尸臭散发了出来，这才终于瞒不住。”下人回禀，“至于大皇子薨于何时，倒是没能知道。”

武亲王沉默片刻，大笑出声：“哈哈哈，本王料想的果然没错！叶将白狼子野心，妄图用大皇子牵制本王，却不承想抚宁已经死了……死得好啊！”

下人愣怔，惊慌地低头，装作什么也没听见。武亲王扭头就对方才坐在他对面下棋的人道："时机已至，就看大人愿不愿意与在下放手一搏了。"

那人捏着白子，闻言也没侧头，只平稳地将玉棋放在棋盘上，摆正了位置，才慢悠悠地开口："既然时机已到，那便搏吧。"

"可只本王一人，还是有诸多顾虑啊。"武亲王笑，"您既然也有此意，何不鼎力相助呢，姚大人？"

座上的姚阁老终于抬头，长长地叹了口气："老夫毕竟跟着国公一路至此，眼下突然倒戈，传出去不好听。"

"他不仁在先，阁老又何必顾虑太多？"武亲王眼眸微合，"人哪，还是要多为自己打算。"

姚阁老淡笑，看了看盘上局势，点了点头。

……

长念收拾好行李，藏在叶将白的马车里回了京都。再次踏进国公府，她丝毫没有什么物是人非的感觉，因为整个国公府在极短的时间里已经修葺成了另一番富丽堂皇的模样。

"国公。"她面无表情地问，"您这银子，又是从哪儿来的？"

要是没记错，他当初逃离京都，府邸是被她抄得一个铜板也没剩下的。

叶将白微微一笑："谁知道呢，回来的时候府邸就已经是这样了。"

骗鬼呢？长念眯眼。

"殿下先在此处安歇。"叶将白引她去了个院子，"等时机成熟，便可动作。"

长念跟着进门，想了想，问："府上的姚姑娘呢？"

"问她做什么？"

长念左右看了一眼，道："这院子，以前是她住的。"

叶将白一顿，淡淡地别开头道："她回姚家了，殿下不用太过在意。”

回姚家了？长念很意外，之前不是还宠爱得紧，走到哪儿带到哪儿吗？

“怎么？”叶将白似笑非笑地看了看她，问，“殿下很在意？”

长念耸肩，自顾自地进了屋子。

她才不会在意，跟她又没什么关系，只是随便问问罢了。

“国公！”叶良从后头进来，皱眉拱手，“养心殿消息泄露，宫中大乱。”

闻言，叶将白和赵长念齐齐回头。

“你是说，现在？”叶将白皱眉。

叶良点头，表情有些凝重。

按照他们之前的计划，大皇子薨逝的消息应该在七殿下准备充分之后，再行披露，好让七殿下以奔丧为由，顺理成章地回到京都。可没想到，七殿下刚回京，宫里就出事了。

叶将白的脸色很难看，目光几转之间，他像是知道哪里出了问题，拳头微紧，却没说什么，扯了赵长念就往外走。

“没时间给你做别的。”他沉声道，“这场戏唱不好，你我一起完蛋。”

长念挑眉，跌跌撞撞地跟着他上车，看着他浑身的戾气，忍不住笑道：“要完蛋也是国公一个人完蛋啊，谋杀大皇子的是你，又不是我。”

叶将白侧眼冷笑：“唇亡齿寒，我若完蛋，殿下能是什么下场？”

武亲王弄死叶将白，要坐稳皇位，必定也会弄死她这个太后亲封的太子。

笑意一顿，长念沉默片刻，严肃地道：“咱们快走吧。”

她只身一人回京，北堂缪等人还在后头待命，按照她的想法，现在进宫，她与叶将白合作，兴许能压住这局势。

然而，叶将白的马车没有往宫里去，而是绕了个弯，去了巡卫营。

“你带人去城门，一路大张旗鼓地前往皇宫。”望着外头巡卫营的牌匾，叶将白低声道，“一旦叶良传令，你便强闯皇宫。”

长念有点蒙：“这是做什么？”

“信我。”叶将白没时间解释，将她拎出马车，扬长而去。

长念站在原地想了好一会儿，觉得很好笑，两人经历过你死我活，也经历过不共戴天，他凭什么叫她信他啊？

“殿下。”叶良朝她拱手，示意她往里走。

收敛心神，长念跟着进门，从叶良手里接了兵符，点了五百巡卫兵，看了看，摸着下巴问：“这点人，如何才能‘大张旗鼓’？”

叶良挠挠头：“暂时只能调出这么多人，但这些都是精锐。”

不是只能调出这么多人，而是叶将白只放心她带这么多人。长念笑了笑，道：“还得准备点东西。”

“什么？”

“旌旗。”长念道，“我大恭各营的旌旗。”

叶将白匆忙进宫的时候，身边的武将还在絮絮叨叨地道：“武亲王已经在赶来的路上，听闻带了不少人，还请了朝中几位元老，看样子是不会善罢甘休。养心殿里的尸首已经发臭，还是早些处置为好。”

他一边说，一边将叶将白往养心殿引，远远看去，养心殿一片和平景象，叶将白远远看见林茂站在门口，想也没想就跟着跨了进去。

“主子……”林茂身子没敢动，表情却有些扭曲。

叶将白察觉到不对，猛然想撤，身边的武将却反应极快，立马拔刀封住了他的去路。

“姚重夜。”叶将白沉了脸，喊那武将的名字，“你竟然真的敢？”

姚重夜没吭声，头埋得很低，手里的刀却没放下。同时林茂背后抵着刀的人也站了出来，笑着喊了一声：“国公，武亲王在里头等您呢。”

林茂的脸涨得通红，他愧疚不已地道：“卑职连累了国公！”

若不是他站在这里，国公断然不会如此大意地踏过来，武亲王早有埋伏，那姚重夜怕是也被收买了，就等着这一刻倒戈。

后头的随从都因为他被挟持而不敢妄动，前面的林茂情况也不太好，叶将白瞧着，反倒镇定了下来，伸手理了理衣冠，笑道：“说什么连累呢？大皇子薨逝，今日就算是有刀山火海，在下也是要去见武亲王一面的。”

说罢，他坦然地迈步，往主殿里走去。

他这么自如，姚重夜反而战战兢兢了，刀横着不敢松手，踉踉跄跄地跟着他进门去。

主殿里遍布守卫，武亲王端坐在尸臭味极重的主殿里，看见他进来，一张脸深沉严肃：“叶将白，你可知罪？”

跨门进去站直身子，叶将白满脸无辜：“王爷之言，在下听不太明白。”

武亲王很佩服叶将白，真的，在味道这么浓烈的大殿里，是个人都知道发生了什么，他竟然还能这般云淡风轻，仿佛完全跟他没关系。

武亲王重重地一拍桌子，起身道：“国公若是不明白，这天下就没几个人明白了，大皇子惨死，你难道不该给我一个交代？”

叶将白莞尔：“王爷，先皇惨死，您尚且没给赵家交代，如今怎么要在下给您交代呢？”

武亲王一噎，眼神顿时变得阴鸷。

“其实在下与王爷，完全可以坐下来好生聊聊。”叶将白轻描淡写地道，“大皇子一死，王爷若是急着与在下翻脸，怕是要鹬蚌相争，渔翁得利。”

武亲王冷冷一笑：“眼下这江山，国公与本王分食而已，何来渔翁一说？”

叶将白长叹一口气：“这件事，说来要怪在下，对七殿下心生不忍，未曾赶尽杀绝。如今他们就屯兵东迎山，要打下来，也就是一眨眼的工夫。”

“想吓唬本王？”武亲王撇嘴，“败兵之寇，渔网都撒不开，还妄图一网打尽？”

“京都混战，北堂缪全身而退，目前北堂家上下没有表态，二皇子也说动了西北一方三个大将，要带兵支援。真等他们休养生息再度来战，又遇上京都内乱……那还真是说不准呢。”叶将白抚桌而笑，“还是王爷有如此自信，能啄了蚌肉，又啄渔夫？”

主殿里安静下来，只有浓烈的尸臭静静漫溢。叶将白面色镇定，武亲王则若有所思。

半个时辰之后，外面进来了人，俯身在武亲王耳边道：“王爷，岗哨回禀，七殿下带了八营大军，已经破了京都城门，往皇宫这边来了！”

巡卫营的人肯信赵长念，之前打起来，不少人投奔于她，可其他几个兵营，未曾听说与她有什么更深的联系，并且都没有多少人跟着上东迎山，如今怎么可能突然全被她带着打回来了？

武亲王眉头紧皱：“确定没看错？”

“禀王爷，当真没看错，回禀的人说了，八营旌旗皆在，且东西两边城门外都有动静，形势很是不妙。”

怎么可能呢？武亲王想不明白，按理说赵长念溃败而走，兵力应该不充足了才对，怎么可能在这么短的时间内重整旗鼓？

他略微沉吟，看了旁边的叶将白一眼。

叶将白从容地把玩着腰上的玉铃，看起来心情极好，察觉到他的目光，轻笑着便道："北堂缪暗伏在城外已有三日之久，若是攻来，王爷得派兵抵抗才是。"

守城军大多是叶良麾下的人，武亲王原先打的算盘是他占据皇宫，守城这种累活就让叶将白干，等哪天他兵力衰退，补给跟不上，便是他坐享其成的时候。

但现在，叶将白被他扣在这里，不但不会出兵抵抗，甚至有可能放北堂缪进城，好搅乱这一池的水。

心里烦乱，武亲王眯眼，颇带杀气地看向叶将白。

日头渐高，长念带人从崇阳门进宫，迟疑地问叶良："你确定国公现在还活着？"

叶良拱手："殿下只要带兵继续进宫，主子就不会有危险。"

"可以武亲王那狠辣的性子，叶将白落在他手里，他必定是杀之而后快的。"长念皱眉，"他若是死了……"

"殿下很盼着主子死？"叶良皱眉，想起那日攻城之时她那一个"杀"字，脸色微沉。

长念一顿，轻笑："叶良，你在怨我？"

"是。"叶良抿唇，扭头看向前方，"主子心里一直惦记着殿下，可殿下对主子委实心狠。"

长念摇摇头，道："天下人都可以议我心狠，你却没资格。"

"为何？"叶良不平，"我何时亏欠过殿下不曾？"

"没有。"长念摇头，"但两人之间要论个心狠对错，你偏帮叶将白，便是没资格论的。心是斜的，怎么也无法公平，不公平的论断，要之何用？"

叶良皱眉："就算是外人……"

“如果是外人，他便能看见叶将白也曾对我下过杀令，我身上之伤，皆是他所赐。”长念打断他的话，微微抿唇，“他对我不留余地在先，我为何不能吐一个‘杀’字？更何况，你所说的惦记，我是半点没有察觉到的。而我对他如何，你也丝毫不知，单凭他是你主子，你便替他来指责我，不觉得可笑吗？”

叶良噎了噎，抬头望向她。

七殿下还是同从前一样清秀娇小，骑在马上看起来柔柔软软的。就是这么一个柔软的人，眼神却无比执拗。

“你主子是成大事的人，从他与他爹合谋杀害我父皇开始，他就抛却了儿女情长。如今再来说什么惦记不惦记，不觉得可笑吗？”

叶良有点茫然，走了一路，也想了一路，快到养心殿的时候，他终于反应过来，问：“您的意思是，您对主子也未必不惦记？”

长念顿了一下，甚是无语地看了他一眼，马鞭一举，身后跟着的五百人立马四散开半围住养心殿，以旗杆杵地，齐声大喝。

喝声震天，响彻宫闱，惊得养心殿里一阵慌乱。

长念在马背上撑起身子，企图看看里头叶将白还活着没，然而不等她站得高过宫墙，养心殿的大门就打开了。

“念儿这是做什么？”武亲王依旧是一副憨态可掬的模样，挺着大肚子冲她笑。

这是自父皇死后，长念第一次看见武亲王。想起之前自己纵虎归山，又想起他宫里的大花飞燕，赵长念眼眶微红，死死地捏紧了缰绳。

“武亲王，我才想问，你这是做什么？”她道。

“你大皇兄被辅国公所害，本王是想替他讨回公道，所以才守在这里。”听见她不喊皇叔，武亲王嘟了嘟嘴，颇为可惜地叹了口气，“才多久不见，你与皇叔怎么生分成了这样？”

“你谋害了我的父皇。”长念冷声道，“我若唤你一声皇叔，你不觉得亏心吗？午夜梦回，不会梦见我父皇找你算账吗！”

武亲王脸上表情稍淡，他沉声道：“念儿，大人的事情，你一个小孩子掺和什么？”

“那是我唯一的父皇！”长念沉了脸，“什么是大人的事？弑君弑弟，非人道也！”

武亲王哼笑：“你这小兔崽子，也不过是恨我要抢落在你头上的皇位。你要知道，若不是十四年前我中了太后的计，被你父皇所囚，这皇位早就该是我的！是你父皇抢了我的东西，你这贼人之子，倒还义正词严了？”

中了太后的计？长念愣了愣，这显然是她不知道的事情，武亲王也是太后亲生的，太后怎么会帮着父皇设计他呢？

“乳臭未干，就打着忠义的旗号想对付我？”武亲王哼笑，“你还嫩了点。”

定了定神，长念摇头不去听他的话，只问：“国公可还在里头？”

“怎么？想找他？”武亲王挑眉，“他可也是杀你父皇的人之一。”

“就是知道，才想让皇叔把他交出来。”长念沉声道，“你与我有血缘，争论是非很是麻烦，但我与辅国公需要有个了断，还望武亲王看在赵姓的分上，莫要包庇才是！”

武亲王大笑，拍着肚子道：“念儿还是太过单纯，辅国公手握重权，又庇护着京都，哪里是能轻易让你了断的？”

也就是说，叶将白还活着。长念微松一口气，觉得自己真是白担心，到底是低估了那人的本事。

心里这么想，脸上偏要装出一副气愤的模样，她捏着缰绳怒道：“他是弑君之人，又企图夺我赵家江山，焉能留他命在？武亲王还是快些让开，好叫我杀了那不忠不孝之人！”

“念儿，你听本王说。”看她这么气愤，武亲王连忙劝道，

“你得奇兵突袭，才能抵达这养心殿，但实则局势对你还是不利。贸然杀了辅国公，你也坐不上那皇位。”

长念一脸困惑：“他也想争皇位，武亲王为何还护着他？”

废话，要是赵长念没来，他自然不会护着，可眼下赵长念来了，不管是她遭殃还是叶将白倒霉，另一方都有可能做收网的渔夫。只有让叶将白缓过劲来，能与赵长念抗衡，他才能退后一步，撒开大网。

想到这里，武亲王的态度越发和善：“你父皇与我有旧怨，皇叔对你却没什么怨怼，甚至还要念着你帮过我的恩惠，故而是不会害你的。既然回都回来了，那便回王府住下吧，让北堂将军也进京来，大家和和气气地坐下谈谈，如何？”

长念神色复杂地看着他，觉得人心真是可怕，竟有人能完全泯灭亲情，为着权势地位说这些不人不鬼的话，而她，还必须表现出相信的样子。

“我今日回来，本也就是听闻了风声，想来看看大皇兄。”垂下眸子，长念道，“二皇兄的援兵已至，武亲王放心，我赵家的江山，无论如何都不会落到外姓人手里。”

这话说出来，武亲王显然更不能放心了，干笑两声应下后，他侧头看向旁边的林茂：“林统领，国公在里头等您呢。”

林茂一听，立马带人进去，将叶将白请了出来。

长念冷眼看着，发现叶将白出来的时候是被两个人左右搀扶着的，脚步有些虚浮，忍不住暗想，难不成武亲王用刑了？

然而，待人走得近些，她竟发现，这人脸上有睡着了压出来的红印。

长念：“……”什么用刑，压根就是没睡醒！

在这样的局势之下，叶将白还能在养心殿里睡着，长念觉得光这份胆量，天下就没几个比得上。

“你还当真回来了？”一看见她，叶将白冷了脸色推开搀扶的人，抬高了下巴。

长念回他以怒目：“是啊，我回来了，国公是不是很失望？”

“有点。”叶将白哼笑一声，斜眼道，“还以为殿下能顺顺利利地在山上喂了狼呢。”

“那可真是不凑巧，狼没喂，我还要回来吃人也说不定。”长念的手背青筋微起，“我父皇皇兄的血债，国公可是要偿的！”

“殿下说笑。”叶将白嗤了一声，“先帝和大皇子都是暴毙，与在下有何关系？”

“你！”

“时候不早了，各位要是没事，在下可要先回府了。”叶将白伸了个懒腰，道，“多谢王爷今日的茶水。”

武亲王客气地颔首：“哪里哪里。”

“既然国公也要出宫，那不如让我送一程吧。”长念冷笑，“就是不知国公亏心事做多了，敢不敢与我同行？”

“殿下这说的是什么话？”叶将白一脸正气地道，“在下无愧于心，有什么不敢同行的？”

更何况林茂和叶良都在呢，只要武亲王的刀子拿开了，他就没什么好怕的了。

武亲王乐呵呵地看着两人吵得满脸深仇大恨，然后各自带人，相互防备地往外走，笑着对姚重夜道：“咱们坐山观虎斗，倒是省事了。”

姚重夜拱手道：“可是王爷，以卑职对国公的了解，他对七殿下一向手软，两人背地里兴许真的有什么不可告人的秘密，到时候……”

“不会的。”武亲王摇头，“叶将白如何本王不清楚，但长念那孩子眼睛里一向揉不得沙子，叶将白和他有仇，他断不会轻易原谅。”

没仇的时候，念儿可软了，随意你怎么凶他，他都是一副可怜巴巴的样子，也不生气。可一旦有了仇……

侧头看见旁边花圃里开得正好的花朵，武亲王想起第一次看见赵长念的场景，忍不住长叹一口气。

有仇了，就回不去了，不会有傻孩子来问他知不知道武亲王了。

也罢，他想，踏上皇位的路，本来就注定满是背叛和孤寂。

长念骑着马，叶将白是步行的，处于高位的长念俯视着他，嘴皮子也利索了很多：“国公看来没睡好啊，是午夜梦回被冤魂缠身吗？”

叶将白信步走着，宽大的衣袖被风吹得扬起，飘然若仙：“殿下多虑，事务繁忙而已。若世上真有冤魂，那先帝一生也不得一次安眠。”

长念脸色微沉，道：“逝者为大，国公还是放尊重些。”

两人是在佯装不对盘，但这话一出来，叶将白感觉到她是真的生气了，不由得撇撇嘴。

愚孝！赵长念这个人就是愚孝，明明先帝就不是个好皇帝，也不是个好父亲，她偏生要护这么紧。

有意与她再争，又怕把这人真惹急了眼，叶将白别开头，气愤地看向旁边的宫墙，却蓦地发现，宫里的花都已经开了，粉的蓝的花瓣在风中摇曳，颜色鲜亮，瞧得人心情都好了些。

“已经……春天了吗？”他低声问了一句。

旁边的叶良答：“早就是春天了，都快入夏了，主子怎的连四季都不知道了？”

素日里钩心斗角，哪里还有闲心去看花？也是方才一时碰巧，才察觉了。

旁边的人依旧坐在马上走得目不斜视，可叶将白觉得，这人许是个福星，她一回来，京都的天气都变好了。

“主子，姚副将呢？”叶良走着走着，突然回头看了一眼，奇怪地道，“他不跟咱们一起回去，难道还有别的任务？”

提起那个人，叶将白的脸色重新阴沉下去，他捏着袖子寒声道：“出宫便下令，封死姚重夜府邸，府上所有人，不论男女老少，统统处以极刑！”

叶良吓了一跳，稍微一想就知道姚重夜定是背叛了主子，当下便拱手应道：“是。”

他们说话的声音不大却也不小，长念恰好听见，眉头皱了个死紧：“国公。”

“殿下有何吩咐？”叶将白睨她一眼。

“即便姚副将犯了再大的过错，也没必要将他府上所有人赶尽杀绝。”长念道，“更何况极刑委实残忍，老幼何辜？”

“殿下这点妇人之仁，还是留在殿下以后被人背叛，差点殒命的时候再用吧。”叶将白冷笑，“背叛我之人，我是决计不会放过的。”

叶将白骨子里是嗜血的，心情极差的时候，向来只有鲜血才能平息愤怒。以前坊间有传言，说他一人血洗过一整条街的暴民，长念当时只当是有人想诋毁他，不承想这人对人命当真看得这么轻。

听他这话，长念觉得有点气，腮帮子都鼓了起来，沉声道：“怜惜人命，乃人天生之性也，何谓妇人之仁？如今局势本就变化万千，不少人因着地位和钱财倒戈投敌，这些人断是该处置的，但家中老幼没道理统统处死。”

“你懂什么？”叶将白眯眼，“我杀他一人，他子子孙孙会不会来替他报仇？斩草除根才最是干净利落，况犹有以儆效尤之效，何乐而不为？”

长念恼了："那你杀我父皇的时候，怎么没杀了我？"

叶将白大怒，一时也口不择言："你以为我不想？"

"……"

宫道上众人被吓得大气也不敢出，长念脸色微白，看向他的眼神如隆冬井水。叶将白冷眼还视，心里微微有点发虚，可转念一想，有什么好虚的啊，这人想杀他的时候也没嘴软过，他就过过嘴瘾又怎么了？

长念再没说话，掉转马头，带着人就出了崇阳门，一路离开皇宫，头也没回。

"主子。"良策低声道，"殿下这是真生气了。"

"我知道。"叶将白轻哼一声，狐眸左右晃了晃，"假戏真做嘛，也更有说服力，你看后头的人，是不是都被吓着了？"

良策回头看了看，五步之外跟着的那一大群人果然个个面带惊色，似是在后怕。

今日带的这些都不是亲信，有姚重夜的例子在前，叶将白是不放心他们的，做出样子来让人传话给武亲王，才能让他彻底放下戒心。

他做得没错，叶将白很有底气地想。

然而，回到国公府，大步迈着的步子一转，他还是磨磨蹭蹭地去了赵长念的院子。

红提正在收拾行李，赵长念坐在院子里的石桌边，正在翻看什么册子。

叶将白仔细打量她一番，嗯，面色平静，眼里也是一片温和，想来是已经消气了。

于是他轻叩院门，问："殿下可有空？"

长念一顿，抬头看了他一眼，皮笑肉不笑地道："没空。"

叶将白："……"

大家都是成年人了，他气愤地想，跟谁闹小孩子脾气呢？谁还会去哄她不成？

一甩衣袖，叶将白扭头就走。

两炷香之后，叶将白重新站在了别院门口，手里端了一碟“乳燕归巢”，满脸不情愿地道：“瞿厨子做了这个，让我给殿下送来。”

“乳燕归巢”是瞿厨子的成名点心之一，糖丝做成的燕巢，里头托着裹了糖霜的白糯米，拇指那么大一个，甜而不腻，每次都把长念吃得舔手指。

自从离开国公府，长念就再没吃到过了，眼下很想硬气地说不吃，可余光瞥啊瞥，她咽了口唾沫，还是软了语气道：“多谢。”

于是叶将白顺理成章地就在她面前坐下了，问道：“王府还没收拾妥当，人手也没安排，殿下这就要急着走？”

长念拈了点心吃掉一个，甜甜地笑了笑：“那不然留在国公府里，等着国公斩草除根？”

就知道她会呛这一句！叶将白撇了撇嘴，轻咳一声道：“如今我与殿下既是同仇敌忾，又如何会害殿下？”

“那谁说得准呢？”长念学着他的样子拿腔拿调地道，“毕竟人心隔肚皮，我这人最讨厌别人背叛。”

“殿下多虑……”

“与虎谋皮，不深思熟虑怎能活得下来？”

“赵长念。”叶将白揉了揉眉心，怒道，“你非这样阴阳怪气的是不是？”

长念想很有气势地拍桌子吓唬人，可看了看手里还没吃完的点心，忍了，横眉道：“国公不是向来喜欢这般说话？我也不过是学了三成。”

“过奖。”叶将白哼声道，“我可没殿下那么厉害，一言不合转身就走。”

“那是一言不合？”长念眯眼，“我与国公在人命之事上的想法相去甚远，多说半个字都嫌累。”

“在下既然没有打算说服殿下听从在下的观点，殿下何必如此介意？”叶将白觉得好笑，“姚重夜一家人跟殿下有关系？”

“没有。”长念道，“可那也是人命。”

得，又说回来了，就是妇人之仁。叶将白撇嘴，端了茶喝了两口，不想再与她争这个。

长念咽下两个点心，想了想，道：“这会儿既然已经无事，国公可愿随我走一趟？”

“去哪儿？”

“就说愿不愿吧。”

叶将白翻了个白眼，这是求人的态度吗？到底是被谁惯出来的这副无法无天的模样？他要是就这么从了，面子往哪儿搁？

半个时辰之后，面子不知道搁哪儿了的辅国公与赵长念一起微服走在了街上。

“前面就是了。”长念指了指。

叶将白嫌弃地盯着那官邸看了一会儿，突然觉得不太对劲：“姚府？你……”

“闭嘴。”长念毫不留情地踩了他一脚。

叶将白怒瞪她。

“怎么？”长念挪开脚看了看，“踩疼了？”

“不是。”叶将白脸色铁青，“刚做的蜀绣云龙靴，沾泥了。”

长念：“……”这人还真是，叫人不知道说什么好。

眼瞧着到大门了，叶将白不情不愿地想走正门，长念却一把拉过他，做贼似的绕去了侧面。

“做什么？”叶将白抱着胳膊俯视她，“殿下若还是想为姚家人求情，那在下可先回去了。”

“上去。”长念指了指高高的墙沿。

叶将白以为自己听错了：“什么？”

“爬墙国公不会？”长念上下打量他一圈，眼里隐隐有鄙夷。

这真是叫人气不打一处来，叶将白冷哼一声，脚尖在对面墙上一个借力，便跃上了屋檐，居高临下地问她：“然后呢？”

长念跟着爬上去，看了看院子里头，拉着他一路踩瓦檐，去了屋顶后头。

他们眼下的院子里站着几个五六岁的小孩，被奶娘带着，像一个个奶团子，笑着闹着在转圈。后头的一个院子里，却响起大人的吵嚷声和哭声。

“怎么办？你说怎么办！咱们府都被人围了，他人在哪儿呢？”

“嫂子，你冷静些。”

“我冷静不了！”女人的啼哭声尖锐又凄惨，“英儿怎么办啊？他倒是好，说不回来就不回来，英儿才五岁呢！”

吵吵嚷嚷的声音听得人颇为烦躁，叶将白皱眉，下意识地就想拉着长念换个地方。可手一碰着她，他又一僵。

许久未有过碰触，再握她的手，感觉心里像是突然有什么东西破土而出，又痒又奇怪，想收回来，手又莫名地不听他的话，僵住不动。

“嗯？”长念奇怪地侧头看他一眼，“国公什么也看不见吗？”

“看……看什么？”叶将白有点心虚，难得听话地顺着她的目光往下看。

长念似乎完全没察觉到被他拉着手，一本正经地用另一只手指了指下头玩耍着的小孩，又指了指远处吵吵嚷嚷的院子：“看他们啊。”

他们有什么好看的？叶将白撇嘴，可看在赵长念十分给面子，没一把甩开他的分上，他还是待在原处，耐心地听她叨叨。

“你说姚重夜该死，我不拦着你，毕竟他害了你。可这些孩子才多大？你把他们都杀了，的确是斩草除根，可你有没有想过如此暴虐，会在别人心里留个什么印象？”长念道，“以姚重夜出卖军机为由，给他定罪，流放家人也是可以，但处以极刑实在是太过了。”

院子里几个天真的孩子什么也不知道地笑着，一圈一圈地追逐打闹，旁边有家奴在浇花，远处还有婢女在端茶。除了喧闹的主院，别的院子好像都同往常一样，井然有序地过着日子。

叶将白看了许久，才开口道：“所以你还是在求情。”

“国公若执意要处以极刑，我也拦不住。”长念黑了脸，沉声道，“毕竟你握有生杀大权，一挥手，这院子里的人就一个也活不了。”

叶将白打了个哈欠，拉着她道：“先回去吧。”

他不说杀不杀，看起来也没有要动容的样子，长念心情不甚好，嘴巴翘得老高，蹲在原处不愿意动。

“做什么？要我抱你下去？”叶将白挑眉。

长念瞪他一眼，气愤地下了屋顶，站在屋檐上道：“你若真下杀令，迟早会有报应的。”

“怎么，说不动，还咒起人来了？”叶将白觉得好笑，伸手将她揽着跳下小巷，挑眉道，“这凶巴巴的样子也是跟我学的？”

刚一落地，长念就推开他，手也抽了回去，认真地道：“跟国公学什么都好，这心狠手辣的模样，我是断然不学的！”

“不学便不学。”叶将白道，“先离开这儿，外头还守着人呢，叫人看见咱们在这儿鬼鬼祟祟的，终究不妥当。”

“那你走就是了。”长念道，“我自己能回去。”

女人啊，脾气上来就是这么不讲道理，叶将白唏嘘，想了想，收拢袖子就往外走了。

第四章 亏欠

长念独自站在巷子里生闷气。

大恭刑法严苛，极刑一向设得多，五马分尸、人彘、凌迟、拔骨等。

她曾眼睁睁看过皇后当着众妃的面拔了一个宫女的骨头，目的仅仅是为了树立威信。活生生的一个人，四肢割开口子，将骨头硬生生扯离……那鲜血淋漓的场面，让她回宫后怕了好几个晚上。小长念当时就在想，若她有朝一日能像皇后那么厉害，她想做的第一件事就是废除刑法。

而现在，她看起来比当年已经厉害了很多，但这刑法还是没能废掉，众多掌权者都以此来立威，震慑于人。

叶将白也是这样。

兀自气了好一会儿，长念才抬步往外走，耷拉着脑袋无精打采的，正想叹气呢，结果深吸一口气，就嗅到了枣糕的香味。

她眼眸一亮，摸了摸身上的钱袋，大步就想往外去买。

结果走到巷子口，她看见了捧着一大块枣糕，拿着扇子使劲扇的叶将白。

赵长念："……"

"嗯？不想吃吗？"叶将白挑眉。

嗅了嗅香味，长念老实地回答："想。"

"那冲我翻什么白眼？"叶将白微笑，"乖，跟我回府就给你吃。"

"你把谁当三岁孩子呢？"长念恶狠狠地瞪他，然后一把抢过枣糕，"啊呜"就是一口，一边吃一边拿眼睛斜他。

叶将白觉得好笑，负手往回走，道："命令已经下了，朝令夕改非上位者所为，即便殿下说得有道理，姚重夜一家人也无法逃过一劫。"

"不用极刑也不成？"长念瞪他。

"姚重夜投靠武亲王之时，就该想到这个后果，但他没有好好保护他的家人。"叶将白道，"他都不在意，殿下这么在意做什么？"

深吸一口气，长念怒道："以理服人者盛，以暴制人者衰！"

"眼下非盛世，也不会有人来计较这些。"叶将白施施然道，"殿下等着看，这一场极刑过后，我麾下断不会再出半个叛徒。"

"你！"长念气得把吃了一半的枣糕塞回他手里，沉声道，"道不同，不相为谋！"说罢一抹嘴，踩着步子就走了。

叶将白好笑地看着她的背影，发现这人还真是喜怒形于色，瞧瞧那步子用力得活像是要把地踩出几个坑。

手里的枣糕被咬出了几个月牙形的齿印，叶将白摇摇头，信手包好，踩着她的脚印慢悠悠地往回走。

长念一回府就找来了冯静贤，关门议事，一张黑漆漆的脸在议完之后才稍稍放晴。

“殿下。”冯静贤迟疑地道，“虽说国公的做法的确残暴，但就眼下的局势来看，当真是杀一儆百。”

“你也这样觉得？”长念错愕地抬头看他，继而有些生气，“你是不是也觉得，是我妇人之仁？”

“微臣不敢。”

“不敢是不敢，却是这样想的。”长念失望地道，“冯大人，我以为你跟了我这么久，会懂我的想法。”

望着她那双清澈的眸子，冯静贤有些汗颜，可他又觉得辅国公的确没错，一时只好低头拱手。

“此事，大人不若与我打赌。”长念道，“事情该办就办，至于后果，我赌叶将白不会有好果子，你赌他能杀一儆百，赌资是你的儿子，你敢不敢？”

额上有冷汗落下来，冯静贤抬袖擦了擦，随即义正词严地道：“殿下所言甚是，微臣不赌。”

“你紧张什么？”长念叉腰，“要你儿子去巡卫营历练，又不是要他的命。”

“这……”冯静贤有点犹豫。

“知道你疼他，但他病都好了，男儿家就该多历练。况且你不也坚信叶将白没错？”长念轻哼一声，“那就这么定了。”

冯静贤干笑，总觉得殿下有那么点记仇的意思，但总的来说也没太为难他，想想还是应下：“便依您说的。”

姚重夜躲在忠武宫不肯露面，叶将白查抄姚府，武亲王却也没说什么，任由叶将白将姚家一家老小全部打入天牢，半点动作也没有。

长念正在收拾行李的时候，叶将白又过来了，端着一盘烧鸡，面无表情地道：“瞿厨子做的新菜。”

长念斜他一眼，放下包袱道：“多谢国公，正好路上吃。”

“路上？”

“王府那边来人传话，说是已经收拾好了，疏芳正等我过去，就不多叨扰国公了。”长念道。

叶将白好整以暇地把门一堵，淡声道：“谁乱传的话？在下方才收到消息，王府屋檐坍塌，皇妃已经回定国公府去了。殿下难不成要去定国公府住？”

长念皱眉，看向旁边的红提，红提慌忙道：“方才传话的人明明说……”

“这样吧。”叶将白道，“让人现在再去王府看看，回话来，殿下再走不迟。正好在下有话想说，也要耽误些时候。”

想了想，长念接过他手里的盘子，在桌边坐下，边吃边问：“国公想说什么？”

“今日姚家行刑，武亲王没有出面，姚重夜也不见人影。”叶将白道，“方才三省六部有过一次短议，借着机会，在下已经将姚重夜定罪。武亲王此番不保他，上下必有议论。”

长念觉得很好奇：“武亲王为什么不保？哪怕出面做个样子也好。”

“他自己曾经也是带兵打仗之人，带兵打仗的，最厌恶的就是背叛。”叶将白哼笑，“他虽然骗姚重夜归顺于他，但心里也看不上姚重夜，更何况杀我不成，姚重夜已经是废棋，为了省事，他干脆装病不出，躲过这一回。”

可武亲王没想过的是，这一躲，以后再没人敢投靠于他了。

长念咬了一口鸡腿，笑了笑：“国公好手段。”

“是武亲王愚昧。”叶将白直截了当地道，“他适合带兵打仗，却不适合做皇帝。先帝当年夺他皇位，是变着法子地替赵家皇室续命。”

提起先帝，长念垂了眸，放下手里的鸡腿道：“吃饱了，我还是亲自去王府看一眼。”

叶将白哭笑不得地按住她，道：“我夸你父皇，你怎么还急眼了？”

长念冷冷地看向他。

“好吧，不提了。”叶将白撇嘴，“那姚家行刑，你要不要去看？”

旁边的良策觉得，自家主子一向很聪明，可在七殿下面前怎么总跟个傻子似的？哪壶不开提哪壶！姚家行刑，殿下本就不满，还去看？

叶将白后知后觉地发现不对劲，正想改口，却听得面前的人淡淡地道：“不去看了，倒是太后那里，回京这几日，我还没去给她老人家请安。”

竟然没再瞪他？叶将白觉得很难得，打趣似的问了一句：“可要在下相送？”

她不喜与他在一起，他也就是说说客套话，没指望她点头。哪知，长念听了，想了想，道：“好，正好我没有马车。”

叶将白脸上的笑意僵住。

本来还说去观刑，顺便抖抖威风的，眼下这可如何是好？

“怎么？国公又要说话不算话？”长念斜他。

“什么叫‘又’？”叶将白不乐意了，“在下说话什么时候不算话了？”

“现在。”长念眯眼。

叶将白又好气又好笑，摆摆手，道：“罢了，在下送殿下一程，走吧。”

“我要吃完这个再走。”长念破颜一笑，重新拿起了鸡腿。

“你堂堂七殿下，还稀罕个鸡腿吗？”叶将白一撩袍子在她身边坐下，揶揄道，“守京都的时候，什么好东西都该吃过了。”

长念淡淡地看他一眼，道：“我留守京都，与将士同吃同住，吃的都是白水馒头，偶尔有两个小菜，肉都不多。”

叶将白一顿，很是不悦：“收买人心也用不着这么委屈自己。”

长念嚼着酥皮，不以为意地道：“不是收买人心，是真的没钱，买军饷的银子不够，你的府邸搬空了，很多珍宝是低价急卖的。”

叶将白气得翻了个白眼，叩了叩桌子：“我的北海玉珊瑚呢？那可是稀世珍宝，你也给我低价卖了？”

长念没答，又咬了一口鸡腿。

叶将白气得起身，在她身后来回踱步：“乱世出奸商，就你这脑子，也不懂做生意，贱卖珍宝，高价买粮草，银子怎么会够？光那一座玉珊瑚，就够你那点人吃两个月了！更别说我书房里还放了现成的银票！”

长念一顿，扭头看向他。

“看我做什么？”叶将白直咬牙，“你这不懂行情的！”

责怪她不懂行情，却没有责怪她搬空他的府邸。长念咬着鸡腿，一时有些愣怔。

她突然有一个想法。

这人难不成是故意把满府的珍宝留给她来搬的？

“做那玉珊瑚的名匠已经死了，世间就那么一座。”叶将白犹自在心疼，“你当去哪儿了？”

长念起身，用油腻腻的手拉了拉他的衣袖。

“做什么？”叶将白万分嫌弃地盯着她的手。

“跟我来。”长念咬着鸡腿，口齿不清地说着，引他往外走。

国公府四处都翻修过了，独那一处碧水青山池还保留着原样，长念拉他走近，左右找了找，示意他搬开一块池边的假山石。

叶将白疑惑地看着她，撩起袖子，奋力将假山石推开，露出一个半人高的石洞。

石洞里有东西，叶将白定睛一看，愕然地睁大了眼。

绝世的北海玉珊瑚静静地矗立在石洞里，像一位故友，朝他散发着柔和玉光。

“这……”叶将白伸手把它抱出来，很是想不明白，“怎么没卖？”

长念撇嘴，别开头道：“太贵了，没卖掉。”

叶将白：“……”他觉得这狗崽子在骗他，这东西只要给得出价钱，多的是人抢着要，怎么可能卖不掉？

“这宝贝既然值钱得很，如今我归还于国公，国公可有谢礼？”长念问。

叶将白深吸一口气，还是忍不住咬牙：“你抢我的东西，没抢走还要问我拿谢礼？脸面这东西，殿下还要不要了？”

赵长念理直气壮地摇头：“脸面是身外物，不要也罢，谢礼更实在些。我也不要什么珍奇宝贝，就想国公应我一个事。”

“什么事？”

“对人宽容些。”长念眼神幽深，“就算有人犯错，只要过错不大，就不要处以极刑。”

叶将白愣怔。

说实话，他有点感动，赵长念这么颇费周章的，原来就是为了劝诫他？这么劝对她是没有好处的，只能是为了他好。原来她……也没他想象中那么恨他？

叶将白的表情柔和下来，他抱着玉珊瑚想了良久，轻轻地“嗯”了一声。

长念暗松一口气，提前为行动的人拿了一块免死金牌，这玉珊瑚藏得值当！

只是，她再看一眼面前这心情极好的人，有点不太明白，一座玉珊瑚而已，辅国公怎么就笑得这么开心，还带点……娇羞？

也许是她看错了，长念想。

可是两人一起出府入宫，离开玉珊瑚的辅国公依旧笑得春暖花开，楚楚动人，时不时看她一眼，眼里都没了平日里的冰霜，叫长念心里直发虚。

这人……该不会是发现了什么吧？

长念鹿眼乱转，忐忑不安地挪了挪身子，偷偷往车外望了一眼。

冯静贤跟着她进宫，此时走在车边，正在想什么事情。感觉到她的目光，他微微侧头，给了她一个安心的示意。

看来事情进行得很顺利。

收回目光，长念轻咳两声道："太后也是许久未曾见过国公了，国公不妨与我一起进去请个安？"

"不了。"叶将白道，"等刑场那边事毕，在下还要过去一趟。"

长念急了，伸手拉住他的衣袖："就请个安而已，能耽误多久？"

叶将白微愣，低头看了看她的手，一时有些恍惚，不过片刻便回神，低声道："改日再请吧。"

宫里的礼节本来就多，太后若再留他唠叨，那更走不掉了。

他都这么说了，长念也就没好再劝，只别开头骨碌碌地转着眼珠。

马车在福寿宫附近停下，叶将白有礼地扶赵长念下车，刚落地，她"嗷"的一嗓子就捂着肚子弯下了腰。

叶将白脸色一变，身子僵了僵，伸手捏住她的手腕替她撑着身子："哪里不舒服？"

"肚子难受。"长念皱着脸，努力让自己装得像点，可到底还是有点别扭，只得叫唤，"好疼啊……"

老实说，她的演技有点拙劣，长念自己都觉得心虚，余光瞥着叶将白，心想要不要倒地来增加点可信度？

然而，不等她倒下去，叶将白已经紧紧握住了她的腰，将她整个人搂过去倚在他身上，然后半扶着她往福寿宫里走。他呼吸有点急，步子也有点凌乱，搞得赵长念反而不好意思哼唧了。

她装得有这么像吗？长念纳闷，偷看他一眼，又忍不住嘀咕，还是说这人太好骗了？

叶将白面色凝重，直接将她扶进了福寿宫正殿，旁边的宫女瞧见，几个去通禀，几个去请御医，宫里霎时闹腾起来。

“念儿这是怎么了？”太后连忙出来看，“吃坏肚子了？”

长念干笑着点头，叶将白倒是恭恭敬敬地先行了礼：“给太后请安。”

“免礼吧。”太后慈祥地颔首，而后又拉着长念的手左右看了看，“要紧吗？”

“没大碍。”长念指了指外头奔忙的宫女，“不用请御医的，让她们回来。”

话刚落音，叶将白就冷冷地瞪了她一眼。

“殿下自己不把身子当回事，也该为太后想想。”他道，“您身上伤病本来就多，一直未曾好生调养，加上……您病着了，太后娘娘也免不得担惊受怕。”

太后颇为意外地看了看叶将白，眼里有惑色。

叶将白盯着赵长念，脸上的表情有不耐烦，也有些微气愤，和他那张英俊的脸融合在一起，怎么看怎么让人觉得古怪。

这样的辅国公，太后从来没见过。以往都觉得这人是大尾巴狼，可今日一看，怎么倒像是小狼崽子，终于露出了符合他这个年纪的稚嫩。

长念小声嘀咕：“本就没什么大碍，随意开点药就是了。”

叶将白懒得同她说了，淡笑着朝太后道：“本是来请安的，不承想却惊扰了太后娘娘休息。”

“无妨，哀家待在这宫里也正无聊。”太后在主位上坐下，捏着护甲看着他笑，“难得国公来给哀家请安，正好想聊聊最近朝中的事。”

叶将白一顿，眼里闪过一丝烦躁。

就知道进来了这儿不好出去，都怪这狗崽子！

背后莫名一凉，长念打了个寒战，怯怯地看他一眼，继续捂着肚子作痛苦状。

“太后既然想说，不妨顺道让殿下多知道些事。”叶将白淡笑，“毕竟和当年的先帝一样，是您亲封的太子。”

先帝也是太后亲封的太子？长念愕然，看向主位。

太后脸上有些挂不住，捏着帕子擦了擦嘴角：“都是些旧事了……”

她很想糊弄过去，奈何叶将白没有放过她的意思，不愧是大权在握的辅国公，竟逼视着她，非要她开口不可。

太后沉默良久，才叹了口气，看向长念道：“你皇叔……哀家同你父皇，都亏欠你皇叔。若有朝一日他败了，念儿，你一定要给他一条活路。”

长念皱眉，沉声道：“是他杀了我父皇，无论从前亏欠什么，现在都不欠了！”

太后眼眶发红，抿唇道：“是……你父皇不欠了，只哀家还欠他一条老命。”

十四年了，什么都变了，就这福寿宫里的东西一次也没被动过。太后坐在主位上摩挲着手上的护甲，恍惚间似乎看见了当初得胜归来的武亲王。

“母后！”武亲王意气风发，抱着盔甲朝她跪下，“儿臣幸不辱命！赵家江山，儿臣保住了！”

“珩儿好样的。”太后将他扶起来，双眼含泪。

“母后哭什么？”武亲王不解，“这不是大喜事吗？”

“喜事……是喜事。”她别开眼不敢看他，低声喃喃，“你先休息休息……”

“不了。”武亲王笑道，“还约了人议事呢。母后，儿臣还有个不情之请……若是登上皇位，儿臣想寻一个姑娘。”

说着，生怕她反对，武亲王连忙道：“是个很好的姑娘，虽是庶民，但心地善良又贤淑，不比高门女子差！”

“珩儿……”

“母后您不会连这件事都不答应吧？”武亲王慌了，“儿臣……儿臣立了不少功劳呢。”

“珩儿，你听母后说。”她抖着手捏着他满是老茧的手，眼泪止不住地掉，“你在外征战半年，的确是劳苦功高，但国不可一日无君，你不在的时候，宗儿他……暂代你处理了国政。”

武亲王一愣，不太明白：“什么意思？”

太后无语凝噎，不知该怎么说才好，正落泪呢，外头就传来一声：“陛下驾到——”

武亲王浑身一震。

出征半年，流血无数，京中太后来信都说：盼着吾儿归来，登上大宝。结果他好不容易回来，大宝上已经坐了别人了？

武亲王愣愣地看向门口，就瞧见母后一向疼爱的小儿子进门来，朝他笑道：“皇兄终于得胜归来，朕心甚慰。”

朕心甚慰，朕？他凭什么说朕？武亲王双手发颤。这人在母后的庇护下长大，从小一点苦也没吃，父皇给他的赏赐，只要这个人喜欢，母后二话不说都会让他拿给皇弟，他让了十几年，最后连皇位也要让吗？

武亲王捏紧刀鞘，没有行礼。帝王脸色微变，沉声道：“御前应该卸刀的，皇兄。”

卸刀？武亲王看着他身上的龙袍，沉怒拔刀，直指他咽喉：“我在前征战，你在后窃国？！”

宫人惊叫，太后连忙扑上来拦，武亲王红着眼问：“母后，儿臣是不是非您亲出？所以这一辈子所有的东西，您都要我让给他？他什么也不会，一点功绩也没有，到底凭什么登基？！”

“珩儿，别说了珩儿。”太后哽咽，“宗儿已经登基了，他已经是皇帝了……”

“以为这样我就会善罢甘休吗！”武亲王大怒，“这一次，我说什么都不会让！”

福寿宫里乱成一团，太后捂嘴哭泣，看着侍卫冲进来将他压住，手里颤颤巍巍地捏着个东西。

那是武亲王的兵符。

那天，武亲王的咆哮声响彻整个福寿宫。之后的几个月，太后都会从噩梦里惊醒。

“我知道我欠他的，我都知道。”太后泪水涟涟，“可宗儿……宗儿是哀家最小的孩子……”

“小又怎么了？武亲王才是您最有出息的一个孩子。”叶将白觉得好笑，“在您看来，亲生的儿子难不成是以年龄论好坏的？”

“不是……”太后咬唇，眼里有愧疚，“哀家也知道这样不对。”

长念听得一脸茫然。

故事里，他的父皇变成了一个窃国之人，武亲王却是被人夺去皇位的悲剧英雄。

怎么会是这样呢？

太后哭得喘不过气，宫女连忙扶着她进内室休息。长念迟钝地起身行礼，眼里满是困惑。

“肚子不疼了？”叶将白斜眼问。

长念呆呆地摇头。

“那便走吧。”叶将白道，“看样子太后也不想你继续留在这里。”

长念颔首，踩着他的脚印离开福寿宫，刚出宫门，就见良策一脸焦急地迎上来，喊了一声“主子”。

叶将白侧头，听他耳语几句，脸色骤变。

“赵长念！”他咬牙，“你胆子真是越来越大了！”

竟然敢趁着他在宫里，假传他的话？

“是啊，胆子挺大。”泄气地半蹲下来，长念喃喃道，“我让人改成了隐蔽行刑，下葬用的是死囚的尸体，姚家人已经在被流放的路上了。”

“你！”叶将白气极反笑，“你还敢这样说给我听？”

“嗯。”长念点头，“多行不义必自毙，就律法而言，他们罪不至死，我想替你消些罪孽，以免你被孽力反噬，伤到自己还连累我。”

叶将白一噎，戾气微消。侧眼看了看她突然沮丧的模样，他翻了个白眼，道：“怎么？随便听点旧事，就一蹶不振了？”

“不是。”长念揉了揉额角，“我是想不通……若真如太后所说，那皇位本就该是武亲王的，我还同他争什么？”

叶将白失笑：“皇位这东西，向来是能者居之，从未有人定下一定要是谁的道理。武亲王被囚于宫中十三年，如今除了他身边一些死忠亲信，别的什么也没剩下。他坐这皇位，必定江山飘摇，多内乱。”

“可是……”

“没有可是。”叶将白道，“你这人就是太认死理，若天下人都按照你这样的道理来也罢，可只你一人遵照，别人都自私自利，那你要吃多少亏？”

长念不太赞同地看着他。

“别妄想跟我说教。”叶将白皮笑肉不笑，“在下过的桥，比殿下走的路还多。”

长念撇撇嘴，道：“你这人就是贪赃枉法，喜欢走捷径惯了。”

“事实证明，在下走得通。”叶将白道，“当世之事，只要能成便好，谁去管其中过程呢？”

“路走不踏实，会摔的。”长念认真地道，“早晚而已。”

“那就等摔了再说。”叶将白不耐烦地将她扶起来，冷声道，“姚家一事，殿下任意妄为，可知会牵连多少人？”

“我算过了，帮忙的人大多是我的人，只有一个林茂，是被人骗了。”长念十分坦荡地道，“但国公已经答应过我，待人宽恕，否则，就将那玉珊瑚还给我吧。”

价值连城的北海玉珊瑚，是他花了很大力气才得到的最中意的宝贝。他以为她专门留下它，是心里有他，有那么一丝的惦记。

谁知道，结果竟然是一场算计，她早就想好了在这儿等着他呢。

叶将白闷哼一声，紧绷着下颌，冷声朝良策吩咐：“派人去追。”

长念一愣：“走都走了，刑也行过了，追回来做什么……”

话没说完，她看见叶将白扫过来的眼神，寒意凛凛，带着明显的厌恶和恼恨。

睫毛颤了颤，她住了口。

这种眼神，她不是第一次看见，但每次看见，心里都觉得发闷，像兜头一桶冰水泼下来，冰渣子扎得人生疼。在遇见叶将白之前，长念从来不知道眼神能带给人这样的感受，她觉得，一定是叶将白的眼睛长得太好看了，所以眼神也比别人的厉害些。

长念别开脸，不再看他，带上红提从一边出宫。

“殿下。”红提怯生生地道，“国公看起来好像特别生气。”

“能不气吗？”长念撇嘴，“他最讨厌有人忤逆他，想杀的人被放了，总够气一壶的。”

“可是……”红提犹豫地道，“国公生您的气，终究是不好。”

他们现在可是与虎谋皮呢，把老虎得罪了，万一要吃人怎么办？

长念抿唇，眼睛左看右看，终于松了语气：“我不知道该如何对待他。”

两人之间隔了太多的东西，就算如今能若无其事地继续相处，可心里的坎太多，她不知道该怎么迈过去。叶将白看起来迈得很自然，但是她……做不到。

“殿下？”正想着，有人喊了她一声。

长念抬头，就看见沐疏芳惊喜地望着她，然后张开手臂，像一只大蝴蝶一样朝她扑了过来，将她抱了个满怀。

“可算是见着您了！”沐疏芳高兴得很。

长念跟着咧开嘴，上下打量她一圈，松了口气：“你没事就好。”

“嗯？”沐疏芳觉得很奇怪，“妾身能有什么事？倒是殿下，说好了回府，却怎么也不见人。”

“不是说王府屋檐坍塌，你回定国公府住了吗？”

“那个屋檐坍塌得不是很厉害，我就换了个院子，没回去。”沐疏芳想了想，眯了眯眼，“而且，怎么看都像是人为的。”

“有人图谋不轨？”长念紧张起来，“那要不你进宫住，或者跟我在国公府躲躲？”

沐疏芳瞪大了眼：“殿下住在国公府？”

“是啊。”长念点头，“正好有很多事要与国公商议，府上伙食也不错。”

沐疏芳愕然，过了好一会儿，才像是想通了：“如今这形势，想必国公暂时不会对殿下不利，只是……殿下不恨他了吗？”

“怎么可能不恨呢？”长念苦笑，拉着她的手道，“他杀我父皇，也想杀我，还要夺我赵家江山，他是我的敌人。可……疏芳，我有很多事想不明白。”

“殿下不妨说来妾身听听？”

“其实按理说，我父皇不是他杀的，可我就是忍不住要怪他。”长念垂眸，“一想到他当时与我在一起，却暗算我父皇，我心里就难受，像被大钳子夹着心口，硬生生地疼。”

沐疏芳眼神微动，问：“那时候，殿下没有想到国公会这样做？”

“怎么可能想得到？”长念苦笑，“他待我那么好，像当真要同我一生一世一样。”

“那殿下呢？”

“……什么？”

“当时的殿下，是怎么想的？”沐疏芳歪着脑袋看着她，“有想过与他一生一世吗？”

“怎么可能？”长念想也不想就摇头，“我心里知道他想做什么，也知道两个人不会有结果，又怎么会有这么荒唐的念头？”

沐疏芳轻笑，一双眼看着她，低声道：“可是，您要是当真没有这样想过，就不会那么恨他了。”

长念一愣。

“人都是这样，知道没结果，也知道自己不能有多余的想法，可脑子是管不住心的。”沐疏芳捏了捏她的手背，“没有希望的人，是决计不会失望的。”

失望吗？长念怔然地想，原来她那种生气恼恨又不知道该怎么怪罪的心情，是失望啊……

她对叶将白，有过希望？希望他什么呢？希望他能一直同她在一起？还是希望……他能像他说过的那样，一直护着她？

心口发胀，长念不舒服地揉了揉，摇头道：“不管这些了，我现在为难的是，他要派人追捕姚家人，又生了我的气，我不知道该怎么继续劝他放过姚家其余的人。”

“叶将白那个人，看起来嘴硬得很，其实很好哄的。”沐疏芳意味深长地道，“尤其是殿下，只要稍稍花点工夫，就能将他哄好。”

“我哄他？”长念皱眉，“他是我的仇人。”

“可现在暂时为一营了不是吗？”沐疏芳笑道，“国公尚且能放下旧怨留您在府里以图大事，那您为何就放不下呢？”

有道理。

长念突然觉得豁然开朗，眼下不是同叶将白算旧账的时候，她这样期期艾艾也不是个事，总要等尘埃落定，再秋后算账才是。

振作起了精神，长念侧头吩咐红提：“给北堂将军传话，让他分些人护送姚家离开京都范围。”

“是。”红提应声而去。

长念笑着摇了摇沐疏芳的手：“你真是我的福将。”

沐疏芳巧笑嫣然：“得殿下如此夸奖，妾身很是高兴。对了，内务府传话来，说是中宫闹了脾气，不知该如何处置，便传话到我这儿了。殿下有何看法？”

中宫皇后吗？长念眯了眯眼：“她欠秦妃一条命。”

“但辅国公不让人动她。”沐疏芳耸肩，“毕竟咱们的皇后娘娘替叶将白开过宫门。”

“那你就好生看着她吧。”长念似笑非笑地道，“皇后娘娘手段极多，处死过宫里不少人，眼下战祸起，冤魂多，不妨让她多赎罪，以免半夜冤魂缠身。”

沐疏芳终于来了点兴致：“如此，那妾身就有事做了。”

“嗯。”长念颔首，“你去忙吧，我……我出宫去买点东西。”

沐疏芳刚想问她有什么要买的，就见长念已经提着袍子飞快地往前跑了，她个子本来就小，这样远远看着更像只小兔子，蹦蹦跳跳地消失在了宫墙拐角。

宫外有什么值得她买的？沐疏芳很纳闷。

大战后的京都比之前萧条了不少，不过街上还是有许多铺子开着门，长念牵了马，一条街一条街地找，终于在天黑之前找到了一家当铺。

“掌柜的。”她敲了敲柜台，“这儿可还有冰种卖？”

柜台里有人闻言抬头，看了她一眼，道：“客官倒是识货，咱们这儿是有冰种卖，可货不多了，就一件，倒是不急着出。”

长念笑了笑：“可否看看货？”

以前她骗过叶将白一次，是打着给他买冰种的旗号，偷偷出去联络人了。当时的冰种就是在这家当铺买到的，他的确挺喜欢。长念想，那人也没别的爱好了，要哄，就只能买玉。

掌柜的拿出了冰种，手心大的一块，晶莹剔透，未加修饰。

“我是诚心要买的，掌柜的不如诚心开个价？”长念掂了掂。

扫了一眼她的装扮，掌柜的端着架子道：“五千两。”

长念吓得一个哆嗦，差点将玉摔了：“什么？”

“五千两白银。”掌柜的道，“这冰种就这么一块，您要就拿走，若是舍不得，那就给我留着。”

“我以前来买过，那时候没有这么贵。”长念眯眼。

“您也说是那时候了。”掌柜的哼笑，“如今战乱刚过，珍宝四处流散，这种极品存着的本来就少，价格自然高。”

可也不该这么高啊！长念咬牙，五千两银子？她又不是叶将白，一时半会儿哪里拿得出来？

依依不舍地把冰种还给他，长念耷拉着脑袋想了好一会儿，才问：“真的不能再便宜些？”

“不能。”掌柜的斩钉截铁地道。

长念撇嘴，垂头丧气地离开当铺，回去国公府翻找自己的行李。

叶将白从宫里出来就阴沉着脸，刚回府，往这人的院子前头经过，就听见她在里头喊：“红提，看见我那块羊脂佩了吗？”

“殿下，这儿。”

“好，包起来。还有这个，也贵重，包仔细些。”

“是。”

犯了错一点不觉得该道歉，倒是又收拾起行李来了？叶将白这叫一个气啊，牙都要咬碎了。他真不知道这人是谁给惯出来的毛病，难不成她算计了他，还要他去哄着她？

咋不放佛龛里供起来呢？

愤恨地一甩衣袖，他大步走回主院，一边走一边道：“谁都别去管七殿下，她爱走就让她走！”

“是。”良策应下。

主院里摆了矮桌，叶将白阴着脸喝了半盏酒，有下人进来跟良策咬耳朵，他余光瞥着，就见良策听完点了点头，便将人打发走了。

“有什么事？”叶将白问。

良策犹豫地道：“是侧院那边……”

“关于七殿下的，不必来禀。”叶将白打断他。

“是。”良策老老实实地应下，然后当真站着不说了。

第五章 礼物

叶将白眯眼，端着酒杯冷哼一声，凝神去听。

院门外有人经过，似乎有红提的声音，还带了不少东西，语气听起来都很吃力。

叶将白背脊微紧，仰头喝完杯中酒。

要走就走好了，他不稀罕。

院门外渐渐归于平静，再侧耳听，就什么也没有了。叶将白抿唇，侧头对良策道："请些乐师来。"

"是。"

不少人盯着国公府呢，国公要什么东西，都是立马就送来。良策传话下去要乐师，不到半个时辰，十八个婀娜的乐伶就排在了主院里，热热闹闹地吹拉弹唱。

“好。”叶将白笑着赞许，仰头又喝下一杯。乐伶里有受过调教机灵些的，上来便以洞箫尾托住酒杯，吹着一曲《广寒秋》，将酒与他敬上。

这样的花样新鲜得很，叶将白伸手接过，又是一饮而尽。那乐伶便跪坐在他身侧，捏着洞箫秋波盈盈地望着他。

这不挺好的？叶将白笑着想，他这样的身份地位，想要什么样的热闹没有？何苦强留一个人呢？

而且还是个没心没肺的小王八蛋。

酒意上涌之时，丝竹声好像小了些，叶将白皱眉，不悦地道：“大点声。”

乐伶们一抖，动作纷纷加大，叶将白茫然地看着，却总觉得耳边的声音在一点点消失，到最后，四周又变得无比安静。

“曲子呢？”他问。

旁边的乐伶张嘴跟他说着什么，叶将白听不清楚，他抢了她手里的洞箫，试着吹了吹，就听见单调空洞的声音响彻整个院子。

不好听。

恼怒地将洞箫扔开，他端着酒杯看着面前这一大群人的动作，眼神里阴郁更甚。

乐伶们被他吓坏了，个个面无人色，弹琴吹笛的手都在发颤。饶是如此，叶将白还是觉得这院子太安静了，安静得什么声音也没有。

“国公？”

寂静之中，他听见有人在喊他。

叶将白侧头，看见赵长念满脸惊讶地从院门口走进来，心想自己可能喝醉了，这人已经走了，怎么可能又出现在他眼前？

可是，不管他眨多少次眼睛，面前的人都没有消失，并且还走到他面前蹲了下来，抿着唇别别扭扭地道：“在街上看见个东西，料想国公会喜欢，就……拿来给您看看。”

叶将白迷茫地看着她，看着她打开手里的黑木锦盒，看着她小心翼翼地捧出一块东西。

“以前寒酸，送过国公一个消气挂件，但后来那挂件碎了，大抵是消不了气。”赵长念说话磕磕巴巴的，好像有点紧张，又有点满不在意地把东西往他手里一放，“试试这个好了。”

手心一阵凉爽，叶将白一震，终于回过了神。

上好的冰种挂件，尚未雕琢，一手可握，跟她第一次送他的那个很像。

“你……”抿了抿唇，叶将白垂眸，“你不是走了？”

“啊？”长念茫然，“走哪里去？”

没有要走吗？只是出去给他买这个冰种？叶将白愣住，手摩挲着挂件，终于听见了四周分外嘈杂的吹拉弹唱声。

“都停下！”他低喝一声，看向旁边的乐伶，“全部下去。”

“是！”乐伶们慌忙起身。

“不必。”长念摆手，“国公继续听曲子就是，我只是来送个东西，这便要回去了。”

“回哪里去？”叶将白眯眼。

长念指了指旁边：“回侧院啊。”

她压根没有要走，是他多想了。

叶将白心里陡然一松，这才发现自己原来一直惦记着这事，忍不住紧握了挂件，抿唇道：“来都来了，坐会儿吧。”

长念难得听话地在他旁边坐下，一副犹犹豫豫的样子，像是有话想说。

叶将白斜眼道：“殿下还有何指教？”

长念乖乖巧巧地跪坐着，想了想，叹了口气道：“骗了国公，是我不对。”

叶将白挑眉，颇为意外地看着她。

先前心里还堵得厉害，她一开口，叶将白发现，自己竟然瞬间就不气了，并且还觉得有些想笑。

“殿下竟然会认错？”

“有错自然是要认的。”长念道，“只是之前我想不通，与国公又是不共戴天，故而只想着以牙还牙，不觉得哪里有错。如今想来，是我不对。”

背脊有点发凉，叶将白左右看了看，不确定地问：“殿下可是还有什么事想要在下帮忙？”

长念瞪他一眼，摇头：“没有。”

叶将白轻笑出声，抬袖掩唇，狐眸弯起来，霎时盈了半穹的月光：“那可真是……难能可贵。”

长念嘴巴鼓起来，道：“我能说出来，已经是勇者，国公不接受也就罢了，笑什么？”

“不是在笑你。”叶将白叹了口气，眼波盈盈地睨着她，“在下只是……觉得欢喜。”

欢喜个什么劲？长念瞪他，脸上又忍不住泛红，小声嘀咕：“你这人真是奇怪，姚家那么大的事，是我认错就能抵了的？”

“姚家的事可大可小。”叶将白别开脸。

他气的，只是她骗他。

“我要是正儿八经地劝国公放弃极刑，国公可会听？”长念问。

叶将白想了想，摇头。

“那便是了，我想救下他们，只能瞒着你。”长念道，“在国公看来，人命能用来震慑他人。但在我看来，人命关天，无辜者不该惨死。《帝王策》有言：暴君令人畏，德君令人敬，有畏无敬，则君必覆。虽然眼下皇位上无人，但国公作为掌权者之一，不该如此残暴。”

叶将白撇嘴，看着她正儿八经说教的模样，只觉得有些好笑。《帝王策》上不过都是些虚空之论，她倒挺当回事。就眼下的情况而言，姚家就算当真被处以极刑，也是不过分的。

“国公善权谋，但到底缺了些人性。”长念认真地道，“堪为谋臣，不堪为君。”

狐眸霎时半眯，叶将白沉了脸色道：“这些口舌仗，殿下何必与在下打呢？多说无益，还是要看局势。”

他若不堪为君，那谁堪？是比他更心狠手辣的武亲王，还是面前这个柔柔弱弱、什么也没有的赵长念？

“国公。”他正想着呢，叶良从外头进来，神色凝重地道，“西城门外有异动。”

叶将白正了神色。

眼下七殿下回京，又有太后亲封的太子懿旨，武亲王受到的威胁不小。他手里最大的筹码，就是如今还跟随着他的将士，这个时候做些动作出来，倒是不让人意外。

只是，武亲王许是等了太多年，不愿意再等下去了，动作很大，也很急。

“李常安带着近三万人在西城门外与北堂将军大营相对，城中已经戒严，但巡卫营无法管制武亲王带着的亲兵，皇宫附近形势都不太妙。”

叶将白道：“让林茂去守着西城门。”

他还想说点什么，看了赵长念一眼，将话咽了回去，只道：“有什么动静再来回禀。”

长念皱眉。

叶将白的人守着城门，北堂缪和李常安都在城外，这形势怎么看都是对她不利的，尤其兄长刚受过伤，若当真打起来……

拳头微紧，她朝叶将白道：“有没有可能，我们与武亲王坐下来谈谈？”

“谈什么？”叶将白哼笑，“就眼下的形势，已经没什么谈判的余地了。武亲王等了十四年，断不会让步，与其再与他拖延，让京都百姓更加惶惶不可终日，不如快刀斩乱麻。”

这如何能斩得？长念不解，就见他转过头去与叶良耳语，叶良看她一眼，领命离开了。

“殿下今日既然肯来与在下认错，想必也明白。”叶将白回头看她，道，“你我若想成事，一定要相互信任才好。”

信任吗？长念苦笑，她与他之间哪里来的信任？

“就算没法完全相信在下，也不能让人钻了空子。”叶将白伸手，抓住了她的手腕，“殿下可能做到？”

长念觉得他说的很有道理，但又有些为难，犹豫片刻，才深吸一口气，问：“国公想要我如何做？”

“很简单，你我之间坦诚相待，同出同入，同吃同睡。”

在听见最后四个字之前，长念都在感慨叶将白真是一个做大事不拘小节的人。可听到最后，她沉默地将自己的手抽了回来，然后狠狠地打向他的手背。

叶将白“嘶”了一声，委屈地问：“做什么？”

“你想做什么？”长念瞪他。

“同吃同睡怎么了？以前难道没有过？”叶将白一脸正色，“如今是非常时期，武亲王马上就会发现我们在联手骗他，等他知晓，定会想尽办法离间。你我若是稍有不慎，便会中计，到时候就功亏一篑了。”

“那也用不着……”长念皱眉。

“殿下是做大事的人，在意这些做什么？”叶将白恨铁不成钢地道。

“可是，这样做有什么好处？”

“有。”叶将白道，“我的所有计划安排，都会让殿下知晓。同样，殿下也无法再瞒着我做什么。”

就是要完全互通消息？长念犹豫地垂眸，想了许久才问：“那若是我以前就骗过你不少次呢？”

“前尘旧账，咱们一笔勾销。”叶将白大方地摆手，“在下都可以不计较。”

“当真？”长念眼眸亮了亮，“再过分的谎言，都可以不计较？”

叶将白低头看向她，眼眸里的光幽深幽深的：“所以，殿下的确有很重要的事情骗了在下，是吗？”

“嗯？”意识到自己掉坑里了，长念转身就轻轻打了打自己的嘴巴，硬着头皮道，“没有。”

“撒谎可不是什么好习惯。”叶将白眯眼，“既然要合作，殿下不妨都招了。”

“国公多虑。”长念道，“我先让红提去收拾东西。”说罢，一溜烟跑了。

叶将白站在原地看着她的背影，眉心微皱。

“主子这是做什么？”许智道，“真与殿下互通消息，吃亏的是我们。”

“我知道。”

知道还这样做？许智很不能理解。

敛了表情，叶将白转身进屋，拿出一盘残局，示意许智坐下。

“先生一直是我麾下最聪明的人，那么今日有一题，我想请教先生。”叶将白拈了黑子，叩了叩棋盘，“若黑子犯白子在先，白子斩黑子龙首，黑子断白子龙颈，双方拼杀激烈，下成这样一副死棋，黑子当如何？”

许智凝神看向棋面，盘上黑白两子已经僵死，黑子任意下一步，都能吃掉一片白子，但同时，也会被白子抓住机会反扑。看棋面是黑子占上风，然而胜负并未定。

“这……”捻着胡须看了许久，许智摇了摇头，“下法有五，但五步之后，都会陷入另一个僵局。”

叶将白莞尔，左手执白，右手执黑，黑子自断一片，放白子进宫，再走十五步，局势瞬间明朗，黑白双方不分伯仲，竟以平手告终。

“这样如何呢？”他问。

许智一愣：“国公竟然舍得？”

他跟了叶将白这么多年，知道他是个胜负欲极强之人，从来不曾做过半分让步。能有一胜之机，他无论如何都会去试，怎么可能甘愿平手？

“最近贤真常常抱怨，说我脾气越来越差了，有时候发起火来着实吓人。”叶将白轻笑，“我想了想，的确是自己不对，可我也不是故意的，就是觉得高兴不起来，看什么都不太顺眼。”

许智十分感动：“主子能明自身缺漏，实乃天下之幸。”

“别急着夸我，我也不过是在她回来之后，才意识到这回事。”

“他？”许智一愣，眼神瞬间复杂起来，“七殿下吗？”

“是啊，我与她，就像这棋盘上的黑白两子，杀得天昏地暗，拼得你死我活，却找不到出路。”叶将白合眼，“越是僵死，我的心情就越差。”

所以，主子下这样的决定，是想缓和与七殿下的关系？许智十分担忧地摇头：“国公这样想，七殿下未必会这样想。”

“你不知道，她那个人，你待她好，她便待你好。你待她不好，她就会一直记恨，早晚报复于你。”叶将白起身，走到窗边看了看外头的花，“之前在宫城洞里，她说要杀我，我很生气，气得恨不得将她撕碎了，以泄心头之恨。可后来我想起来了，这个人是在记恨我让人追杀她。黄安百步穿杨，一箭让她重伤，她算在了我的头上——如此一想，我倒是消气了。”

许智愕然地看着他。

窗边的主子跟他十几年来认识的那位不太一样，身上经年的戾气好像都散开了，还会一点点地分析对错，想到深处，俊眉微皱，像谁家为情所困的公子哥儿。

“她不愿意与我解决这些，她那个人就是没心没肺，觉得与我没有将来，就再不去想。可我会忍不住想，忍不住希望，也许将来有一天仇怨都散去，她还会扑到我怀里，软软地唤我一声……”

将白。

每每想到这里，心口都是热的，叶将白皱眉，揉着胸膛抿唇道：“其实也不是非她不可，也没有多喜欢她，只是……若能成，那便成了也好。”

看他这模样，许智很不忍心打断他，但迫于事实，他还是只能开口道：“主子，您要与七殿下抢的是皇位。”

只要皇位还在，两人之间的怨怼就不可能消散。

叶将白回头狠狠地瞪他一眼：“要你说？”

许智慢慢伸手捂住了嘴。

为着皇位，叶将白赔上了十几年，他从未有过普通人家公子哥儿的好日子，也很少睡过一次好觉。除他之外，所有一直跟随着他的人，也都付出了极高的代价。走到这一步，已经不是他想不争就可以不争的了。

而赵长念，她也不可能轻易退让，一旦退让，必死无疑。

棋可以下成平局，人是不可能打成平手的，就算关系缓和，也只不过是须臾欢乐。

叶将白定是比他更清楚这一点，然而，他还是选择这样做。

许智暗叹了一大口气。

他觉得主子可能比自己想象中更在意七殿下一些。

……

长念回院子收拾行李的时候，收到了一封密信。她不动声色地看完，借着出恭的机会，翻出了国公府。

“殿下！”刚按照地址找到一处偏院，门口就跑出来一个妇人，满脸是泪地拼命朝她磕头。

长念吓得原地一个小跳，盯着她看了半晌，才认出是谁：“姚夫人请起。”

逃过一劫的姚家人，此时有大半藏匿在这小院里，别人不敢出来，只姚氏一个人跪在她脚边，扶也不起，哽咽着道：“这头要磕完的，要磕完的！若不是您大恩大德，我姚家上下无一能生还，我那五岁的稚儿更是没活路！”

她哭得极惨，半点没有贵家夫人的仪态，涕泪横流：“重夜他是糊涂了，是上了别人的当，才会犯下灭门的过错！殿下只要再给他个机会，他定能立功的！”

长念唏嘘地将她扶起来：“姚大人如今已经是武亲王的人了，我没有能让他立功的机会。你们离开京都即可保命，不必非要荣华富贵，一家人都还有命在就是好事。”

“不是……殿下您听妾身一言！听妾身一言！”姚夫人甚是激动，“重夜他当真是不知情，他爱极了他的儿子，怎么可能眼睁睁看着我们一家人都被处死呢？他肯定是中了谁的计，现在还不知道咱们家发生了什么事！妾身担心他也会遭遇不测，请殿下救他一命啊！”

刚扶起来的身子又软跪了下去，长念拉不住她，只得陪她蹲下来：“夫人，不是我不想帮，是我现在压根自身难保。”

姚氏肿着眼，眼泪不停地掉：“妾身也知不该为难殿下，可事情真不该是这样的，不该是这样的啊！他先前跟着国公，当真是忠心耿耿，还跟我说国公定能成事……”

姚氏微微一顿，看了赵长念一眼，自觉失言，连忙又磕头：“这叛主之事，有弊无利，他断不会轻易如此！眼下我姚家上下几十口人流离失所，稚儿无所依靠，连街都不敢上，还请殿下帮个忙，给重夜传个信！”

她说着，从袖子里抽出一封书信塞给长念，又磕头。

长念看她也狼狈得很，想了想，道：“传信不难，但姚副将会做何抉择，我当真不敢保证。”

“妾身晓得的，殿下只管传信。”姚氏擦了擦眼泪，诚恳地道，“只要他看见信，定会明白过来。”

这时，冯静贤走了出来，长念连忙将姚氏扶进去，然后小声问：“出什么事了？”

冯静贤唏嘘：“姚家一直是富贵人家，突然遭此横祸，家里又只有姚氏一个能管事的，怎么会不慌？宁忠去救他们的时候，已经有个人受了一半的极刑，就在他们眼前，想必也是将他们吓坏了。”

长念掏出姚氏给的家书，无奈地道：“我只是想让他们免于极刑，没想到还摊上事了。”

“有利无害。”冯静贤笑道，“此信，下官去转交便是。”

在院子里看了一眼这狼狈的一大家子，长念就溜回了国公府，刚从墙头上下来，便听见一声刻意的咳嗽。

背脊一凉，长念放下袍子，整理好仪容，回头笑道：“国公。”

叶将白眯眼看着她，也不说话。

赵长念莫名地就有一种被狼舔了的感觉。

“您在这儿做什么呀？”她干笑。

叶将白轻哼一声，学着她的语气道：“在等人回府呀。”

长念：“……”

天已经黑了下来，屋檐下的灯光从他背后映过来，将叶将白的脸衬得更加阴沉。长念咽了口唾沫，秉着坦白从宽、坦诚合作的原则，老实地交代：“我有事出去了一趟，有人让我给姚重夜送信。”

“原来姚家人还在京都。”叶将白合眼。

长念的汗毛都要竖起来了：“我说有人，又没说是姚家人！”

“还用你说？”伸手拎过她，叶将白没好气地道，“这京都里还有谁能让你偷偷摸摸地去见？还给姚重夜传信，你胆子也真是大。”

“给他传信怎么了？”长念亦步亦趋地跟着他往主院走，不服气地道，“姚家人说，姚重夜也是被人骗了。”

“这种话，也就你会信。”进了主屋关上门，叶将白没好气地把她往软榻上一放，“姚重夜背叛我而投靠武亲王，就决计是不会回头了，姚家上下他一个都不在乎，不然行刑这么大的事，他怎么也没点反应？”

“万一他不知道呢？”

叶将白冷笑：“那就是他蠢。”

“国公有没有想过，现在的姚重夜比当初跟在您身边的时候更有用？”长念道，“我是愿意相信姚家人一回，若姚重夜真的是被蒙蔽了，那么他知道真相之后，必定会成为我们的助力。”

“想得是挺美。”叶将白道，“可惜殿下不明白，人心究竟有多可怕。”

鼓了鼓嘴，长念道：“我宁愿相信人心都是好的，只是各自有各自的遭遇。”

“妇人之仁！”

“你！”赵长念气得站了起来，大步走近他，踩上他面前的凳子，居高临下地瞪着他，“我再跟你说一遍，有仁心，只要不是当断不断的懦弱，那就是好的，你不能总用这个词来贬低我。生而为人，同是血肉，为什么不能仁慈一点？”

“殿下没听过一句话？”叶将白斜眼看她，“对敌人仁慈，就是对自己残忍。”

“我又没有对所有人都仁慈，仁慈也有度。同样，你也不能对所有人都残忍，那是会众叛亲离的！”长念咆哮。

叶将白不甘示弱地提高声音：“我众叛亲离了？”

“早晚而已。你再滥杀无辜，过度刑罚，谁还敢亲近你？”

“用不着殿下操心！”

“我还不想操心呢！”

两人越吵越凶，外头的良策听得心惊胆战，正想着要不要进去劝劝，就听得自家主子接着吼：“晚膳吃烤肉吗！”

“吃！”七殿下也吼。

然后屋子里就莫名地安静了下来。

良策：“……”

星辰烁烁，主院里架起了火堆，叶将白挽高了袖子，优雅地接过良策递来的肉串，刷油，撒香料。赵长念坐在他身侧，仍旧喋喋不休：“姚家的人你不能再追杀了，反正在别人眼里他们已经被你处死了。”

“殿下不觉得这样杀伐果断，更容易赢得人心？”

“不觉得，杀伐过度，是为残暴。”长念道，“就算下头那些个官员阿谀你，想尽办法替你开脱，我也绝不会说半个好字。”

一块烤好的五花肉“嗞嗞”冒着油花，叶将白蘸了香料塞进她嘴里，问：“好吃吗？”

“好吃。”长念满足地点头。

“这不就说一个好字了？”叶将白撇嘴。

长念气愤地踩他一脚，道：“我说真的，就算以后你当真赢了，能坐上那最高的位置，也先废除极刑为好。”

“原来殿下也曾想过我会赢。”

“为什么不会想？”长念歪着脑袋看他，“你有勇有谋，有人有权，是离皇位最近的人，若有朝一日当真穿上龙袍，我也不奇怪。”

叶将白端着酒喝了一口，又继续给她塞肉，笑道：“若是穿得上龙袍，第一件事也不会是废除极刑，我还有别的事想做。”

“什么？”

“有人曾经说过，我又不是皇帝，怎么能穿女装给我看。”叶将白勾唇，“所以若有朝一日当真是了，那我定要让她再穿一穿蝶翩轩的百花穿蝶裙。”

“你想看……我就要给你看，你是皇帝吗？”

“若我将来为帝，你便给我看？”

“……”

这似是很久很久以前的对话了，久到长念想了好一会儿才想起来，忍不住苦笑。

当时听见他说这个，她惊慌不已，唯恐他有不臣之心，要杀她父皇皇兄。而如今……当真是应验了，她却没想过自己会坐在他身侧，如此平静地听他说话。

“玩笑而已，你板着脸做什么？”叶将白斜眼瞥她，“油沾脸上了。”

长念回过神来，慌忙擦了擦脸。

篝火燃尽，烤肉也吃了个饱。叶将白道：“早些休息吧，明日还要与兵部议事。”

“兵部，你不是让风停云接管了？”长念好奇地道，“还要亲自去议？”

提起风停云，叶将白垂眸：“他这几日心情不好，咱们帮着分担些。”

风停云心情不好？长念觉得很稀奇，印象里每次看见风大人，他都是一副嬉皮笑脸的样子，办事也妥当，还从未见过他耍这种性子。

不过叶将白都不在意，那她便也点头：“好。”

主屋被收拾了出来，放了两张床榻，中间只隔着一扇兰亭鸟兽屏风。长念觉得有点别扭，可抬头看看叶将白，一副坦然自若的模样，再扭捏倒显得她矫情。

于是长念咬牙躺上了床。

夜间下过一场春雨，长念本还有些失眠，却渐渐被淅沥沥的雨声催得入了睡。这一觉她睡得不太稳当，醒来的时候屏风另一边已经没人了。

“主子，该去兵部了，国公已经先行一步。”

“是我睡太久了？”长念有些不好意思。

红提想了想，摇头：“应是国公没睡好，眼下还有乌青呢。”

长念洗漱更衣，小声叨咕：“所以做什么要同吃同睡，相互折腾嘛不是……”

用过早膳从侧门偷溜出国公府，长念正在车上翻看兵部如今的名册呢，冷不防车就被人拦了，有人高喊：“国公！”

长念嘴角微抽，看了看四周，这才想起她坐的是叶将白的马车。

“休得无礼！”雪松在外头呵斥。

喊声顿了一下，接着似是有人跪了下来，痛声道：“请国公为下官做主！风大人他自恃国公倚重，近日来又祸害了不少人家。小女也算是大家闺秀了，自从与风大人相识，便魂不守舍，成日里便只想着与他……与他缠绵悱恻！国公，下官家里可就这么一个女儿！”

长念听得眼皮直跳。

叶将白不是说风停云心情不好吗？没心情做事，倒是有心情去勾搭别人家的闺女啊？

“知道了。”雪松在外头应承，“大人先回去，国公会处理此事的。”

“谢国公，谢国公！”

停下的马车继续往前走，走了一段之后，长念才道：“雪松，方才那是谁？”

“兵部的侍郎，安永生。”雪松道，“殿下不必操心，国公会提点风大人的。”

长念颔首，又觉得纳闷：“他既无妻子，做什么不找一个合意的，安安稳稳地过日子？偏生要闹得朝中鸡飞狗跳？”

雪松叹息：“殿下有所不知，风大人他……也不是生来就如此不羁的。”

“嗯？”长念很意外，“不是生来……是什么意思？”

“风大人打小与人定了亲，他的未婚妻是个很好的姑娘。”雪松低声道，“两人青梅竹马，是一同长大的。风大人爱极了那位姑娘，打算待她满了十六，便迎她过门。”

“但是……后来发生了一些事。”雪松的声音里满是惆怅，“那姑娘临着婚期的时候死了，风大人寡欢三年，是被国公拿着鞭子打醒的，清醒之后，他便变成了如今这样。”

长念愣怔，脑海里浮现出风停云那张不甚正经的脸，一时觉得心里堵得慌。

看起来那么荒唐的一个人，竟有这样的往事？

“那姑娘是怎么死的？”长念忍不住追问。

雪松一顿，却不愿意说了，只道：“前头就是兵部了，殿下准备准备吧。”

按理说有叶将白在，风停云的未婚妻无论如何都不会死才对，除非是得了重病，抑或是出了什么不可预测的意外。可是，雪松竟然三缄其口，那风停云未婚妻的死因可能就没那么简单了。

眼下也不是想那些的时候，车停下，长念整理好衣袍进了兵部，顺便见了见冯静贤。

"殿下。"冯静贤低声道，"家书已经传去姚副将手里，姚副将说今日子时给回信。"

"他有什么反应？"长念问。

冯静贤道："他只扫了一眼信封上的字就接过去了，没有当面打开，看起来对下官还有些戒备。"

长念皱眉，心想难不成叶将白才是对的？这人当真不在意自己一家老小的死活？

"殿下。"兵部有人出来迎她，笑着行礼，"下官是主簿梁有才，眼下各位大人尚未到齐，殿下不妨随下官去各处走走？"

"好。"长念应下。

梁有才显得十分殷勤，一路给她介绍各处的功用和官员，末了还道："听闻殿下之前为了军饷，当掉了一批珍宝，各位大人一商量，都觉得殿下虽大公无私，但这银子怎么能让殿下一人出呢？故而几位大人合力寻回了几件，待会儿还请殿下带回去。"

长念顿了一下。

要是没跟叶将白混过，她可能真的会当人家是体贴她，但眼瞧过这些人用各种各样的借口给叶将白塞红礼，长念心里很明白，这人也是在给她送礼。

"不必了。"她道，"已经换了军饷的东西，哪里能拿回来呢？"

"这是下官们的一片心意。"

"心意领了，东西就不用了。"长念道，"各位也是拿俸禄的人，俸禄不多，日子也不好过，总不好平添负担。"

梁有才急了，连忙引她去一侧侧堂，打开箱子给她看："您瞧，都说是您喜爱的宝贝，咱们才收回来的，也没多少银子，殿下总不能这样拂各位大人的好意。”

满满当当的一箱子，全是昔日国公府里的珍宝，值多少银子，赵长念心里清楚得很，当即就沉了脸。

叶将白已经在兵部逛了好一会儿了，众人给他塞的红礼自然更多，他也没推辞。看着日头不早了，他便问了一句：“七殿下人呢？”

随行官笑着道：“梁大人引着在四处巡查呢。”

叶将白脚步微顿，眯眼：“你们也拿这一套去对付她了？”

随行官干笑：“这……自然都要显示诚意……”

“傻了！”叶将白甩了甩袖子，“我给你们颜面，七殿下可未必会给。”

“下官们是打听过的，七殿下最近缺这些，咱们才敢大着胆子送。”随行官道，“就前几天，殿下还卖掉了几件宝物，听说是先帝赐的，殿下很是舍不得，却像是急着用钱，没要太高的价就卖了。”

叶将白一愣，皱眉：“当真？”

“当真，您还信不过咱们吗？”随行官道，“也不知道七殿下是怎么想的，如今他想要什么，只消说一声，谁不会巴巴地给他送去？他偏要自己准备银子，去当铺里换一块冰种，还被那当铺的掌柜坑了一笔。若不是那掌柜的在宴会上跟人炫耀，这事咱们还不会知道。”

“等一下。”叶将白侧头，“你说她换了什么？”

“一块冰种玉，殿下好像很是喜欢玉器，故而梁大人他们准备的也都是玉器。”

瞧着辅国公脸色不太对，随行官连忙道：“您放心，咱们也是投其所好，就算没有功，也不会有过。”

袖口微微收紧，叶将白听得走神，眼里闪过一道奇异的光：“那块冰种玉，她花了多少银子？”

“回国公，五千两。”随行官唏嘘，“也不知道殿下是怎么想的，竟非要那东西不可，便只能让当铺的掌柜狮子大开口。”

他腰上悬着的挂件，竟这么值钱吗？叶将白勾唇，眼眸里的光一点点汇聚，最后竟没忍住，轻笑出声。

“国……国公？”

“不用管我。”叶将白自顾自地笑，狐眸里星光盈盈，“遇见了值得高兴的事，你且让我乐会儿。”

随行官满脸惊恐，压根不知道发生了什么，只能手足无措地看着他笑。国公是时常带笑的，但谁也没见过他笑得这般真切，仿佛半个日头的光都落在他脸上了，翩翩的仪态也不再要，撑着膝盖笑弯了腰。

“你替我去问问，殿下的东西卖给谁了。”叶将白边笑边道，“若能寻着，都赎回来。”

“是！”随行官连忙应下，转头去吩咐人。

“国公，七殿下朝这边来了。”良策低声禀告。

叶将白且笑着呢，抬头一看，就见赵长念一副气鼓鼓的模样从走廊那边过来了，身后跟着满头冷汗的梁有才。

一看她这模样就知道发生了什么，叶将白大步走过去拉住她的手腕，心情极好地调侃她：“谁惹着咱们殿下了？脸色这么难看？”

长念抬头看他，小脸有点发红，一副又羞又气的模样，瞥了梁有才一眼，将他拽去一边。

“京都被攻打的时候，我曾向三省六部求援，当时众臣纷纷捐出‘家财’，几十两一百两，还跟我说什么两袖清风囊中羞涩。”长念气得嘴巴都鼓了起来，“我当时还信了，眼下才发现，他们哪里是什么囊中羞涩，分明是事不关己。到了要送红礼的时候，一个比一个家财万贯！”

叶将白轻笑：“还以为殿下早就明白了，朝中百官，能共患难者两三，求富贵者七八。”

“我只是觉得，他们怎么连‘覆巢之下，焉有完卵’的道理都不懂？竟然眼睁睁看着京都沦陷……”长念气得很，“整个朝野，只有我身边的人捐出来的银子多些。”

“嗯？殿下是不是少算了一个人？”叶将白挑眉。

“谁？”长念道，“但凡捐得多的，我都登记在册的。”

伸手指了指自己，叶将白叹息：“我堂堂国公府，连玉阶都被撬了，竟没在殿下心里留半点好？”

“……那怎么能一样。”长念撇嘴，“那是我抢的。”

“真好意思说，若不是在下故意留下，殿下真以为能挖着那么多宝贝？”叶将白哼笑，“想得美。”

“你们这些贪官，都是国之蛀虫！”长念恼道，“不以为耻，反以为荣？”

“一个朝堂里不能全是好官，有时候贪官也是很有必要的，殿下可明白？”

“不明白！”长念龇牙，“我才不同你们沆瀣一气！”

“那当初是谁收了我的银子，笑得见眉不见眼的？”

长念心虚地别开眼，小声道：“当时有些缺银子周转，往后……反正是不干了。”

叶将白笑她，又觉得她这模样实在好玩，便抱着手臂问：“方才他们给你看什么了？”

“一大箱东西。”长念郁闷地道，“很值钱，都是从你府里流出去的。”

“那你也不收回来？”

“不收！”长念龇牙，恶狠狠地瞪他，转身就要走。

那气鼓鼓的样子，活像是奓了毛的猫，叶将白越看越觉得好笑，抬袖挡脸，笑得放肆极了。

然而笑着笑着，突然有人拉了拉他的衣袖。

叶将白放下手，就见方才气得要走的人又站回他面前，脸上表情很是挣扎，犹豫了许久，才从袖子里掏出一颗玉珠来，塞到他手里。

“我只能买得起这个了。”赵长念闷声道，“给你。”

笑意一顿，叶将白眨眼，低头看去。

蓝莹莹的玉珠子，是他以前喜欢握在手里的玩物，他所有玉器珍宝里最便宜的一件。

心里突然涌上来一股子热流，直接将整颗心都包裹住了，叶将白喉咙微紧，慢慢将珠子握住：“殿下……买这个做什么？”

“不知道。”长念烦躁地道，“就当我是一时兴起吧。”说罢，扭头就走。

叶将白想也没想，伸手把她拽住。

“做什么？”她回头，凶巴巴地道。

“你……”喉结上下滚动，叶将白垂眸轻笑，“要去哪里？马上就到议事的时候了。”

长念收住步子，撇嘴：“那走吧，我与你同行……国公是热着了？”

“嗯？”叶将白摇头，“没有。”

“那怎么脸色如此古怪？”长念歪着脑袋打量他，“想哭还是想笑？”

叶将白哪里能告诉她，他这个收礼无数的人，眼下正被这颗便宜的玉珠子感动得不行呢？她是惯常没银子的人，那么生气人家准备的红礼多，却还是买了颗珠子给他。

他觉得自己的心都要化了，却不想在她面前太过狼狈，只能死死握着她的手，垂眸道：“身子……有些不舒服。”

面前这人似乎完全不觉得自己做了多了不起的事，闻言“哦”了一声，然后反扶了他一把：“那今日议事就快些，好让您回去休息。”

叶将白顺着她的力道往前走，越走重心越歪，最后整个人几乎压在了她身上。

长念不疑有他，只想也许是这人太虚弱了，便扶他进门，找了椅子让他坐下，又给他递了杯热茶。

受此待遇，辅国公立马更“柔弱”了，哼哼唧唧两声，小声道：“嘴巴好苦。”

“昨日没睡好，着凉了吧？”长念伸手掏啊掏，从袖袋里找出小包蜜饯，打开给了他一颗，“午膳让他们备些清淡的。”

“他们哪里肯？”叶将白小声抱怨，“每次大鱼大肉不说，还非得喝酒。”

“那哪成啊？”长念道，“让人挡着些。”

看了看他身边，只有一个良策，想来也挡不住，长念犹豫一二，道：“我也留下用膳吧。”

“好。”叶将白飞快地应了。

第六章 背叛

兵部的人陆续到齐，众人惊奇地发现，今日的辅国公好像心情极好，坐在主位上，那嘴角就没拉下来过。

大家忍不住想，难不成是有什么局势变动，对这两位很有利？

恐怕是了，不然辅国公也不能高兴成这样啊？就连他们说话啰唆，他都没嫌烦。

一众官员相互递了眼色，收敛起小心思，老老实实地听辅国公安排。

武亲王已经收到叶将白与七殿下交好的消息，所以城外驻扎的兵力一直没敢贸动。他的兵力有一定的优势，但若叶将白与赵长念合作，他也没法以一敌二。

他唯一能做的，就是离间。

叶将白在休息的间隙，就听见有人喋喋不休地劝道：“国公，七殿下与武亲王都是皇室血统，与他们为谋，恐怕最后都是给他人作嫁衣，国公万要想清楚才是。”

“七殿下心思深沉，武亲王也不是省油的灯，若不能让他们互相残杀，逐个击破也好。在下有一计，还请国公一听。”

“还请国公早下决断，眼瞧着马上就是藩王进贡的时候了。”

狐眸凝视着院子里的花，叶将白神色恍惚，好半晌才问：“你的意思是，先与七殿下合力压住武亲王，再反制七殿下？”

“是。”谋臣递来一个小瓷瓶，“只要有这个东西在，国公大业必成。”

翠绿色的瓶子，看着就让人不太舒服。叶将白伸手接过，疑惑地看着那人。

“这是蛊虫。”谋臣低声道，“只要将子蛊喂给七殿下，他日武亲王溃败，七殿下若想再与您争，便杀死母蛊，殿下即随之暴毙。”

指尖微动，叶将白垂眸：“这是哪里来的？”

“机缘巧合从一个苗人手里拿了两对。”谋臣道，“一对已经试过，成的。另一对就在这里。国公，这蛊虫珍贵，整个苗疆一年也就出这么两对，您若是没有把握，让在下来也可以。”

手指收拢，叶将白道：“不必，眼下我与她最是亲近，这虫子交给我即可。”

“是。”谋臣颔首，看了看他，又有些迟疑地道，“又到苏姑娘的忌日了，风大人已经醉酒三日，嘴上虽不说，但他有多痛苦，国公应该知道。”

叶将白斜眼看过去，不悦地道：“你想说什么？”

“在下没有别的意思。”谋臣连忙行礼，“只是希望国公记得这一路有多少人为大业牺牲，切不可因为一个人，而负了如此厚重的忠诚。”

多年以前，风停云替他去偷户部密册，不料被当时的户部尚书撞见，那尚书一路提剑追至德隆街。他的未婚妻苏氏当时正在德隆街的绸缎庄里挑选嫁衣的料子，见状立马上前拦住尚书的去路，想拖住他一二。可那密册实在太重要，户部尚书见她不肯让路，怒火攻心，竟一剑刺向她心口。

“我不知道她突然出来帮我拦着了，我还抱着册子在往巷子里跑，压根没看见她。”彼时风停云红着眼抱着酒坛子道，“我若是看见……若是看见，她定就不会死了。叶将白，你说，我要这破册子做什么？做什么！”

他在旁边愧疚地看着，只能说出一句：“他日大业若成，必以皇后礼制重葬于她。”

那个时候的风停云差点因喝酒过度而亡，是他硬生生将他拉着，同他说天下，说大业，使劲将人拽回来的。

回来之后的风停云，似乎只剩下一个目的，就是等着叶将白穿上龙袍，等着看他的未婚妻风光再葬。

叶将白捏紧了手里的瓶子，闭眼道：“我比谁都清楚，不能负他。”

谋臣松了口气，拱手退下。

叶将白转身回到议事厅，赵长念正在鼓捣什么东西，见他回来，便朝他勾了勾手。

“做什么？”叶将白很抗拒这种逗狗的动作，但脚不听使唤地走了过去。

“这个是我刚让红提买回来的。”长念打开一个纸包递给他，“糖衣话梅，你尝尝？”

一颗颗话梅裹了透黄的糖衣，光看着也能想到它的甜和酸。叶将白伸手拈了一颗塞进嘴里，神思恍惚。

“不苦了吧？”长念笑。

“嗯？”叶将白回神，正想说糖怎么会苦，看着她的眼睛，却慢慢反应过来她说的不是糖，是他的嘴巴。

心绪复杂，叶将白垂眸，拿着纸包坐回他的位置上，继续与人议事。

回府的时候，长念坐在马车上老实地道：“今夜子时，姚重夜会派人给我回消息。”

叶将白有些意外：“殿下竟然肯告之与我？”

“不是说了同吃同睡，相互信任？”长念笑道，“那我告诉你，不也是应该的？”

傻子，叶将白暗暗摇头，人家说什么她就信什么？那万一人家耍点小手段，她是不是也乖乖踩进陷阱里？

袖子里的瓷瓶莫名变得很重，叶将白下颌紧绷，眼底染了些戾气。

长念一回府，就开始处理冯静贤给她递来的文书，叶将白悠闲地捧着茶在旁边看了一眼，道：“殿下处事太过仁慈。”

“嗯？”长念不解地回头。

“军饷太多了。”叶将白点了点她手里的文书，“眼下是备战，还未开战，你粮草准备这么多，不是养闲人？如此养法，用不了多久，粮草就会短缺。”

“不会啊。”长念摇头，“我算过了，各地运来的陈粮已经够他们吃到年底，更别说秋日还有粮收。兄长也说，打仗不能亏军饷，否则士兵心里有怨，战必不能胜。”

“兄长？”

“就是北堂将军。”长念道，“他待我如亲妹妹，我自然唤他一声兄长。”

叶将白翻了个白眼，皮笑肉不笑地道：“殿下拉拢人心的本事也是厉害。”

“阴阳怪气的做什么？”长念瞪他，“有本事你也去喊他一声兄长，看他跟不跟你？”

“不稀罕！”

长念撇嘴，觉得这人真是自负，连北堂缪那样的大将都不放在眼里。

她宁可谦卑些，将士为她而战，一个都看轻不得。粮草要给够，伤亡要抚恤，明日抽空，她还要去军营看上一眼。

子时到了，长念点着灯没睡，等了一会儿，就听得窗台被人轻轻一叩。

她起身过去，推开窗户不见人，只看见一张字条，上书“府外路口”。

“还得你出去？”叶将白披着衣裳慵懒地倚在软榻上，“怕不是有埋伏吧？”

长念将字条翻来覆去看了好几遍，想了想，道：“还是去看看。”

“殿下这是一心往鬼门关闯，在下也不能拦着。”叶将白哼声道，“慢走不送。”

长念[illegible]取了披风就要去开门。

“[illegible]”身后的人又喊住她，冷声道，“把叶良带去，你不认[illegible]”

[illegible]里一软，好笑地回头看他：“不是说不管我？”

[illegible]你了？你家丫鬟向来仇视我，你要是没回来，她定会觉得[illegible]了手脚，拿那双斗大的眼瞪我。”叶将白漫不经心地道，“我[illegible]梦。”

这人可真是，说句担心她能死吗？他眼下要她活着牵制武亲王呢，堂堂正正地说出来也没什么，这别别扭扭的，看着反而叫她心里怪异。

长念吐了吐舌头，抓住披风开门出去，带上叶良往府外走。

结果刚出府，身后的脚步声就多了一个人的。

长念回头，眼角抽了抽："做什么？"

叶将白面无表情地裹着披风道："反正睡不着，同你们一路好了，待会儿我会藏好，你不用担心。"

长念气得笑出了声，她转身回去，站在他面前，仰头看着他问："怕我被人暗算？"

叶将白哼哼两声，不答。

"叶良看着你都不放心，非要亲自来，那想必是很惦记我了？"

他别开脸，抬头看月亮，还是不答。

长念觉得牙痒痒，伸手就掐了他的胳膊一把，然后一甩披风继续往前走。

身后两道脚步声一点也没犹豫地跟着响起。

莫名地，长念觉得很安心，看着前头空荡荡的街道，心想就算真的有埋伏，她也不怕了。

然而，事实证明是叶将白想多了，国公府前头的路口上，只站着一个人。

叶良和叶将白都隐了行踪，长念走上去，正想说这是谁家传话的，怎么连国公府都不敢进，结果看清才发现，这人是姚重夜。

长念愕然："姚副将……亲自来了？"

姚重夜的脸色很憔悴，胡子拉碴的，看起来像是几天没睡好。见着她来，他立马跪下，朝她磕了三个头："谢殿下救我全家上下之恩！"

这一磕，长念就明白了，姚重夜是真的不知情。

"姚副将起来说话。"长念扶了他一把，"你非我麾下之人，行此重礼不太妥当。"

"殿下当受。"姚重夜红着眼道，"若不是殿下，我全家受极刑而亡我都不会知道，甚至还在宫里醉生梦死……犬子才五岁，聪明伶俐，颇有天赋，若是因我而死，我这辈子都不会好过。”

姚氏没撒谎，姚重夜很疼爱自己的儿子。

长念叹了口气，道：“你为武亲王背叛国公，武亲王却没为你救下家人，想来你以后的路不好走。”

姚重夜眼神黯淡，道：“从接到家书的时候我就明白了，王爷只把我当成诛杀国公的棋子，用之则废。虽然眼下王爷尚且做着表面功夫，但我想得到重用，已经是不可能了。”

“忠诚是将领最宝贵的品质，一次不忠，百次不用。姚副将应该明白这个道理，却为何被迷惑呢？”

“殿下有所不知。”姚重夜叹息道，“若是武亲王撺掇利诱，卑职断不会做出这等事，实在是族长之命难违……”

姚家的族长，自然是姚阁老。长念很意外：“他不是一直帮着国公的吗？”

姚重夜摇头：“国公喜怒无常，暴虐成性，很多跟随他的人心里都没底，姚阁老一心想把女儿嫁给国公，以求心安，奈何国公死活不愿意娶，阁老自然就另做些打算了。”

长念顿了一下，稍微侧头看了看身后那寂静的巷子，心想这话被那人听见，姚重夜还有活路吗？

于是她连忙帮着找补：“意思就是，若不是阁老的命令，你未必会背叛国公？”

“是啊。”姚重夜叹息，“国公这样的主子，谁会背叛？”

这样说就有出路了，长念欣慰地拍了拍胸口，正想顺着他的话夸叶将白两句呢，就听得他接着道：“毕竟一旦背叛，就是满门极刑，自己也不会有好下场，傻了才叛他。”

长念：“……”

夜风突然有点凉，她捏紧了披风，眯着眼想，什么叫瞎子不怕崖高，不知者无畏啊……

“殿下，今日来见，除了感谢殿下大恩，卑职还有一事相求。”姚重夜道，“国公那边是断然回不去了，武亲王身边也不能久留，卑职想投靠殿下，为殿下鞠躬尽瘁，死而后已！”

长念有点蒙：“我吗？”

“殿下宅心仁厚，乃良主之选。”

“可是，你不觉得在当下势力之中，我处于最下风？”长念不解，“旁人选主，都是往厉害的选。”

姚重夜笃定地朝她跪下，拱手道：“卑职认准殿下，往后只听殿下吩咐，莫敢不从。”

多收获一个人倒是意外之喜，长念想了一会儿，收下他，又与他小声说了两句。

“是。”姚重夜领命走了。

长念裹着披风看他消失在寂寂黑夜里，倒是没想别的，只觉得冯静贤的儿子应该是归她了，那孩子聪明，好生教养，将来必是国家栋梁。

她欣慰地转身，然后就对上叶将白那张黑漆漆的脸。

“回去了。”他道。

长念讪笑，这人离得近，方才想必都听见了，心情定不会太好。她跟在他身边走着，想了想，安慰道：“每个人看法不同嘛。”

叶将白很受伤似的叹了口气。

赵长念莫名觉得愧疚：“我也不是想撬你的人，只是他迷途知返，你也断不会再用，那不如让他帮咱们个忙。”

“殿下方才与他小声嘀咕什么了？”叶将白斜眼。

长念狡黠一笑：“姚安你认识吧？”

自然是认识的，叶将白点头。京都粮官姚安，掌管京都粮仓，凡是粮草调度，都要他的手令，是以官不大地位却高。

自京都战乱以来，姚安一直保持中立，叶将白的面子他给，赵长念的面子他也肯给。最近武亲王多次往他府上送礼，看形势是只差些微火候，就能说服这人为他所用。

“武亲王不敢动手，他不动，咱们也没什么名头能动。”长念道，“所以我让姚重夜明日带人把姚安的别院围了。”

叶将白不解：“围别院做什么？不围府邸？”

“你傻呀，他好歹是朝廷命官，府邸是能轻易围的？别院就不一样了，乃私人之地。姚安在那院子里养了个琴女，听闻甚是宠爱。咱们什么也不用做，就把院子一围，他定然沉不住气。”

叶将白诧异地侧头看她。

昔日的赵长念唯唯诺诺，看起来傻不溜秋的，他稍微大点声说话，都能把她吓一跳。

而如今这人是越发坚毅果敢了，说起这些事来面不改色心不跳，眼里还有明媚的自信，笑着朝他道：“我觉得能成，国公以为呢？”

见他未答，长念轻声唤道：“国公？”

“啊。”恍然回神，叶将白抿唇，与她一同跨进主屋，低声道，“殿下既然觉得能成，那在下也没有意见。”

姚重夜这个人能用是最好，不能用也没有丝毫损失。她做的是无本的买卖，怎么算都不会亏。

屋子里没关窗，夜风灌进来有点凉。叶将白走过去拉了窗弦打算关上，结果冷不丁地发现外头有个人，正端着一盏热茶，幽幽地递给他。

叶将白：“……”

得亏是他胆子大，这场景换个人来看着都得被吓死。

许智半点声音也没发出来，只给他比了个手势，然后将茶递到他手里。

叶将白侧头看了看，发现赵长念正一点没戒备地在往屏风上挂衣裳，压根没往他这边看。

接过茶杯，许智隐去一侧看着，并朝他拱了拱手。叶将白懂他的意思，东西还在他的袖袋里，沉甸甸地放着。

叶将白的心情突然就很不好。

“国公有没有想过，咱们这样同室而眠，也许会有危险？”赵长念突然开口。

手微微一抖，叶将白回头看了看她：“什么意思？”

“你紧张什么？”长念好笑地道，“我又不会害你，我是说万一武亲王派厉害的刺客来，咱们在一间屋子里，人家一次就可以解决两个大麻烦。”

“不必担心。”叶将白垂眸，“府里守卫森严，就算真的有人闯进来，也还有我在。”

长念一愣，眨眨眼看向他。

叶将白端着一杯茶慵懒地靠在窗边，漫不经心地道：“我不会害你。”

按理说这话长念是不能信的，但看着他那模样，长念莫名地觉得，他是认真地在承诺。

“咦，屋子里还有茶吗？”长念走向他，“方才看茶壶是空的，我还想着让红提去烧水。”

“这是我的。”叶将白举高了茶杯，“殿下若想喝，就让她们去烧。”

小气鬼！赵长念愤恨地道：“一盏茶你也计较。”

叶将白十分冷漠地朝她做了个鬼脸。

烛火熄灭，月光洒了进来。叶将白看着长念上床就寝，将茶盏轻轻放在了窗台边。

他不想听人吩咐做事，谁也没资格吩咐他。

赵长念跟姚重夜说那么多话，都没抓住一个重点——姚阁老有投靠武亲王之意。叶将白却放在了心上，所以第二日一大早，他便去了姚府。

“许久不见，国公。”姚阁老悠闲地在亭子里下棋，“怎的有空来看老夫？”

“自然是想跟阁老下棋了。”叶将白笑着在他对面坐下，手提卒子先走一步。

姚阁老立马跟上，却不过六步，便被他将了一军。

脸上的笑意微僵，姚阁老抬头道：“国公今日戾气有些重。”

“是啊，我待姚重夜不薄，他却背叛于我，要取我性命，搁谁谁的戾气不重呢？”

姚阁老淡笑：“不是处置过了吗？”

“一个姚重夜而已，我不放在眼里。”叶将白抬眼，“可若是阁老这样与我同行多年的人，背叛起来，我免不得要难受。”

吃掉一个卒子，姚阁老垂眸：“一人叛，叛者之过，两人叛，不就该想想被叛之人究竟做了什么？”

“在下不太明白，还请阁老明示。”

姚阁老放下棋子，道：“众人追随国公，都是坚信国公能成事、相信国公之人。国公如今眼看大局在握，却不曾将这些人放在眼里。您说，大家怎么能不寒心呢？”

叶将白的眼皮跳了跳。

姚阁老是一直相信他不假，他也很倚重这位老臣，只是他口中的“看重”之事，他委实做不到——

他要他娶姚幼舒。

人常说成大事难免有所牺牲，尤其是这谋朝篡位之事，更是需要各种手段。但是叶将白觉得，别的都可以妥协，独独婚事不行。

他为什么想当皇帝？还不是因为皇帝可以为所欲为？若连自己的婚事都做不得主，他要那皇位来干什么？还不如做辅国公来得自在。

更何况，姚家这样的大族，一旦娶了姚幼舒，将来成事，便是后戚为患，再想打压，怎么都得花上十几年。

所以于情于理，他都不会答应姚阁老这个要求。

只是没想到，这么多年都过来了，姚阁老会突然因着这件事与他翻脸。

叶将白收敛心神，道："阁老也说，如今在下是大局在握了，又何必在这个时候倒戈呢？"

姚阁老轻笑："老夫没有要倒戈的意思，只是年纪大了，也不想争了，想告老还乡。"

我呸！叶将白心里翻着白眼想，全朝上下对权势最执着的人，除了武亲王和他，便是姚阁老。这人拿自己儿子的性命换功勋也毫不犹豫，又怎么可能愿意告老还乡？摆明了是不愿意再帮他。

这个节骨眼上，姚阁老当真撂挑子还好办，怕就怕他面上说告老还乡，实则在背后给他使绊子，那才是令他腹背受敌。

瞧着叶将白的脸色有些难看，姚阁老叹息着给他倒了杯茶，道："其实大家共事多年，若不是实在失望，老夫断不会与国公说这些话。"

"令爱若想寻好人家，朝中文武百官，皇亲权贵，只要她喜欢，在下都能促成婚事。"叶将白道，"但在下不才，委实与小姐无缘，强凑怨偶，日子未必好过。"

"国公误会。"姚阁老叹息，"小女不得国公青睐，是她没本事，老夫哪里敢强求？老夫说的失望不是这个。"

"那是什么？"叶将白皱眉。

姚阁老从旁边提了一个食盒，打开盖子，将里头的东西端出来放在他面前。

叶将白脸色微变。

那是一盏茶，一盏昨夜他放在窗台上凉透了的茶。

“贵府谋士一早就同国公说过，不要辜负这么多人的付出和忠心，国公嘴上应着，实则却令人失望。”姚阁老摇头，“争不争那皇位，在我等看来是性命攸关之事，于国公却不过是儿女情长一念之间，您让我等如何还敢追随？”

叶将白捏紧了手：“你竟能让许智为你做事？”

姚阁老深深地凝视着他：“非也。许智也同老夫一样，想看国公的想法罢了。不止许智，林统领和三省六部所有向您俯首的人，都在看着。今日走老夫一人，国公许是还不觉得可惜，可明日就是另一个忠臣失望离开，日复一日，国公身边终不会有人剩下。我等是做惯了人臣之人，登不上那高位，也能过这一生。可国公您能甘心吗？”

叶将白沉默地听着他的话，眼里晦暗不明。

姚阁老将那茶盏往前一推：“老夫也不是绝情之人，只要国公让老夫看见希望，让老夫知道在国公心里江山比儿女情长更重要，那老夫必定再次效忠于国公。”

茶杯里的茶晃荡了两声，叶将白静静地看着，眼底慢慢生出杀意。

国公府的马车走了，姚阁老笑眯眯地回府，拐去一间茶室。

“让王爷久等了。”他笑着行礼。

武亲王和蔼地扶他一把：“阁老智计无双，本王着实佩服。”

“哈哈，哪里哪里，不过是谋条出路罢了。”姚阁老坐下来道，“此一招，若是国公当真动手，那他与七殿下的合作也就到头了。他要是不动手，那老夫自有办法让他人心溃散。届时王爷不费一兵一卒，即可将他拿下。”

“好！好！”武亲王抚桌而笑，“若是事成，本王定不会薄待了阁老！”

姚阁老感叹：“还是王爷好相处，国公那性子，委实没法让人安心。此番叛他，实在非我之过。”

“本王明白的。”武亲王道，“此事怪不到阁老头上。”

双方虚伪地一起推卸了责任，就其乐融融地开始饮茶，结果刚喝半盏，就见随从神色凝重地进来，在武亲王耳边嘀咕了两句。

“什么？”武亲王沉下脸，“敬酒不吃吃罚酒！”

迎上姚阁老好奇的眼神，武亲王解释道：“姚安阁老认识吧？本王念他辛苦，最近一直让人给他送些补品，没想到今日他竟拒收了。”

同是姓姚的，姚阁老怎么会不知道呢？只是姚安自恃权重，也不把他这个姚家族长放在眼里。

姚阁老轻咳一声，道：“他那样的人，也没必要太给颜面。粮官的位置换个人来坐也不是不可以。”

“这一时半会儿，哪里能交接得过来？”武亲王很是郁闷，“城外驻军还需要运送粮草，若是不通过他，很大的可能会被劫掉。”

姚阁老笑而不应，低头喝茶。

武亲王也知道他帮不上忙，说了两句话，就带人离开了姚府。

“姚安的态度着实恶劣，不仅将咱们的人挡在门外，还将之前送的礼一并扔了出来，王爷您看？”

“他是仗着眼下的局势我不敢动他，才会如此放肆！”武亲王冷笑，“再等几日，等姚阁老这边有了结果，本王定要他好看！”

“是。”

乘车回宫，刚走到宫门口，武亲王就听得外头道：“王爷，有帖子送过来。”

“谁的？”

“辅国公的。”外头的人回禀，“说是即将立夏，特设一场春末宴，供朝中众人赏景。”

武亲王伸手拿了帖子来看，墨迹竟还没干，他眯眼想了一会儿，哼笑：“果然还是要江山。”

这个时候吃什么春末宴？无非就是召集众人，当着知情人的面对七殿下动手，好稳住人心。

可惜呀，武亲王捏着帖子笑，黄口小儿终究还是稚嫩了些，这一场宴，他必叫叶将白偷鸡不成蚀把米。

赵长念回到国公府的时候心情极好，她估料得没错，让姚重夜把姚安的别院一围，姚安就急眼了，认定是武亲王不给他颜面，反手就拂了武亲王的好意。

武亲王现在最需要的就是尊敬，他想让天下人都承认他才是最适合继承皇位之人，旁人有敢对他不恭敬的，下场都极惨。姚安能在当下的夹缝里暂时存活，武亲王却不会忍他太久。

他们的机会很快就要到了！

心情好，步子踩得也雀跃，长念一蹦一跳地走进主院，正想号一嗓子表达自己的喜悦，结果冷不防从旁边横过来一只手，将她拦腰抱了起来。

“哇！”长念吓得尖叫，抓着人定睛一看，却是满脸冷漠的叶将白。

“你做什么？”她挣扎。

叶将白冷声道：“殿下越发没规矩了，仪容尽失，该好生调教调教。”说完，粗暴地就将她往主屋里扯。

赵长念这叫一个气啊，她觉得这人阴晴不定的，昨日还好端端的，今天怎么就这么凶？想想她也不是软团子，哪能给人这么揉扁搓圆？

于是她深吸一口气，大吼：“你放手！”

“不放！”叶将白一个扭头，吼得比她还大声。长念一个耳鸣，怯了。

于是她就被很粗暴地甩进了主屋，门关上，再被人缓和着力道接住。

这是弄什么玄虚呢？长念一脸茫然，看着面前似是在侧耳听着什么的叶将白，眼里满是不解。

“过来。”轻声招她去了桌边，叶将白拿了纸笔，拈袖而书。

长念疑惑地看着他写的东西，很想问为什么不能用说的，偏生要写？

但等看完他写的字，长念的神色就凝重起来。

屋子里半点声音也没有，门外有人听了半晌，皱皱眉，转身走了。

“主子。”叶良从暗处出来，沉声道，“是林茂。”

紧绷的身子放松下来，叶将白叹了口气坐下，揉着眉心轻笑：“叶良，你怎么就不像他们一样试探我呢？”

叶良拱手半跪：“主子于属下有救命之恩，无论主子作何决定，属下都追随不弃。”

长念实在觉得很意外，林茂是叶将白一手提拔的人，应该深知叶将白的性子，怎么会来“试探”他呢？更奇怪的是，叶将白这种眼里揉不得沙子的人，竟没发怒，反而要她配合掩饰一番。

发生什么事了？

叶将白看起来颇为疲惫，侧头看她一眼，道：“明日宴会上，我会给你一杯有毒的茶。”

“嗯？”长念吓得后退小半步，“国公想做什么？”

“你记得喝。”叶将白没答，只自顾自地道，“喝完不会有事，信我。”

长念眯眼，有毒的茶喝了怎么可能没事呢？叶将白这是想害她？可没道理啊，他若真想害她，又为什么要提前告诉她？

她很想再问两句，但面前这人看起来太疲惫了，长念嘴巴张了张，到底是没能忍心，想了一会儿，伸手拽他一把。

“做什么？”叶将白一动不动。

“去那边。”长念指了指内室的软榻。

叶将白的眼神顿时变得深邃起来，他意味深长地看了看那软榻，又看了看她。

“想什么呢？”长念咬牙，反手用肩将他撑起来，往软榻的方向一推。

叶良吓得伸手去扶，叶将白却笑道：“不用管。”

明白他的意思，叶良也没别的反应，微微一躬身就退到了门外。

长念撩起袖子坐到叶将白身后，双手以雷霆万钧之势举起，然后温柔地落在他的额角，轻轻按了按。

叶将白低笑：“这倒是许久不曾享受过了。”

赵长念按头的手法极好，总能让他脑子里紧绷着的弦慢慢松下来，眼皮发酸，浑身都放松。但自从两人闹翻，她就再没给他按过了。他也试过别的丫鬟的手法，却没一个能像她这样令他安心。

“林茂是你一手提拔上来的人，他难道也要背叛你？”察觉到这人完全松懈下来，长念才问了一句。

叶将白躺在她的腿上，闭着眼答：“不是背叛，林茂不会背叛我，许智也不会，只是他们都对我有很高的期望，怕期望落空，所以会对我加以试探。”

他们的行为和姚重夜的有本质区别，叶将白是不会怪罪的，只是心里怎么都不会舒坦。

“一开始我觉得这条路是为自己而走的，可后来变成了别人在推我走。”叶将白自嘲地道，“所以现在我分不清楚，这条路到底是不是我自己想走的。”

长念听着，小声唏嘘：“这么一看，我倒是比你轻松。反正我不起眼，能成事是好的，不能成也不会太意外，尽力而为就好。”

叶将白睁眼，疑惑地看着她问：“你是为什么想当皇帝？”

这个话题，旁人是万不能讨论，也不敢讨论的，但眼下软榻上这两人说起来自然得很，就像是问“你午膳为什么要喝鸡汤”一样。

长念老老实实地回答：“一开始是因为我不想让大皇子继位，但后来我发现，我挺适合当皇帝的。”

叶将白哼笑：“殿下倒是不谦虚。”

“这种事，谦虚又没什么好处。”长念嘀咕，低头看着他道，“要不国公考虑考虑，你做你的奸臣，我做我的明君？”

“想得美。”叶将白斜她一眼，“皇权争斗，只进不退，谁的背后都是万丈深渊，哪是你三言两语就能让我考虑的？”

长念撇嘴：“就随便说说罢了。”

叶将白合眼，眼里暗光流转，不知道在想什么。长念只觉得手指下这人的肌肤又紧绷了起来，忍不住就斥他：“别想了，好生歇息。”

“我睡不着。”叶将白有点委屈。

长念微微一笑，一巴掌将他脑袋拍在了枕头上，然后摸着他的睡穴一压。

一阵酸涩涌上眼皮，叶将白咕噜了两声，便安安稳稳地睡了过去。

只是，哪怕睡着了，他好像都被困在梦魇里，俊眉紧皱，浑身紧绷，眼尾隐隐透出一股子凌厉来。

长念托着下巴看了他好一会儿，突然觉得，辅国公也委实不容易。

春末宴办得隆重而热闹，朝中百官，甭管是赵长念一派的还是叶将白一派的，悉数到场，武亲王和姚阁老来的时候，行宫的庭院里已经站满了人。

“国公呢？”武亲王侧头问。

姚重夜上前答：“在里头和人说话，七殿下也才到。”

武亲王看向姚阁老，后者颔首示意，在人群里找了一会儿，寻到了许智。

“许大人，国公当真要下决心了？”姚阁老低声问。

许智恭敬地朝他拱手，道：“阁老放心，国公上次未曾动手，实在是因为时机不到。今日已经都准备妥当，这是母蛊，若子蛊被吞下，以针扎母蛊，受蛊者即会疼痛难当。”

姚阁老一喜，伸手就要去拿，许智却顾忌地往回一收，道：“此物关系七殿下的性命，倒是不好轻易予人。”

“许大人，你我也有多年的交情，还这么见外不成？”姚阁老嗔怪地道，“我要七殿下的性命做什么？不过是为了心安！只要国公当真舍得下，那我等必将重新追随国公。”

许智赔笑，看了看他身后的武亲王。

“你别误会。”姚阁老一脸严肃地道，“老夫与武亲王不过是刚好同路，所以一起进来，断是没什么私交的。”

“恕在下直言。”许智叹息道，“姚重夜是您的人，他背叛国公而投靠武亲王，国公会如何看您呢？您说与王爷没有私交，在下是信的，但国公未必相信。”

姚阁老微微不悦：“国公就是太多疑。”

“谨慎而已。”许智道，“若阁老能让国公放心，这母蛊放在阁老手里自然也无妨。”

姚阁老眼神微动，想了一会儿，将许智拉远些，低声道：“我如今接近武亲王，也不过是为了将来能给国公多些情报。只要国公能下了这蛊，那我二话不说就向国公负荆请罪，并将我知道的事全告知国公。”

“以何为证？”

姚阁老伸手扯下腰上玉佩：“以我姚家祖传玉佩为证，你总该信我。”

他是姚家族长，祖传玉佩便是信物之一，分量是足够的。许智伸手收下了，然后大方地将母蛊递给他，并小声道：“开宴之后，国公会敬七殿下一杯酒，酒里有子蛊，到时候阁老可自行验之。”

“好。”姚阁老笑着点头。

四周的人都在交谈，显得分外热闹。姚阁老抱着母蛊穿过人群，去了个偏僻的月门边，把那蛊盅塞给了武亲王。

“人已经准备妥当了。”武亲王笑道，“阁老功不可没。”

“哪里哪里。”姚阁老拱手，“老夫就等着和王爷一起看好戏了。”

今日赵长念身边的人来得委实不少，更有太子妃和定国公府的人在座，七殿下若是突然出事，两厢必定斗得你死我活。

武亲王抚着蛊盅，心想：终于等到这一天了。

第七章 蛊毒

宴席很快开始了，叶将白坐在庭院最上头的位置上，举杯笑道：“同是大恭人，这一杯咱们敬大恭的美好河山。”

众人纷纷举杯，浅饮一口。叶将白又斟酒半杯，看向旁边的赵长念。

今日的七殿下不知是怎么了，脸上笑意虚浮，看向辅国公的时候总带着些怨怼。

姚阁老小声问身边的人：“这两人是怎的了？先前不是还说亲近得很吗？”

“听消息说，昨日两人吵了一架。”随从小声道，“原因不太清楚。”

姚阁老颔首，立刻给旁边几个六部的官员示意。

于是，叶将白还没来得及开口，就有几个人端着杯子上来劝："七殿下莫要生国公的气，以和为贵，以和为贵嘛。"

"是这个理，国公突然办这春末宴，说不定就是为了给殿下赔罪，殿下就消消气。"

沐疏芳看得一脸茫然，小声问红提："这两人又吵架了？"

红提摇头，偷偷塞给她一张字条。

沐疏芳借着喝酒拿袖子挡着字条展开，只扫了一眼，便瞳孔微缩，倒吸一口气。

她旁边的定国公压根不知道发生了什么，担忧地道："在这个节骨眼上同国公闹起来，可不是什么好事。"

那头的叶将白安安静静地听着面前的官员劝完，远远地看了姚阁老一眼，而后起身，朗声道："昨日多有冒犯，这一杯酒便敬七殿下，还望七殿下宽恕。"

赵长念闻言横过眼来，轻哼一声，没接。

"殿下。"叶将白又往前伸了伸。

"殿下便喝了吧。"沐疏芳突然开口，"国公诚意十足呢。"

长念幽怨地看她一眼，然后长叹一口气，不情不愿地接过酒盏，仰头喝下。

"好。"叶将白拊掌而笑。

对面的姚阁老和武亲王也笑了，武亲王几乎是毫不犹豫地打开了蛊盅，捏着筷子猛将那母蛊捣碎。

长念还有点没反应过来，脚就被叶将白一踩。

"啊！"长念痛呼出声，随即恶狠狠地瞪他一眼。

说好让我自己演的！

等你反应过来，黄花菜都凉了！叶将白撇嘴，又踩她一脚。

长念气得直翻白眼，捂着肚子"嗷嗷"两声倒了下去。

"殿下！"沐疏芳大惊，立马起身去扶，宽大的宫装几乎将长念整个人都罩住了。她声音极大，霎时就吸引了整个庭院里的人，加上尾音颤动，呼声凄凉，吓得定国公立马跟着围了上来。

“殿下！殿下！”

冯静贤和黄宁忠等人都上来，将长念围在中间，长念很想认真表演一下痛苦挣扎、几近濒死的感觉，然而四周的人都来跟她抢戏，沐疏芳哀呜一声，冯静贤抖着就号了一声：“请御医！”

黄宁忠立马跪下大喊：“殿下——”

长念想哼哼两声，奈何他们的情绪到位得活像是她已经死了，再哼哼难免有诈尸之嫌，她干脆脖子一歪，装作昏死过去。

“你给殿下吃了什么？！”黄宁忠怒斥叶将白。

叶将白满脸无辜：“在下并未给殿下吃什么东西，这宴上酒水都是严查过的，没什么问题。”

黄宁忠迟疑地想了想，似乎有些被说服了。

姚阁老见状，终于站起了身，捻着胡须沉声喝道：“他撒谎！”

满堂哗然，众人纷纷回头，就见姚阁老大步朝七殿下走去，在离她三步远处停下，满脸痛色地道：“老夫一早就说过，七殿下于我大恭十分重要，不可轻弃，奈何国公不听，执意下毒谋害，如今还想瞒天过海吗？”

“谋害？”冯静贤闻言就扑向叶将白，旁边的叶良反应极快，立马伸手挡住他。冯静贤毕竟是文臣，冲不破叶良的阻挡，只能红着眼吼，“枉殿下那么信任你，难不成为一点口舌之争，你就要谋害殿下？！”

叶将白皱眉看向姚阁老，眼里满是不解、愤怒和被背叛的伤痛：“阁老说这话，良心可安？”

“国公恕罪，老夫实在是看不下去了。”姚阁老摇头，哀戚地道，“大恭江山本该由赵家人来继承，您再位高权重，也是外姓，为何非要争那不属于您的东西呢？如今谋害七殿下，下一个是不是就轮到武亲王了？京都里被您屠戮的难民尚未轮回，冤魂于街上不散。宗庙里先皇和大皇子的尸骨已寒，怨念却也没散。您做了这么多杀人的亏心勾当，午夜梦回，难道不怕有人来找您算账吗？”

此一番话掷地有声，听得众人心惊肉跳。

许智和林茂等人的脸色很难看，他们谁都没想到姚阁老会突然来这么一招，人是他让害的，国公照做以明决心，却被他反咬一口。

许智闭眼抹了把脸，他很后悔，后悔为什么要质疑国公，眼下落得这样的境地，他们有不可推卸的责任。

堂上议论纷纷，文武百官被姚阁老一席话触动，看向叶将白的目光都有些古怪，甚至有人已经往后退，稍稍与他拉开些距离。

面对如此指责，叶将白倒是平静了下来，他没有急着反驳，只侧头问许智：“这样的结果是你们想要的吗？”

许智羞愧难当，双膝跪地。林茂也跟着跪下，朝他磕头：“吾等有罪！”

叶将白轻笑一声，摇摇头，复又看向姚阁老：“阁老与我共事也有好几年了，就算阁老如今倒戈，在下也不会忘却阁老的功绩——您的大儿子潜入宫中毒杀六皇子不成，被当成刺客处死，六皇子则因此痨病半生，无缘皇位。二儿子刺杀当时的尚书省管事，虽废了双腿，却让那一代忠臣命丧黄泉。”

“阁老也厉害呀，贪赃揽权，假意投靠武亲王，实则出卖他的消息于在下，怂恿在下加以暗杀。在下未允，阁老便觉得在下有过河拆桥之嫌，急吼吼地跳出来反将在下一军。”

“阁老忘记了吗？七殿下刚喝下的，是您派人寻到的苗疆子母蛊，母蛊死，子蛊宿主随之而亡。母蛊在阁老手里，阁老又怎么好说谋害殿下的人是在下呢？”

他说得慢条斯理，却字字清晰，姚阁老数次想打断，都被他的声音压了下去："问在下怕不怕有人找来算账，那阁老午夜梦回可安？"

冯静贤一听，立马挥手，黄宁忠带人便将姚阁老和武亲王等人围了起来。

"怎么？"武亲王皱眉，"姚阁老与辅国公的恩怨，也要牵扯上本王？"

"王爷恕罪。"叶将白笑着翻出个东西来，挂在食指上甩了两圈，"是姚阁老说，王爷有害七殿下之心，让在下伺机围住王爷，即可拿到王爷谋害七殿下的罪证。"

武亲王虽脸色微变，但倒还沉得住气："本王与姚阁老素无交情，阁老如何能说出这些话来？"

姚阁老立马摇头："老夫没说过。"

"眼下这样子，谁的话可以信呢？不如眼见为实吧。"叶将白道，"只要找到母蛊，一切就都水落石出了。"

话音未落，他身边的叶良纵身而出，武亲王身边的人还来不及防备，他就已经越过护卫，掀开武亲王面前的矮桌，脚尖一踢，一个蛊盅骨碌碌地滚了出来。

四周的人齐齐后退半步，倒吸一口凉气。

叶将白浅笑，上前去拿起那蛊盅往里看了看，啧啧摇头："王爷，七殿下怎么说也是您的亲侄儿，您下手可真是毫不留情啊。"

筷子一挑，稀碎的母蛊落在了地上，冯静贤看得双目发红，怒喝一声："武亲王！"

武亲王身子微僵，一甩袖袍站起来呵斥："欲加之罪，何患无辞？你们两人的争端，非要牵扯上本王是个什么道理？到底是宴无好宴，本王就不奉陪了！"说罢，带着人就往外走。

林茂看了看，想去拦，叶将白却伸出袖子挡住他，任由武亲王离开，只看着姚阁老，皮笑肉不笑地道："怎么办，新主似乎也没有要保阁老的意思啊。”

姚阁老的脸色有些难看，他左右瞧了瞧形势，皱眉道：“那酒怎么说也是国公让殿下喝的，难不成还能将过错推到老夫身上？”

“不是推，这本来就是阁老与王爷的一石二鸟之计，想利用在下杀了七殿下，再让在下顶罪，好扶武亲王坐上皇位。”叶将白轻笑，“可惜啊，算盘没打好，落空了。”

姚阁老不太服气，他看了一眼周围七殿下的人，愤怒地道：“难不成国公害死七殿下，你们没一个会给七殿下报仇？”

“若殿下真的死了，我定是第一个去抹国公脖子的。”一直呜呜哭着的沐疏芳突然抬起头，微笑道，“但可惜，阁老要失望了。”

姚阁老怔忪，有些不太明白，这时，地上那一动不动的“尸体”缓缓站了起来。

“没想到姚阁老身为朝中老臣，竟也有这等恶毒的心思。”赵长念满脸凄凉，“亏得国公不愿意谋害我，若是他也与阁老同流合污，那今日我的命才是真的难保了。”

姚阁老往后退了三大步，瞪大眼看着她：“你！”

“子蛊我没吃，就是想看看国公说的是不是真的。”长念叹了口气，“倒下去的时候，我仍旧在期待阁老和皇叔不会那样做，可……”

看着地上母蛊的尸体，长念颤着睫毛哽咽，半个字也吐不出来了。

无声的凝噎最是动人，长念本就清秀，泫然欲泣之时最容易让人触动，她委屈巴巴地坐在地上看着那母蛊，就算是迟钝的叶良，都能感受到她的伤心和难过。

叶将白顺势低下身子，拍着她的背轻声道：“殿下不必太难过，有些人，早些看清也不错。”

“是啊，武亲王能杀得了先帝，自然也能对侄儿动手。”冯静贤横眉道，“就是不知国公为何明知武亲王秉性如此，却还容他在朝中？”

“这……”叶将白叹息摇头，颇为无奈。

冯静贤步步紧逼：“弑杀君主是何等大罪？此等贼人，难不成因为手握重兵，就不讨伐了吗？今日谋害七殿下之事，断不可能是姚阁老一人所为，蛊虫是从武亲王手里滚出，事实摆在眼前，国公难不成还要包庇？”

“包庇”一词用得极好，既给了他高武亲王一等的地位，又给了他动手的由头，叶将白都想让长念多给冯静贤发点俸禄。

“武亲王毕竟是皇室王爷，按理来说……”叶将白故作为难。

冯静贤哼了一声：“他是王爷，殿下还是太后亲封的太子呢，正儿八经的储君。”

他这一提醒，在场的人才恍然想起，是啊，赵长念是受过太后懿旨的太子，就算之前兵败，可如今既然回到京都了，就该继承大统。

姚阁老越听越不对，这场面，怎么那么像唱双簧呢？原本的重点还是谋害七殿下，现在各位大臣竟都开始讨论是不是该七殿下继承皇位的问题了。

而且冯静贤和沐疏芳表面上像是在责问辅国公，实则却是在替七殿下正名。

情况不妙，姚阁老稍稍后退，想趁乱溜走，然而……

“阁老要去哪儿啊？”叶将白微笑着拦住他。

姚阁老勉强挺直身子道：“外头还有不少族人在等我，今日这诸多误会，改天再同七殿下解释也不迟。”

他这话意在提醒叶将白，姚家还有不少人在替他做事呢，若是明面上闹僵了，大家都不好过。

叶将白似是当真有些忌惮，脸色微沉地道："这不是误会，分明是证据确凿。"

"那国公的意思，是要现在让老夫伏法？"姚阁老笑了，扫了一眼六部之中的姚家人，凑近叶将白，低声问，"您敢吗？"

"天子触犯律法，尚且与庶民同罪，况人臣乎？"叶将白冷笑，朗声道，"三日之后，在下必定奉太后懿旨，前去姚府问罪！"

姚阁老松了口气，退后几步，拱手道："那老夫恭候大驾！"说罢，一甩袖，颇为嚣张地离开了。

冯静贤看着，怒道："要谋害太子的凶手，国公也能这样放走？"

叶将白转身，叹息道："敢问冯大人，谋害储君是何后果？"

冯静贤答："株连九族。"

"那您再看看在座的各位姚姓之人。"叶将白沉痛地道，"各位大人为国尽忠，不少人并未与姚阁老同流合污，让他们统统被牵连诛杀，可公平？"

此话一出，堂上姚姓之人跪下去大半，两股战战地喊："国公英明！"

"那三日之后，不是一样要问罪吗？"冯静贤又问。

叶将白答："三日已经足够，在下会责令户部专门分出二十人，负责改籍。所有姚姓之人，若没有参与谋杀储君之事，便去户部改籍，届时可幸免于难。"

众人一听，连呼国公宽容，性子急的，立马就去户部官员身边小声说话了。

赵长念看着，觉得叶将白真是阴险，不诛杀九族，却让人改籍，若是改籍的人当真多了，姚阁老所倚仗的族长身份也就不那么重要了，届时再收拾他，便动摇不了朝廷根基；若改籍的人不多，那也有借口一网打尽，剜瘤治伤。

只是……

离宴之时，赵长念忍不住问他："那姚家小姐怎么办？"

"嗯？"叶将白正在想事情，闻言有些没反应过来，"哪个姚家小姐？"

"姚幼舒呀。"长念比画，"就是那个深得你宠爱，连逃离京都都要带着的姚小姐。"

叶将白"嘶"了一声，伸手捂住腮帮子。

"怎么？"

"好……好酸哪。"叶将白皱着脸道，"这是谁家的醋坛子被打翻了？"

长念："……"

"哎，你别恼羞成怒啊。"叶将白一把抓住作势要下车的人，哼笑，"带她离京，一是因为姚阁老的要求，二是为了让当时的大皇子捏着个人当把柄，从而信任我，没别的意思。"

长念皱眉盯着他："人家当真很喜欢你，你这样对她，不觉得过分？"

叶将白无奈地道："离开京都的时候我同她说过，她大可以去说服姚阁老回府去，也免了许多波折。她不听，执意要跟着，那我能如何？不是每一片痴心都会换来回报，换来了是好事，换不来便是无缘，怎么就怪我过分了？"

"可是，人家是因为喜欢你才跟你走，你把她放在大皇子手里当人质，委实薄情。"

叶将白理所应当地点头："我薄情怎么了？不喜欢的人，难不成还要对她深情款款？从大皇子那边回来，她就回了姚府，再没来我身边耽误工夫，这不是挺好的？"

好像说得挺有道理？长念闷着脑袋想，原来这人当真不喜欢姚幼舒啊，她还以为……

"殿下有空想这些，不如关心关心姚重夜。"叶将白道，"他现在可是您的人。”

赵长念回过神，笑道：“重夜很有本事，我很放心。”

姚重夜在他身边时只不过是个平庸的副将，这几个月下来，也没发现他哪里有本事了啊？叶将白摇头，颇为担忧地掀开车帘看了看外头。

已经是黄昏时分，姚阁老的车驾匆匆前往忠武宫，没想到宫门紧闭，门口站着的人拱手道：“大人，王爷还未回来。”

姚阁老一看见守门的人就急道：“重夜啊，你在这儿还好，王爷去哪儿了？怎的还没回来？”

姚重夜没抬头看他，只道：“大人先里面请，王爷去了一趟别的地方，说两个时辰之后就归。”

“好。”姚阁老跟着他进门，看了看他，又有些尴尬地道，“重夜，上次你府上的事情，我是当真不知道。”

姚府上下几十口人被打入天牢，叶将白还下了极刑处置令，朝中谁都知道，姚阁老怎么可能不知道呢？他分明怕麻烦，不愿意横生枝节，所以宁可眼睁睁看着他的家人被处置，还帮着武亲王瞒着他。

姚重夜垂眸往前走着，没吭声。

姚阁老也觉得实在尴尬，遂不提此事，扭头道：“你如今深得王爷信任，既然如此，就好生做事，将来指不定能升任将军。”

“多谢阁老指点。”姚重夜推开茶厅的门，示意他进去。

茶厅里安安静静的，半个人也没有，姚阁老刚迈进一条腿，就觉得有些不对劲，下意识地想后退。

然而已经来不及了，姚重夜狠推他一把，便将他与后头的护卫隔开，反身关上了茶厅的大门。

“你想做什么？！”姚阁老大惊，听着外头自己的护卫与宫中侍卫打斗的声音，惊恐地看向面前朝自己靠近的人，“重夜，我可是姚家族长！是你的长辈！”

“以前是。”姚重夜拔出匕首，冷声道，“但从你抛弃我全家上下，未曾把我们当姚家人看待的那一刻起，你就不配当长辈了。”

“重夜，有话好好说啊！这可是王爷的宫殿！”姚阁老慌了，左右找桌椅躲着，眼看劝说不成，只能大喊，“救命！快来人救命啊！”

姚重夜毕竟是习武之人，轻松越过他抵着的方桌就将他擒住，匕首抵在他咽喉之上，到底还是犹豫了片刻，才往前一送……

呼救声戛然而止，茶厅门被姚阁老的护卫撞开，姚重夜不慌不忙地扔开姚阁老的尸身，回眸道：“王爷有令，为平七殿下被谋害一案，特诛奸贼，尔等若是有异议，便上养心殿去辩一辩！”

说罢，他底气十足地扔了匕首，一甩袍子就带着人往外走。

姚阁老身边的护卫被唬得一愣一愣的，都没想到要去拦人，只大呼一声“主子”，便统统围到了尸体边上。

姚重夜的动作极其迅速，脱下带血的盔甲就带着自己的手下出了宫。有人见状觉得不对劲想拦，姚重夜便拿出武亲王的手令，一路安稳地离开了。

等众人反应过来姚阁老是被害了之后，姚重夜已经在国公府里坐着了。

“幸不辱命。”他朝赵长念拱手。

长念十分惊喜地看着他，连拍了两下他的肩膀：“将军厉害，委实厉害！此一行动，稍有不慎就会失败，你完成得很好！”

做副将这么久，还未曾被人这么夸奖过，姚重夜喜不自胜，也心生感激，连忙起身给长念磕头：“多谢殿下给卑职将功赎罪的机会！”

“将军言重，将军有大才，岂能因为家族而被拖累？”长念扶起他，认真地道，“我已经同黄将军说过了，此番你能回来，便将崇阳门附近的御林军交由你管。”

这是要让他当崇阳门统领了？姚重夜大喜，可惊喜之后又有些惶恐：“卑职……卑职的武艺不及黄将军十一，行兵统筹之事也不甚熟练，如此大任，卑职恐怕……”

“将军切勿妄自菲薄。”长念正色道，“将军也有旁人不能及的本事，只是没机会施展罢了。”

姚重夜眼眶发红，这还是头一次有人真的赏识他啊，多少人说过他资质平庸，难成大事，可七殿下说，他只是没机会。

姚重夜深吸一口气，拱手道：“卑职定不负殿下期盼！”

长念笑着点头。

沐疏芳在内室里听着外头的话，笑着小声道：“国公有没有发现，殿下也有旁人不能及的本事？”

叶将白坐在她对面，闻言抬了抬眼皮：“没发现。”

沐疏芳横他一眼，哼声道：“那是你没眼力见儿，我是发现了，殿下很会看人，也很会用人，前有冯静贤，后有这个姚重夜，两个人本都是不被人看好，没什么出路的，但在她手里，都能做出不小的功绩来。”

叶将白一顿，侧头想了想。

似乎还真是这样。别看赵长念平时傻里傻气的，用人之道倒是厉害得很，不说姚重夜和冯静贤，就连那个以前在崇阳门默默无闻的黄宁忠，眼下也俨然成了一员大将。

现在回头看，他才猛地发现，她从当初身边空无一人，到现在已经是帮手齐聚了。若说沐疏芳和北堂缪帮她是出于情分，那黄宁忠、冯静贤这些人帮她，就真的是她自己的本事。

可怕的是，他压根不知道她是怎么做到的。

姚重夜出去了，赵长念进得内室来，双眸发光地道：“姚阁老的死讯很快就会传遍京都，接下来，就要看国公搅弄风云的本事了。”

她身子站得直，说起话来神采奕奕，叶将白瞧着，微微有些晃神。

“国公？”有双小手在他面前晃了晃。

叶将白垂眸，抿唇道：“小事一桩。”

姚阁老死在忠武宫，且是被武亲王的亲信所杀，武亲王怎么也摘不开关系。当天晚上，叶将白就带着姚家人围住忠武宫，要武亲王给个交代。

武亲王有心辩驳，奈何宫内兵力不够，他惜命，只得连夜奔逃出宫，想借着运送粮草的机会出城去自己的兵营里。

然而，粮官姚安并未给他面子，很直接地将他的一行粮草车队拦在了东城门，并知会了叶将白。

“姚大人，本王与你无冤无仇，且之前还恩惠于你，你怎么能做出如此狼心狗肺之举？”武亲王大怒。

姚安冷着脸朝他拱手：“王爷冒犯在下在先，怎能怪在下狼心狗肺？您送的东西再多，都抵不上阿软一根手指头。”

武亲王又气又茫然，阿软又是谁啊？他什么时候冒犯过姚安了？他是真的不知道啊！

赶在叶将白来之前，武亲王带人强冲出了城门，身边的人担忧地道：“王爷，这一出来，粮草可就断了。咱们外头的军营一直是靠城里的粮草过活的。”

行兵打仗，粮草是最重要的东西，可眼下他们别无选择，武亲王眼珠子一转，道：“先离开京都，粮草若是不够，就用抢的便是！”

武亲王的兵力开始慢慢撤出京都，叶将白以给姚阁老办葬礼为由，没拦着。可姚阁老死得突然，又是个位高权重、牵涉甚广的人，哪能就这么白白死了？

于是，叶将白召集了姚家上下族谱里有名姓的人，在姚阁老的葬礼上，他双眼通红地道："阁老生前功绩就不小，也对各位多有爱怜照拂，虽说之前在下与阁老有些口角，但到底共事多年，不能看他就这么枉死。眼下武亲王有谋逆之心，为了皇位，已经是不择手段。以在下一人之力，无法给阁老报仇，还望各位施以援手。"

这话他说得脸不红心不跳，倒也说动了不少人。

灵堂上也有人怀疑姚阁老的死和叶将白脱不了干系，但众人都知道，辅国公之前就说了三日之后与姚阁老对峙，又怎么会提前下手呢？更何况姚阁老死在忠武宫，这是铁打的事实。

于是，争议声被压了下去，连续七日守灵，姚家人慢慢与叶将白熟悉起来，私下走动也越加频繁。

晚上回府的时候，叶将白疲惫地褪下外袍，就见长念十分舒坦地半靠在软榻上，一边写着什么东西，一边哼着小曲。

他忍不住道："殿下心情很好？"

"是呀。"长念头也不抬地道，"没了武亲王的京都，着实让人喜欢。"

说着，她还晃了晃搭在软榻边上的小腿，瞧起来活像个得了心爱玩具的孩子。

叶将白无奈地摇头，走过去念叨她："眼下可不是松懈的时候，武亲王带人撤离，是为了再打回来，他麾下的李常安可不是个简单的人，一直在招兵买马，兵力也日益壮大，届时京都又将遭受一场浩劫。"

长念眨眨眼，抬头笑眯眯地道："敢问国公，何为军之本？"

"粮。"

“那又问国公，如今局势，武亲王到哪里去弄粮？”

叶将白撩起袍子在她对面坐下：“京都是不可能对他施以援手了，但三个屯兵重镇必定会成为他的粮仓。”

赵长念认可地点头，把手里的册子转了个方向，推到他面前。

叶将白端了茶，漫不经心地扫了一眼，“噗”地就将茶全喷了出来。

长念嫌弃地收了收自己的衣袍。

“你这……”叶将白擦了擦嘴，震惊地问，“怎么做到的？”

册子上登记的是京都周边十八个镇的粮仓库存，十之有三都划到了京都粮仓，这几乎是不可能的事。

“那日国公提醒了我。”长念笑道，“我可是太子啊，储君有权动玉玺，玉玺一盖，便有权征税。我当了一回恶人，以京都战后恢复困难为由，跟他们多征了这些粮食做赋税，听下头传回来的消息，周边各城都隐隐有怨言，却还是在准备运粮。”

叶将白霎时明白了这人的目的。

玉玺动了，她太子的地位就算是坐实了，征粮只是个强硬的通知，若是有人不承认她，就会抗拒运粮。但在这个节骨眼上抗旨，城外的大军又不是放着好看的。一旦四周边镇都认下她这个太子，那武亲王想再动粮仓，就是不可能的事了。

“想不到殿下竟如此聪慧。”叶将白很惊奇，“能想到这一招，看来没少看兵书。”

“那是。”长念得意地扬了扬下巴，“兄长以前每年回来都给我带兵书，也给我讲战场上的你来我往，我虽没经历过，但道理还是懂的。”

提起她的兄长，整个人都乐了？叶将白看她一眼，道：“北堂将军还在城外，殿下打算什么时候让他回城？”

长念叹了口气：“兄长来过信了，说目前军营所在位置极好，可攻可守，就暂时不回城，与武亲王在外头耗着。”

叶将白皮笑肉不笑地道：“殿下看起来很是想念将军。”

“这是自然，已经许久没看见他了。”长念嘀咕，“二皇兄都能与他在一起，偏生我身在京都，连跟他说句话都要靠书信。”

叶将白：“……”

“嗯？国公怎么了？”长念不解地抬头，“这么晚了，还要出去吗？”

叶将白扯了外袍冷声道：“用了晚膳没消化，出去散散步。”

“哦。”长念一点也不觉得奇怪，“那你去吧。”

门“啪”地被他甩上了，扬起一阵风吹过来。长念青丝微动，笑着嘀咕：“还挺凉快。”

叶将白大步走出主院，正想着要不要策马出去兜两圈，余光却瞥见前庭里猫着个人。

“谁！”他低喝。

那人被吓了一跳，站起来看见是他，才松了口气，底气十足地叉腰道：“你这么大声做什么？”

“沐疏芳。”叶将白头疼地道，“我说过很多遍了，你来我府上好歹让人通禀一声。”

“哎呀，我又不找你，况且也不久留，通禀什么呀。”沐疏芳冲他撇嘴，又笑嘻嘻地抱紧了怀里的东西，“这茉莉啊，还是你府上的开得最好，又白又香，我要做香囊，就顺路过来取点。”

“你这是偷。”叶将白面无表情地提醒她。

“国公与我什么交情，摘点花而已，能叫偷吗？”沐疏芳心里发虚，表面却是理直气壮，“再说了，我都没把殿下强拉回王府，已经是给足了你面子，你难不成要因为这点花与我计较？”

叶将白咬牙：“理全让你一个人占了是不是？”

沐疏芳眨眼，左右看了看，唏嘘道：“火气这么大，一看就是与殿下相处不愉快了。你说你，堂堂辅国公，怎么连个人都搞不定？”

叶将白冷哼，又斜眼盯着她手里的花篮：“你这是要做给她的香囊？”

“嗯……”沐疏芳眼珠子乱转，含糊地道，“会给殿下的。”

不对劲，叶将白走近她几步，居高临下地道：“你难不成敢背着殿下……嗯？”

脸上一红，沐疏芳狠狠地踩他一脚，怒道：“说这么难听，谁会做那种事？我这是为殿下着想，做十几个香囊去替她收买人心，你懂什么？”

要是她脸不红，叶将白也就信了，可看看她的脸色，他心里只冒出两个大字：有鬼！

当然了，以沐疏芳的脾气，想让她直接承认是不可能的，叶将白想了想，侧开身子让她走。沐疏芳瞪他两眼，提着花篮就跑了。

“雪松。”叶将白打了个响指，“最近多关心关心咱们的太子妃。”

“是。”雪松应下。

京都局势又开始紧张起来，沐疏芳很清楚，还有一场仗是避无可避的，而这一场，北堂缪说什么也会拼尽全力。她做不了什么，也不可能劝他惜命，只能做几个香囊，偷偷在香囊里缝一个她亲自去求的护身符。

但她是太子妃，想送外臣东西没那么容易，只能一咬牙做上二十几个香囊，以殿下的名义四处送人。

夏初之时，京都外爆发了一次小战，赵长念和叶将白合谋以军饷为饵，引得武亲王踏入陷阱，从而斩杀敌军数百，初战告捷。

北堂缪终于能进城，第一件事就是去见赵长念。

沐疏芳跟在长念身边，就看他披着满身阳光跨门而入，单手抱着头盔，一撩战袍半跪下去：“臣北堂缪，叩见太子殿下。”

长念欣喜地扶他起来，上下看了看他，脸色微变：“兄长的手？”

北堂缪挑眉：“手怎么了？”

“别以为我看不出来！”长念指了指他抱着头盔的手，气愤地道，“不是说没受伤吗？这是怎么回事？”

沐疏芳吓了一跳，跟着看过去，才发现他的手有些异样，抱着头盔一动不动，十分僵硬。长念伸手拿过他的头盔，撩开他的袖子，就瞧见了一层层厚厚的白布。

沐疏芳倒吸一口凉气，提着裙子上前道：“怎么会伤成这样？”

“还好。”北堂缪淡然地道，“皮肉伤，比起其他全尸都没有的人，已经好太多了。”

他身后的飞沙忍不住小声道：“深可见骨的皮肉伤。”

北堂缪回头看他一眼，飞沙立马跪了下去，叩头噤声。

长念有些恼，瞪着他不知道说什么才好，干脆伸手扯了扯沐疏芳的衣袖，道：“你来！”

沐疏芳自然明白她的意思，拍了拍她的背，横眉看向北堂缪：“将军，殿下一早写过书信，让您好生珍重自己，行兵打仗，也不是非得让您冲在第一个。咱们不缺冲在前头的兵，缺的是您这样的将领！”

北堂缪道：“好的将领，没有让士兵在前头替自己挡着的道理。”

“不让人在前头挡着，下次这伤致了命当如何？”沐疏芳大怒。

“醉卧沙场又何妨？”北堂缪皱眉，“将军之坟冢，本就在战场。”

沐疏芳这叫一个气啊，又气又挺钦佩他，左右翻找袖袋，终于摸出了最后一个香囊。

“殿下赐的。”她把香囊塞进他手里，“将军好生收着，时刻记着殿下……殿下与我都惦记将军。”

长念一愣，看了看北堂缪手里的那个香囊，脑子里突然一亮。

疏芳很少做女红的啊，怪不得前段日子她手上常有伤，原来是做这个去了。

看看她，再看看北堂缪，长念转了转眼珠子，突然“哎哟”一声捂住了肚子。

“殿下怎么了？”

“我肚子疼，先失陪了。”长念表情痛苦地拉住旁边的红提往外拖，“疏芳先替我招呼将军。”

“是。”沐疏芳不疑有他，一口应下。

长念抱着肚子夹着腿，一挪出大堂就恢复了正常，并示意红提别说话，然后提着衣袍躲在花坛后面，露出一双眼往门里瞧。

“殿下这是做什么？”红提不解。

长念小声道：“红提，你不觉得他们两个人挺般配的吗？”

红提一愣，神色复杂地道：“殿下怎么会这样想？一个是太子妃，一个是大将军……”

“就是这样才刺激……不是，我是说就是这样才更奇怪。”长念轻笑，“疏芳一向最讨厌做女红的，怎么会做香囊呢？”

“不但做了，还为了名正言顺地送这一个，而做了二十多个。”有人补了一句。

长念应和：“是啊，这多难得。”

说完，她觉得有点不对，这不是红提的声音啊？

赵长念扭头往旁边一看，叶将白不知道什么时候过来了，正以和她一样的姿势蹲在她旁边，唏嘘地道：“殿下，我觉得你耽误了一桩好姻缘。”

“什么？”长念有点蒙。

叶将白叹了口气：“半个月前，沐大小姐来我府上取茉莉花，说是要做香囊送人，她做了二十多个，都以殿下的名义送给了朝中重臣的家眷。独北堂将军这一个，她亲自求了平安符。”

长念愕然，旋即有点兴奋：“你的意思是，疏芳真的对我兄长有意思？”

叶将白一顿，对她莫名的兴奋很是意外，目光一动就笑了：“是啊，谁看不出来呢？要不是身份尴尬，他俩也能成一桩好姻缘。”

“身份的事，我一早同疏芳谈过的，若以后她遇见心爱之人，便以国公府二小姐的身份回去另嫁。太子妃只管禀呈户部，说薨了便是。”长念又瞧了瞧门里那两个人，“可眼下兄长似乎一心要战，没有娶亲的意思。”

“男儿志在四方，暂时不想儿女情长也在常理之中。”叶将白叹息，“只是北堂将军苦啊，这么多年了一直未娶，好不容易遇见一个登对的，还是名义上的太子妃，这两人就算有千言万语，也不敢说，只能藏在那香囊里，藏在那好不容易得来的一眼对望里。”

说着，他还抬袖，抹了抹并不存在的眼泪。

后头的红提嘴角直抽，长念却觉得他说得很有道理，摸着下巴思忖道：“那依国公之见，有什么能帮他们的？”

“好说。”叶将白微笑，“定国公有门生过百，其中也有不少武将，让太子妃以定国公府的名义，带那些武将去支援北堂将军，驻扎城外，两人便有更多相见的机会。”

长念皱眉：“疏芳到底是女儿家，怎么能去军营？”

“你把她当女儿家？”叶将白很震惊，“你是没见过她十三岁的时候与那些个武将一起打家劫舍……不对，按照大小姐的说法，是劫富济贫。”

第八章 粮草

在还没有意识到自己是个女儿家的时候，沐疏芳经常穿一身男装，带着府上的武将挨个找大户人家“问候”，提醒一下他们最近哪里有难民需要捐助，哪里又有冤魂需要安息，每每都要说得对方“心甘情愿”施以援手才肯走。

彼时京都人送了她一个外号——富见愁。

作为一个富人，叶将白与沐疏芳相识就是因为两箱银子，他收的红礼被她半路截下了，笑嘻嘻地来跟他讨。银子都在她手里了，来同他说也只是走个过场，要是别人，也就认栽了。

可叶将白是谁啊？朝廷里出名的大尾巴狼，能叫个小丫头欺负了？他当即笑着说那两箱银子是要送去买粮食给堤坝上的劳工的，并且说那点银子还不够，还望大小姐施以援手。

当时的沐疏芳年纪还小，看叶将白一脸诚恳，也不疑有他，立马把银子给他送回来，并且还加了两箱。

于是叶将白收回了自己的银子，并用沐疏芳给的银子买了粮食送去当时正在修的堤坝，获得了一片赞颂之声。

后来沐疏芳每每想起这件事，都气得直跺脚，扬言早晚要带人抄了他的老巢。

“所以殿下不必担心她。”叶将白深有感触地道，“她不比男儿弱，私下前往，也不必在意名节问题。相反，有她在，定国公府的武将必定更加听话，能与北堂将军携手抗敌。”

赵长念越听越觉得有道理，于是用午膳的时候一把将沐疏芳拽到一边，小声询问她的意见。

沐疏芳听完，眼神直闪，支支吾吾地道：“这……妥当吗？”

“妥当！”长念道，“我问过辅国公了，国公也说可行。”

沐疏芳看了看赵长念满脸赤诚的模样，又看了看外室里摇着折扇笑得一脸诡异的叶将白，眼眸微眯。

用膳之后，北堂缪与赵长念去下棋，沐疏芳抬手把叶将白拖去了花园：“算计我？”

叶将白抬头看天，笑道：“大小姐说的这是什么话？在下不甚明白。”

沐疏芳皮笑肉不笑地咧了咧嘴，双手叉腰：“咱俩这么多年交情了，你心里打的什么算盘，殿下看不明白，我还能看不明白？”

叶将白“唰”地展开折扇，风度翩翩地道：“于你有利，于我也无害，大小姐何必这样计较？”

“我就是看不顺眼你这得了便宜还卖乖的模样！”沐疏芳气得跺脚，“分明是想借我支开北堂，好意思说为我着想？”

叶将白惆怅地叹了口气，道：“但凡你再争气些，我也不必花这些心思。你说你，这般如花似玉的人，怎么连个武夫都搞不定？”

“他才不是武夫！”沐疏芳横眉瞪眼，怒道，“他是个英雄！”

叶将白斜眼，静静地看着她。

意识到自己有点反应过头，沐疏芳干咳两声，别开头道：“我觉得他比你好，也……心系殿下，哪有你这样耍手段的？”

叶将白一本正经地道：“我问你，殿下是何等身份？这辈子能嫁男人？”

沐疏芳一愣，皱眉道：“也许有别的办法……”

“哪有什么办法？”叶将白冷笑，“她这辈子注定要以男儿身份过活，北堂家那样的世家大族，能容得下她？你若要北堂缪来等，要等多久未定不说，等到了也是困难重重。人家北堂将军与你是有多大的仇，你要这样害他？”

沐疏芳一听，好像有点道理？

“可是……”她犹豫地道，“北堂将军爱慕殿下。”

“他爱慕算什么？”叶将白轻哼一声，“你看殿下心里有他吗？长此以往，他也是白费心思，落得什么也没有，还不如及时回头，看看别的风景。大小姐听我一句劝，帮一把北堂将军为好。”

“怎……怎么帮啊？”沐疏芳动摇了。

“很简单。”叶将白道，“一见不能钟情，日久却能生情。大小姐有才有貌，只要有机会，还愁他不动心？”

沐疏芳沉默片刻，苦笑着道：“我今日送他的香囊，他收得很妥帖，贴身放着。”

“这不是挺好？”

“若他觉得是我送的，如此对待，我自然觉得好。”沐疏芳垂眸，“但在将军看来，那是殿下送的。”

是殿下送的，他才会满心欢喜，若是她送的，怕只是客气地道声谢，就不知道扔去哪里了。

叶将白眯眼：“这样的情况，你能忍？以你沐大小姐的脾性，他如此，你不该更有冲劲？”

沐疏芳一愣，想想也是啊，她是个不服输的人，怎么一遇见北堂缪，就畏首畏尾的呢？

喜欢别人怎么了？别人又不喜欢他，她为什么不可以试试呢？

沐疏芳挺直背脊，笑道：“我明白了。”

叶将白一副欣慰的表情，点头道：“去吧。”

“好！”她提起裙子就走，背影潇洒而自信，像极了多年以前那个回家给他拿两箱银子的模样。

叶将白摇着扇子点头，轻笑：“还是小姑娘好骗啊。”

长念正在同北堂缪下棋的时候，余光瞥见沐疏芳进来了，她一顿，立马又“哎哟”一声，扔下黑子道：“疏芳快来替我一会儿，我离开片刻。”

沐疏芳应声坐下，关切地道：“殿下最近是吃坏肚子了吗？”

“是啊。”长念皱着脸道，“待会儿去让大夫抓点药。”说着，别扭地离开了。

叶将白正在走廊上站着呢，见她出来，笑着问：“吃糯米糕吗？”

长念眼眸一亮：“哪儿？”

“街上有叫卖的，今日得闲，便出去看看如何？”

“走走走！”长念二话不说便跟着他往外去，还回头吩咐一声，“红提你留下，太子妃等会儿要是问起来，就说我去找大夫了。”

红提神色复杂地看着两人出门，忍不住小声嘀咕：“真是阴险。”

阴险的叶将白丝毫不觉得自己有哪里不对，揣了包银子就带着赵长念在街上胡吃海喝。长念一边吃一边问：“最近怎么不见你身边的许智了？往日你跟我出门，他总要跟着的。”

叶将白应了一声，敷衍地道：“最近他家里有事。”

“哦。”长念也没多想，继续高高兴兴地吃着糯米糕。

两人一起往前走，叶将白摇着折扇，眸子里隐隐有些倦色。

自从姚阁老一事之后，他与许智那些人之间就像隔了一条鸿沟，怎么也没有之前亲近了，他们依旧对他抱着期望，可经此一事，他觉得有些厌烦。

为了能随心所欲，他才机关算尽，多年来走到这一步。但如今看来，就算他坐上皇位，身边的这些人也未必如他所愿。

可是，回不了头了。

“殿下。”叶将白开口，“殿下若能登位，有想做的事吗？”

长念一蹦一跳地走着，头也不回地答：“有啊，我想废极刑，修律法，想让女子上学堂，想改江西一带的税收……想做的事情太多了。”

叶将白轻笑：“野心倒是不小。”

“那都是我父皇没做的事。”长念咬了一口糯米糕，“我若是做了，哪怕他日归了黄土，也有脸面去见父皇。”

身后没了声音，长念也不好奇他为什么突然这么问，只自顾自地道：“不过……若国公手下不留情，那我这些个愿望，怕是都实现不了了。”

武亲王一方粮草全断，叶将白还设下七环计，以粮草为诱饵，歼杀敌方精锐。若是成，那武亲王必定远走；若是不成，那武亲王便会被困死城郊，再无一战之力。

这本是该让人高兴的消息，可想想自己身后跟着的人，赵长念笑不出来。

这么长时间的表面和平，他和她之间好像什么仇怨都没有，只待武亲王降了，两人就可以携手迈向美好的未来。

然而，长念心里很清楚，皇位只有一个，武亲王一败，真正的厮杀才开始。

咬下最后一块糯米糕，长念回头笑道：“国公喜欢桃花，那可喝过桃花酿？”

叶将白摇头。

"我酿了些，等有机会，拿去与国公畅饮一番才好。"

她分明没说什么别的话，叶将白却听懂了她的意思。

折扇一点点收拢，放在手里捏着，他喉头微动，倒也扯出一抹笑来："好。"

这个喝酒的机会，不是一个上好的天气，也不是什么适宜的节气，两人心里都清楚，却谁也没点破。长念只默默地想，这壶酒若是能再晚些喝，就好了。

没有粮草造成的饥饿和恐慌，是最容易击败一个军队的，任凭武亲王再怎么安定人心，碗里日渐少下去的粮食都令在半夜奔逃的士兵人数增加。

武亲王大怒，斩了逃兵，想以此威慑，奈何效果不大，刚招募来的士兵几乎全部逃走，不少老兵也在半夜消失在黑暗之中。

武亲王别无他法，再度选择偷粮抢粮，他根据探子的回禀，分出三个精锐营，前往三处粮仓。

这是他最后的希望，然而，叶将白并未给他机会。

"报！西侧军遇袭！"

"报！南侧军遭遇埋伏，损伤过半！"

"报！东侧军与敌方交锋，伤亡惨重！"

武亲王坐在大毡上红了眼，他捏着兵符，起身晃了晃，恨声大笑："是我老了吗？老了吗？竟被这些个乳臭未干的小娃耍得团团转，我大军在手，还陷入如此困境！"

"王爷息怒！"李常安连忙拱手劝道，"他们占着地利，兵力又强于我方，失利在所难免。其实只要退兵离开京都范围，寻地再起，攻回来也未尝不可……"

"离开京都？"武亲王老眼含泪，抓过自己发间的雪白道，"常安，你看看本王，本王已经不是十四年前那个年轻气盛的将军了！本王所有的年华，都被他们耗在了忠武宫里！本王等不起了……这一遭若是走了，何年何月才能回来？若是回不来呢？啊？常安，你还要本王等多久？”

李常安眼眶发红，梗着脖子朝他跪下。

武亲王松开手，自嘲地笑了笑，看向旁边立着的大恭地图。

“这江山，是本王一点点打下来的，为了这东西，本王错过了皇位，也错过了爱人。”

“你听过京都街上的戏台子吗？曾经有个姑娘唱得一出极好的折子戏，本王是真的很爱听，可就因为一念之差，本王这辈子再也没见过她。”

“王爷……”

“常安，本王想攻城。”武亲王深吸一口气，转头看他，“你敢随吗？”

李常安叩头到地，哑声道：“王爷麾下，没有胆怯之将！王爷想攻城，卑职便打头阵。”

“好！”武亲王大笑，“得将如卿，是本王之幸！”

李常安心里很清楚，以他们现在的兵力和士气，强行攻城，胜算几乎没有，但他没有再劝。他懂王爷这一生的不甘和屈辱，也懂他的执念和坚持。王爷要战，他便战。

低迷了许久的敌营，突然恢复了操练，叶将白收到消息后，合拢手里的书，叹了一声：“可惜。”

长念在他对面写文书，闻言抬头：“什么可惜？”

“投错了胎很可惜。”叶将白勾唇，“若武亲王生在你父皇之后，这天下怕就是另一番格局了。”

长念摇头：“未必，他若像我父皇那样被皇奶奶宠着，也不一定就爱战场上的厮杀，也不一定能有现在这么厉害。”

“倒也有道理。”叶将白想了想，“那就只能怪命了。”

攻城的号角突然被吹响，北堂缪按照长念之前的部署，已经在城门外不远处的沟壑里等着。不经意地一个侧头，他就看见了趴在他旁边的、穿着盔甲的沐疏芳。

北堂缪大惊：“太子妃怎么在这里？”

沐疏芳抽出弓弩，盯着前方道：“我是弓兵。”

“胡闹！”北堂缪怒道，“你是太子妃，哪里能来这地方？万一有什么闪失……”

“将军不是说过吗？”沐疏芳笑道，“不身先士卒的，哪里是好将领？”

“娘娘不是将领，是嫔妃！”

沐疏芳不服气地瞄准远处奔腾而来的烟雾，上箭拨弦，“嗖”的一声，五丈外骏马长嘶，骑兵坠马，跌起更高的烟尘。

北堂缪微愣。

“发什么呆啊？”沐疏芳用手肘捅了捅他，“快，人来了！”

北堂缪回神，也来不及同她多计较，给副将打了手势，便耐心看着。

这地方是埋伏好的，敌军冲锋极猛，城下就有沟壑地刺在等着他们，三丈之外，冲在最前头的骑兵统统跌入草盖着的沟壑，后头的大军前行之势无法停止，便踩着沟壑里人马的尸体踏过去，继续冲向城门。

北堂缪带着人冲出去迎敌。

“将军小心！”沐疏芳在后头沉着声音喊了一嗓子。

北堂缪脚步未顿，手里三尺大刀利刃向敌，远远便看见朝他而来的李常安。

李常安穿了一身薄甲，北堂缪想，许是年纪大了，背不动厚铠了，如此倒是轻便。但他毕竟是打头阵的，这样着装，委实危险。

刚想完，身侧副将一个长枪上去，就挑落了他肩上的护甲。

李常安眉头都没动一下，竟越过他们，斩杀后头小兵。

北堂缪上前去与他纠缠，被他策马绕开，他似是知道不敌，绝不与他正面交锋。

北堂缪微微有些烦躁，提刀转头，瞥见敌军王旗，策马而去。

沐疏芳弓弩里的箭用尽，被人装进吊篮吊上了城门，她居高临下地看着当下的形势，忍不住皱眉："他们的士气怎么会在一夜之间高涨成这般？"

长念站在城楼上，给她指了指那高高飘着的王旗："武亲王亲自上阵了。"

"可是，他们兵力不足，怕是连城门都破不了。"

长念垂眸，手放在城墙垛上，轻轻拍了拍："你都能看出来，武亲王又怎么会不清楚？"

沐疏芳怔然。

武亲王没穿护甲，只举着他那把跟了他十几年的大刀，双目充血地喊："将士们，跟我冲——"

四周一片应和之声，旌旗高扬，武亲王觉得自己仿佛又回到了多年前的战场，万里寒光生积雪，三边曙色动危旌，他大刀一举就是三里路，身后有无数愿意追随他的将士，血和土，汗混泥，一战功成热酒洒烤肉，笑谈回京之后的功绩。

那时候的他满心以为，这些热血能换回他想要的东西。

然而如今他的眼前只有高高的城墙和斑驳的城门，那城门委实太过冰冷，凉尽了他的血。

身子骨不如年轻时硬朗，刀只不过举了一炷香，他就觉得累了。武亲王咬牙挺着，手微微发颤，仍旧声嘶力竭地喊："跟我冲——"

李常安远远地吼了一声："是！"

薄甲被刀剑斩开，鲜血淋漓，李常安恍若未察，单枪匹马冲过人群，长刀狠狠往城门缝中一插。

“锵”的一声，城楼之上的长念仿佛都察觉到了震动，微微抿唇。

李常安身子僵硬地攥着刀，想往下划，却使不上力。

他的身后，五个士兵举着长矛刺进他的后背，鲜血如注，他张嘴还想喊点什么，血却喷涌而出，淹没了他的声音。

李常安回头，看了一眼大军之中缓缓倒下的王旗。

王爷，他动着嘴唇，无声地再喊了一遍。

长矛抽出，李常安身子一震，却没倒下，仍旧死死地攥着门缝里的刀。士兵忌惮地围着他，过了许久，才有人敢上前去捉。

然而，手一碰，又收了回来，士兵愣愣地看着这位年迈的将军，不知为何红了眼。

李常安已经咽了气，却仍旧固执地望着武亲王的方向，没合眼。

武亲王浑然未觉，犹自在拼杀。一只手举不动了，他就换另一只手，硬是带着几个营拼杀到了城门口。

但，也只能到这里了。

北堂缪带兵围剿后方敌军，砍断王旗以乱他军心，效果不错，后头的援军已经不敢再进，前头的武亲王也已经被半围在了城门之下。

“王爷。”长念站在城楼上冷声道，“现在投降，可免一死。”

她答应过太后，要留这人一条命。

武亲王听见了，却用刀杵地，哈哈大笑：“免死？本王用得着你这黄口小儿来免死？本王的命是自己的，千万敌军都没能取了去！”

长念皱眉。

武亲王的笑声渐渐沙哑，他看了一眼四周，茫茫黄沙之中，他好像已经找不到能去的地方了。

“是命，非战之过。”他笑，大声道，“非战之过也！”

话音落，双手举刀。

“王爷！”惊呼之声响彻天际。

长念狠狠地闭上眼。

她想起了很久以前与武亲王一起出宫的时候，看见个戏台子，武亲王“嗷”的一声就扑了过去。

那时候台上的花旦唱的是什么来着？

大王意气尽，贱妾何聊生哪……

声音凄婉，彩袖飞扬，柳腰盈盈地委坐在地。

那声音仿佛从记忆里透出来，幽幽地回响在这城楼之上，凄凄惨惨，寻不着归处。

长念咬牙，抬袖抹了把脸。

“殿下？”沐疏芳担忧地看着她。

“我没事。”长念道，“他是害死我父皇的凶手，我断不会哭的。”

说是这么说，眼睛却分明红了。沐疏芳叹了口气，将她半拥住，轻轻拍了拍。

城外战火平息，武亲王自尽，敌军尽数投降，长念随冯静贤下去清点。沐疏芳左右看了看，问：“国公呢？”

“他没来。”

“为什么不来？”沐疏芳很意外，“谋划了这么久，不就是为了看这一场胜仗？”

长念垂眸，手指微微收紧：“许是……有别的要紧事。”

沐疏芳点头，也不再多问，便忙着去打听北堂缪如何了。

今日不是个好天气，阴沉阴沉的，空气也闷，许是快有一场大雨了。长念踩着淡红色的地砖，看了看空无一人的街道，心想那藏着的桃花酿，终于还是要拿出来喝了。

也不知道，叶将白会不会喜欢。

一声雷响，夏日的第一场大雨落了下来，叶将白站在屋檐下头看着串串雨帘，长长地叹了口气。

“做顿她喜欢吃的。”他低声道，“多加点肉。”

瞿厨子不解地看了看叶将白，心想吩咐一顿饭而已，国公怎么难过成这样？

“是。”他应道，“小的一定好生准备。”

荷叶包了糯米鸡蒸熟，烤鸭刷上一层香酱，翠绿的时蔬在锅里一翻就是一道小菜，新鲜的萝卜雕成了飞龙，张牙舞爪地放在了桌子正中央。

长念抱着桃花酿刚进门，就忍不住深吸一口气：“好香啊。”

叶将白看向她，轻笑：“就知道殿下会喜欢。”

长念回他一笑，将桃花酿放在桌上掀开，为他倒上一碗：“武亲王已死，他麾下之人降了一大部分，一小部分人自请流放，我没允，只让他们告老还乡。总之这一战，到底是你我赢了，这一碗酒，我敬国公。”

叶将白看也没看，端起酒碗便饮，只觉得入口香甜，回味微甘，再回便是浓浓醉意。

“好酒！”饮下一碗，叶将白颔首。

长念给自己也倒了一碗，笑道：“这是用你府上的桃花酿的，一直埋在我那院子里，手艺是红提教的，未必有外头的好喝，但总也要同国公喝完这一坛。”

她双眸微合，眼里有挣扎、释然，也有愤怒、感激，端起酒碗，仰头饮尽。

酒水泼洒，长念抬袖拭去，而后望向面前这人，正色道：“没有国公，不会有我之今日。”

叶将白看着她的眼睛，轻声答："在下也不曾想过会助成殿下今日。"

"是呀，你一开始，只想利用我。"长念弯眉，放下酒碗，食指轻点他的方向，"硬生生将我扯进皇权争斗，就是为了扶三皇兄一把。"顿了一下，她又摇头，"不对，你也不是想扶他，就是想用他打压太子。"

叶将白笑着展开折扇："在下很聪明，是不是？"

"是啊。"长念认真地点头，"我的几个皇兄从小跟着太傅修习《帝王策》，却没一个看穿你的心思，没一个能敌得过你。要是国公当初再狠点心，我也走不到现在。"

"本来，是会狠心的。"叶将白垂眸，后半句没有再说。

长念给他倒酒，自己也又饮一碗，酒碗敲在桌上，清脆的一声响。

"所以，你凭什么恨我呢？"她笑，眼里蒙了一层雾，"算计我的是你，想杀我的也是你，难不成因为你后来不想杀我了，我就要感谢你吗？"

叶将白皱眉，抬袖饮酒，啧声道："殿下真是爱计较。"

"我若是站得比你高，我也可以风度翩翩地不计较。"长念鼓嘴，"可我是在你鼻息下偷生的，一不小心就会没命，不努力与你周旋算计，我的家人也会没命，这样的境遇，你要我如何不计较？就算你递给我好吃的，我也得偷偷用银针验毒，又谈何其他？"

"你……"叶将白不悦地点了点桌子，"竟是这样想的？"

"换个位置，国公会如何想呢？"长念很好奇，端着酒碗朝他敬了敬，"你为鱼肉，我为刀俎，我不伤你，你可会悦我？"

叶将白垂眸，又饮一碗酒，沉默半晌才道："我明白了。"

长念嫣然一笑，举碗与他相碰："国公恼过我不识抬举，此一过节，这一碗便解了吧。"

“嗯，解了。”叶将白抬手，一滴不剩地将那一碗喝了。

长念又倒半碗，敲着坛口道：“武亲王死了，杀害我父皇的叶老爷子也死了，我大仇得报，国公心里可还有不甘？”

叶将白垂眸：“老爷子是自尽，我谈何不甘？”

长念轻笑：“原来国公知道，还以为要一直算在我头上呢。”

“分明是殿下一直将先帝的死算在在下头上。”叶将白皱眉，“冤有头债有主，下毒和给毒的人都不是我，我顶多是知而不报之过。但殿下，你我立场不同，我知而不报，算何过错？”

长念微醺地摆了摆手：“国公不明白，我当时只是迁怒罢了。你疼我宠我，我以为你心里有我，但你连我父皇要被害的消息都不告诉我，我觉得你的疼宠都是骗我的，从而更加生气，将你也算作了杀父仇人。”

叶将白愣怔。

“其实我是不该怪你的。”长念傻笑，“但是女儿家……嗯，疏芳说过，女儿家就是不讲道理。”

叶将白伸手捏住她的手腕，皱眉道：“殿下当时……是生我的气？”

“是呀。”长念咧嘴，“与我那么亲近的人，伤起我来却毫不留情，谁能不生气呢？谁还敢……还敢信你的什么情爱呢？”

心里像是有什么东西突然被搬开，轻松之余还有些胀痛，叶将白收紧了手，轻吸半口气，道：“在下好像……错过了什么不得了的东西。”

长念负气地掰开他的手指，鼓嘴：“你还让我给我的杀父仇人下跪，这总是你的错，就算我后来想杀你，也是你自找的。你只管觉得你自己舍不得我，可没想过我是怎么想的，凭什么觉得委屈呢？”

“叶良说我狠心，在宫门城洞里说要杀你，让你难过。国公，你怎么不记得你自己是怎么让我难过的？我给你算算啊。”她伸出手指挨个掰，“你让我重伤，囚我，算计我，这么多事，还不值得我一个‘杀’字吗？”

拿了酒坛给自己倒酒，叶将白仰头喝了三碗，合眼下来望着她，低声道：“抱歉。”

长念一顿，然后咧开嘴笑了：“国公竟然道歉了。”

“做错了事情，自然当道歉。”叶将白伸手将她抱过来，用鼻尖蹭了蹭她的，“那殿下呢？殿下做错的，要不要道歉？”

长念眼珠子转了转，“嗯”了一声，道：“有件事，倒是当真要道歉。”

“何事？”

“国公先允我，不生气。”长念端着碗敬他，“来，把这个喝了再说。”

叶将白含糊地道：“再喝就要醉了。”

“醉了好啊，醉了才不会生气。”长念狡黠地把碗递到他唇边。

叶将白看起来十分为难，犹豫了许久才将酒咽了，眼神霎时变得朦胧。

长念自己也有些醉意，却还伸手在他面前晃了晃：“国公，头晕吗？”

“晕。”叶将白含糊地答。

“那我就告诉你。”长念笑嘻嘻地道，“之前撒谎骗你了，知道你们男人最看重子嗣，所以我假说怀孕，借以逃离你府上。”

长念回想了一下当时那千钧一发的场景，犹自咋舌：“这个谎是挺过分的，但是真有用啊，你当真给了我逃跑的机会。”

叶将白眼皮直跳，心里一股子怒气奔腾而出，很想手上用力，掐死这个没心没肺的狗崽子！他当时被吓得多惨啊，晚上都做噩梦，生怕她因为小产一命呜呼，结果好嘛，这人从头到尾都在骗他！

可是，眼下他还在装醉，也没法同她理论，只能醉声道：“骗子。”

“哎，那能怪我吗？”长念气闷地放下碗，“你把我关着不让我走，我可不就只能出此下策？你对我不仁，我才会对你不义啊，你要是一直像之前那样待我好，说不定我就……”

“嗯？”叶将白侧头看她，“你就如何？说啊。”

长念垂眸，突然泄了气，耷拉着脑袋道：“也不能如何，你我早晚会走到势不两立的地步，不管你待我好还是不好，只要我是赵家人，就总会这样。”

叶将白不动声色地给她倒酒，递到她手里：“怎样？”

长念一口喝了酒，气愤地以手为刀，抓着他的手相拼：“这样！”

叶将白勾唇，绕着她的手转了个圈，突然在她面前比出个“剪刀”。长念傻愣愣地看着，下意识地跟着摊开手……

“你输了。”叶将白又给她倒了一碗。

长念也没听懂他在说什么，酒到了手里，耿直地仰头就喝了。

“今日将这些话与国公都说开，只求两不相欠，往后你我刀剑相向，不必再留什么情面。”长念抹了把嘴，头有点晕，晃着脑袋道，“免得我总觉得欠你点什么。”

叶将白深以为然地点头：“说开了就好，这酒也好喝，今日与殿下一谈，十分畅快。”

满满的一碗酒又递到长念手里，他正儿八经地拿了空碗与她一碰：“这一碗我敬殿下。”

“好说！”长念仰头喝下。

叶将白微微一笑，拿过酒坛看了看，接着给她倒。

长念来的时候想得很清楚，武亲王一死，接下来她与叶将白就要拼个你死我活了，所以今日这几碗酒，是她最后能与他和平共处的机会。

然而，不知道为什么，她本来坐在凳子上好好的，最后却变成了在他怀里半靠着，迷迷糊糊地吃着他夹来的菜。

“不行，我要回去了。”长念推开他手里的筷子，挣扎了两下，“兄长还在王府等我，说有话要与我讲。”

叶将白眼眸半垂，捏着她的腰身没放，诱惑似的道：“瞿厨子今日做的菜很用心，殿下还没尝过这一道呢。”

长念一看，那满盘子花花绿绿的东西着实香得很，忍不住咽了口唾沫：“那，我再尝尝。”

烛火渐渐朦胧，长念吃着吃着，眼皮就垂了下去，迷糊间又有东西到了唇边，她张口就咬，却听得一声痛哼。

“嘶——”叶将白失笑，“还没吃够肉？”

长念哼哼两声，那东西便又回到她唇上，辗转轻舐。

“不能用咬的。”有人一边责备一边引导，“像这样才对。”

脑子里好像有一个鸡蛋打下来，搅啊搅的糊成了一团，长念放弃了抵抗，感觉自己躺在轻飘飘的云上，舒服得只想睡觉。

这一睡，就做了个春梦，梦里百花盛开，有人咬着她的脖颈一声声地轻唤她：念儿，念儿。

这人声音真好听，长念想，像宫廷乐师吹的箜篌，沙哑优美，带着她飞过山川河流，沉睡进幽香的桃花林。

第二天，长念是被活生生疼醒的。

“嗯。”抱着脑袋坐起来，身上也觉得不太舒服，长念茫然地看了看四周，喊了一声，“红提？”

红提应声进门，给她递上一盏醒酒茶：“殿下您可睡醒了，这都晌午了。”

勉强喝了两口，长念问：“我昨日什么时候回来的？”

红提长叹道：“子时的时候辅国公送您回来的，北堂将军本在等您，后来因事被叫走了，说过两日再来。”

长念点头，想下床，身子却酸痛难忍，她觉得有点不对劲，连忙摸了床边的菱花镜来看。

身上什么痕迹也没有。

奇怪了，长念揉了揉腰，暗自嘀咕：难不成这也是宿醉的后果？

红提端来了午膳，一边看着她吃一边道："朝中如今正是乱局，北堂将军和定国公昨日在府上议事了，都有让殿下快些登基的意思。"

长念咬着肉圆子含糊地道："也不是我想登基便能登基的。"

"定国公说了，朝廷无君已久，叛贼四起。如今玉玺在您手里，您只管登基便是。"红提小声道，"奴婢也觉得，您没必要这般顾忌辅国公。"

"怎么能不顾忌呢？"长念苦笑，"谁不知道他厉害？他想要这皇位，绕了多大的圈子？如今又怎么可能让我捡便宜。"

正说着呢，沐疏芳抱着一个大托盘进来了，笑着道："殿下，有一个好消息和一个坏消息，您要先听哪个？"

长念立马道："我要听好的。"

"好消息就是，我爹和北堂将军已经定下了您登基的日子，龙袍也已经送来了。"沐疏芳掀开托盘上的红绸，露出一件黄灿灿的袍子。

长念瞪大了眼，错愕地道："这……"

"这是一早就做好的，尺寸臣妾让人改过了，您穿着应该合身。"沐疏芳道，"礼部也已经下了令，和工部一起开始筹备，日子就定在三天之后。"

长念咽了口唾沫，问："那坏消息呢？"

"坏消息就是……"沐疏芳耸肩，"辅国公一派不同意，多加阻挠，已经在城北与巡防营有了不小的冲撞。"

长念伸手抹了把脸，道："你们商议登基仪式的时候，就没想过这个后果？”

“若是一直想，那皇位就一直没人坐了。”沐疏芳皱眉道，“国不可一日无君，这都已经多久无君了？朝政混乱，百姓生活在水深火热之中，殿下若还不踏出这一步，受苦的将会是更多的百姓。说难听点，您现在在和国公拼脸皮呢，谁脸皮厚，皇位就是谁的。咱们别的比不过，脸皮还厚不过吗？”

赵长念很想说，她脸皮真的不厚，但看了看沐疏芳坚定的眼神，她沉默了。

知会了礼部和工部，那叶将白铁定也会收到消息，她现在退缩已经来不及了，倒不如硬着头皮上，好歹占了先机。

转瞬之间定下主意，赵长念道：“如此，这几日就加强王府的戒备，明日便移去宫中过夜。”

想了想，她又补上一句：“宫中侍卫都让北堂将军和黄、姚二位将军亲自把关。”

沐疏芳讶她如此果决，又喜她考虑周到，想来她是没把儿女情长放在心上的，于是笑着应下，拎起龙袍亲自为她更衣。

这边府上其乐融融，国公府里却剑拔弩张。

“主子做事，什么时候轮到你们来指手画脚了？”叶良长刀横在身侧，怒斥。

许智站在一旁沉默不语，风停云却怒道：“礼部已经下达了新皇登基的消息，此时若是不争，你还待什么时候出手？我看你分明就是不忍心下手，还对赵长念存着余情！”

叶将白冷笑：“赵长念有储君的名分在，国无君主，她登基是理所应当的，你拿什么动手？”

“那难不成就眼睁睁看着？”

“想不看着也可以，现在就点兵，包围京都，学武亲王，要死也死得壮烈。”叶将白扔给他兵符，“只要你敢，我随你去又何妨？

一起洒血在沙场，也不负你我交情一场。”

风停云狠狠瞪他一眼，又泄气地将兵符扔回去：“你我乃文臣，谈什么上阵杀敌？”

“倒还没气昏头。”叶将白扫了一眼屋里众人，甩出一封东西来，沉声道，“先好好看看这个。”

风停云扫了一眼，觉得那字迹有些眼熟，连忙拿起来细看。

是林茂送上来的《陈情表》。

林茂是武夫，大字不识几个，这封信写得却是文采飞扬，名为表达自己家母生病要辞官归乡，实则暗携撺掇谋反之意。

总结起来就是：老母病了，我本来想着国公的大业，以忠为先孝为后，但国公你迟迟没动静，眼看着人家要登基了，我刀都放生锈了你也不动作，那我不如回家照顾老母，以尽孝道。

风停云皱眉看完，沉吟片刻道：“这是兵部姚家二公子的笔迹。”

姚阁老那个断腿的儿子在兵部笼络了不少人，他虽身有残疾，但看在姚阁老的面上，众人都与他亲近。这一来二去的，不少老将都同他交好。

他能帮林茂写这封信，也就是说，别的武将多多少少都心有不满。

“若他们都听话、忠诚，我不介意带着他们去共享富贵。”叶将白眯眼，“但他们各怀鬼胎，想把我当刀使，那我可就不愿踏这一步了。”

风停云忍不住咒骂：“都说文臣心思多，这些个武将也不是省油的灯。”

“自古以来皇权都是要有兵权来固。”叶将白看向桌上的兵符，“但你我谋事，非义也，肯从的将士本就寥寥，其中还多有异心之辈，此时的皇位哪怕是夺来了，也必定为人所掀，白做一场嫁衣裳。”

风停云咬牙：“叶将白，你当真不是怜惜赵长念？”

“不是。”他摇头，“谋定而后动罢了。”

风停云转身就摔门而出。

“主子。”许智道，“您完全可以直接告诉风大人，咱们兵力不足，人心溃散，已经失了夺位先机。”

“他等这机会等了这么久，要是这时候告诉他没希望，他哪里受得住？”叶将白失笑，伸手揉了揉眉心，“倒不如让他怨我被儿女情长蒙了眼，好歹有个恨头。”

“可是……”许智委实担忧，“风大人一人的恨意尚可承受，但还有那么多别的人，该如何？”

叶将白闭眼，袖子里的手慢慢收紧。

别人的恨意指向的不会是他，而是赵长念。

“阿嚏！”长念正准备收拾东西进宫，冷不防打了个喷嚏，突然觉得背脊发凉。

“殿下当心。”黄宁忠在她身侧低声道，“下头来禀，府外多了很多来路不明之人，与常服护卫混作一处，卑职已经加强了戒备。”

长念点头，把沐疏芳的首饰盒子抱着递给红提，从容地上了车。

车外跟着百十来个精卫，还有不计其数的暗卫隐藏在四周，混杂进来的不明之人很快被暗卫一个个盯牢，正打算探查身份，却突然听得街前一声炸响。

“殿下当心！”车队骤停，黄宁忠拔刀出鞘，点了几个护卫上前查看。

“是前头一个牌坊碎了，原因不明，但挡了路，卑职已经派人前去清理。”

黄宁忠点头，余光瞥着暗卫周围的人，警惕他们有动作。

然而，那些奇怪的人没动，街巷四周却无声地移出些人来，突然冲向长念所在的车厢。

“护驾！”黄宁忠大喝，四周精卫齐刷刷地拔刀，停顿的马车立刻转向，从另一条路逃离。

“宁忠，人多吗？”长念抓着车厢上的横木问。

“有些多，但是……殿下，好生奇怪。”黄宁忠骑在马上回头，皱眉道，“方才那些来路不明的人像是知道咱们会遇刺，反应极快，先替咱们打开了一条路，不然车还走不出来。”

长念一愣，眼眸微动，又垂下：“巧合吧。”

“不过也是好事。”黄宁忠道，“再往前就是接应咱们的人，护卫多些，这些暗杀也就不在话下。”

第九章 醉酒

话刚落音，巷子口前头就坠下一排竹竿，黄宁忠脸色一变。

马车骤停，长念苦笑着道：“去皇宫的路不好走啊，多少人闻着我的味道就要来索命。”

“殿下坐稳了。”黄宁忠捏紧长剑，“这一关，属下带您过去。”

长念抓紧车厢，还没来得及应他，就听见车顶上一声闷响，接着就是刀剑碰撞之声凌乱地响起，骏马嘶鸣，马车掉了半个头，直直地冲破了旁边斑驳的矮墙，踏进人家的院子。

车轱辘被卡住，长念猛地被甩出去半个身子，慌忙抬眼，就见一个甚为眼熟的人，举着刀朝她劈了下来。

刀离得太近，长念都已经感觉到了刀刃上的寒气，躲避已经来不及，她只能伸手去挡，废了手怎么也比丢了命划算。

人在下意识的时候最先伸出的，一般是右手。

凌厉的痛楚从手侧翻涌到脑门，长念倒吸一口凉气，睁眼就看见一丛血花飞溅出去，来不及查看伤势，她左手撑着车辕，翻身就将那刺客狠踢下去。

“殿下！”四周响起惊呼。长念咬牙回道：“我没事，快走！”

车夫从惊愕里回神，连忙拉着缰绳，冲撞开几个刺客，七拐八弯地将车停在院子的屋门口。长念立马下车，捂着手灵活地从屋子旁的小道绕进后头的柴房。

外头一片厮打声，也有人来追她，只是这一片屋子极为密集，一时半会儿还没人找到她在哪里。

援兵很快赶到，外头的声音更加嘈杂，长念藏在草垛里，低头扫了一眼自己的右手。

刀是从侧面砍下来的，正好砍在手腕侧面，留下极深的口子，即便她压着，也在不断地渗血。

长念收回目光，心里仍存侥幸，只紧紧地将手握着。

但回到宫里，御医过来看了一眼，麻利地处理好之后，就将沐疏芳请了出去。

“还疼吗？”北堂缪站在她身边问。

长念靠在床头，想了会儿，轻笑道：“自然是疼的，而且疼得有些过分，感觉这手以后都不能用了。”

“别瞎说。”北堂缪皱眉。

“是真的。”长念抬起手给他看，“要是不严重，怎么会把御医吓成那样？”

北堂缪本就不善言辞，当下也不知该怎么劝，沉默了片刻，干脆出门去找沐疏芳。

结果刚出去，他就听见御医道：“娘娘早做准备。”

沐疏芳面带微笑，看起来很有国母风范，北堂缪想，她这样的表情，长念的伤势应该不严重才是。

结果下一瞬，他就见她脸色骤变，眉目阴沉下来，将御医吓得直接跪在了地上：“娘娘！”

“里头的人是谁，有多重要，用不用本宫再提醒大人一遍？”

“微臣知道，微臣明白！”御医拱手，无奈地道，“可是伤及手筋，即便神医在世也救不得啊，只能看殿下的运气……”

“要是受伤都看运气，那要你们这些御医干什么？”

“娘娘……”御医冷汗涔涔。

北堂缪抿唇，上前拱手：“娘娘。”

沐疏芳侧头看他，就见他摆手示意御医退下。御医那叫一个感激涕零啊，立马行了礼飞快地跑了。

“你做什么？”沐疏芳沉着脸道，“那庸医医术不到家，若不给本宫个交代，哪里对得起这么多年拿的俸禄？”

“张御医是宫里的老御医了，不会胡乱诊断。”北堂缪垂眸，“娘娘为难他也为难不出个结果。”

“你听见了？”

“一点半点。”北堂缪问，“殿下的右手不能写字了？”

登基在即，长念在典礼上还要手书“国泰民安”以祭祖。

沐疏芳眼眶微红：“别说写字，她那只手以后拿筷子都困难。”

北堂缪皱眉。

沐疏芳很是难过，哽咽着问他：“将军出来找本宫，是为何事？”

“殿下似是对自己的伤势有所察觉。”北堂缪低声道，“我不知道该如何安慰，所以……”

沐疏芳伸手轻轻揩了揩脸，整理了仪容，迅速恢复成平时的模样，眼眸明媚，顾盼生辉地道：“我这就去。”

北堂缪愕然地看着她，方才还难过得很的人，眼下脸上半点悲色都看不见了，提着裙摆进屋去，拉着长念的左手就道：“殿下，一个好消息和一个坏消息，您要先听哪个？”

长念抿唇：“坏的。”

“坏消息是，等会儿礼部那几个老头子会来唠叨您。”

长念一愣：“那好的呢？”

沐疏芳嫣然一笑：“好的是，您省事了，伤着手要休养好几个月，便不用在登基大典上当众手书，不用担心突然写歪了笔画。”

长念怔然地看着她脸上的笑，忍不住跟着勾唇：“所以我的伤不严重吗？”

“不严重不严重。”沐疏芳道，“多养几个月就好了。”

似是半点没怀疑，长念点头笑道：“那就好，我放心了。”

大典在即，长念手受伤的消息没有外泄半分，林茂出宫就去了一处别苑，门推开，十几个人同坐在院子里，正七嘴八舌地议事，见他来，连忙问：“如何？”

林茂摇头：“听御医院的人说，伤势不要紧。”

“我早说了在那个地方行刺是不行的，援兵来得又快，四周的人又多。”黑胖的罗将军不满地嚷嚷。

“马后炮，你早知道，你怎么不早说在何处动手最好？这时候又知道不对了。”梁将军斜他一眼。

“那不是你们都不听我的？”罗将军没甚底气地嘀咕。

“你现在说，咱们接下来该怎么办？”梁将军道，“你说得对，咱们就听你的也无妨！”

罗将军看了看四周，支支吾吾地道：“一次不成，他们定会加强戒备，哪里还有第二次机会？各位要是实在不愿那位登基，大不了登基典礼不去叩拜。”

此话一出，众人纷纷给了他一个白眼。

谋逆是暗中进行的事，不去登基大典上叩拜，那就是明晃晃地找罪名了。

“国公怎么说？”梁将军问。

林茂神色复杂地道：“国公没什么动静，风大人似乎生了气，已经两日未去国公府。”

“我早就说了，国公就是不定性。”罗将军又嘀咕，“他真想要皇位，哪里还能沉得住气？咱们都押错了宝，早知道该押太子的。”

“你可闭嘴吧！”旁边的苏将军听不下去，怒道，“要不是国公，你现在还在西山喂马呢。”

“我又没说错。”罗将军哼声道，“他对我是有恩，对在座的各位谁没恩德啊？梁将军是他一手提拔的，你苏大人不也是靠国公才能坐上这位置的？但他没志气就是没志气，只把咱们提拔上来，又不谋位，将来咱们还指不定落得什么下场呢。”

他这一开头，众人便纷纷跟着抱怨。

“之前就不该接太子回来，白让他占这个便宜，直接与武亲王硬对上，咱们也未必会输不是？国公到底是文臣，太过胆怯。”

“是啊，先帝没了，大皇子也倒了，咱们就该一鼓作气杀了武亲王，直接登位。”

“就当日武亲王攻城的兵力来看，咱们未必不是他的对手啊。”

听到这里，林茂终于忍不住说了一句：“武亲王攻城之时，兵力只有他原先屯兵的三分之一，若不是北堂将军与我们合力阻拦，我们未必能胜。”

众将一顿，唏嘘两声，又扭头开始说赵长念：“这七皇子一开始当真是默默无闻的，没有五皇子出色，也没有三皇子功绩大，更没有大皇子的显赫身世，白让他坐这个皇位，实在是无法服众。”

“国公好像很忌惮他，在我看来，那七皇子就是只纸糊的老虎，也不知道国公在怕什么。”

“既然大家都这样想，那咱们就想个法子说服国公。”

林茂撑着下巴看着他们，突然觉得这群武将跟文臣也没什么区别，甚至还不如文臣机灵。

“国公连风大人的话都不听，更遑论你我的。”他道，“不如从七皇子身上下手，让国公眼见为实，再蓄力夺位。”

“林统领说得对！”罗将军附和，“咱们斗不过国公，还斗不过那啥也不会的七皇子吗？”

应和声如云，这些人又开始七嘴八舌地讨论如何给新帝使绊子。

林茂觉得乏味，中途得空便退了，回了自己的府邸。

然而，刚勒马在府门口停下，他就看见一辆熟悉的马车，几乎是下意识地，他立刻下马上前，在车边拱手道：“国公。”

叶将白掀开些车帘，打量他一会儿，笑道：“林统领不是正意气风发，与京中将士谈笑风生吗？怎的一副闷闷不乐的样子？”

林茂身子僵硬，垂眸：“国公什么都知道，又怎会不明白属下在想什么。”

“林茂，我还真是不明白。”叶将白眼神幽深，“旁人图出头图富贵，你跟着我什么都有，为何也要与我为难？”

林茂眼皮微颤，捏紧手：“卑职不是要与国公为难，卑职只是替国公觉得不值。”

叶将白挑眉。

“国公是极慧之人，手里的筹码也足够多，怎么能止步于此？”林茂沉声道，“您就该穿上龙袍站在最高的地方，该享尽天下人的推崇。”

他是他最崇拜的人啊，在他心里，叶将白就该是君主，是帝王，没有人能命令他，他做什么都不会失败，更遑论半途而废。

林茂不甘心，无论如何都无法说服自己接受这个结果。

“您不该是这样的。”他声音沙哑，眼里充满恼恨。

叶将白静静地看着他，须臾之后起身下了马车，与他相对而立：“我提拔过很多人，都是些有能力会做事的，但我亲近的人，也就叶良一人，你可知为什么？”

林茂皱眉：“因为叶良功夫最好？”

叶将白摇头轻笑：“我这一生唯一的愿望就是做尽想做之事，不被人所束缚，所以年少之时，我选了谋朝篡位的路。这条路我一个人走不下去，所以身边有了越来越多的人，有的人是为了当开国功臣，有的人是为了荣华富贵，还有的人是为了给亲人荣耀。”

“只有叶良，他是为了我。

“走到今日这一步，我已经算到阻止不了赵长念登基，所以打算放她上位，并且她上位之后，你们想要的那些东西，我也都能替你们拿到。只是，你们觉得我能做到更多，所以心怀遗憾、不满，甚至觉得我不求上进。”

叶将白觉得好笑：“我尚且没有惋惜，你们倒是气得不惜威胁我。”

林茂愣怔，着急地想辩驳：“那是因为……”

“因为我是你想活成的样子。”叶将白轻声接过他的话，“你想让我替你活得更出色。”

林茂觉得有些羞愤，可仔细一想，叶将白说得没错，敬仰一个人，就是把他当成自己想活的模样，他要是让自己失望，那敬仰就会变成恼恨。

似乎……是有些不讲道理了。

“这陈情表写得不错，只是陈的并非你想说的话。”叶将白把那封信拿出来，塞回他手里，“你若是想离京了，亲口来同我说便是，不用写这些。”

林茂伸手接过，看他要回车上去，急得往前跨一小步：“国公，真的不再试试吗？”

“我想要的东西，有我的法子去拿。”叶将白头也没回，“京都已经经不起战火，也经不住再无帝王带来的动荡。我要的天下是秀丽江山，不是千疮百孔的烂摊子。你若信我，便继续随我；若是不信，以你如今的地位，只要莫妄动，也足以安乐一生。”

车帘落下，马车慢悠悠地往前走了。林茂站在原地捏着陈情表，神色凝重而为难。

“国公。”许智坐回车辕上，低声道，“罗、梁等人有异动，明日的登基大典想来不会太平，您可有什么安排？”

叶将白慵懒地半靠在车窗边，眯眼看着外面灿烂的日头，轻笑道：“要是连他们那群人她都对付不了，皇位给她坐也坐不稳。”

“可是，听说宫里那位伤势不轻。”

手指微微一僵，叶将白闭眼：“真是没出息。”

“要去一趟宫里吗？”

“我去做什么？”叶将白撇嘴，“去看她穿龙袍？许智，我话说得轻巧，心里也是不甘着呢，万一一个没忍住，抽刀把她砍了，那咱们的计划可就落空了。”

许智跟着他笑，认真地摇头：“您舍不得的。”

叶将白抿唇，马车一路行了半盏茶的工夫，他才长长地叹了口气。

“还有事要与殿下商议呢，就……先去一趟宫里吧。”车厢里的人闷声道，“让人先传话，别让我在她宫里看见龙袍，该收拾的东西，都给我收拾干净些。”

许智笑着应道：“是。”

早起手腕上换了药，长念努力想动动手指，奈何一动就钻心地疼。她皱眉起身，去桌边用左手捏笔，试着写“国泰民安”。

沐疏芳推门进来，看她这模样吓了一跳，连忙凑过来道：“殿下这是做什么？”

长念费劲地划着笔，抿唇道：“试试看能不能写字。”

沐疏芳心里“咯噔”一声，暗道不妙，看了看她写的东西，干笑着夸道：“殿下左手写字也好看，这一幅草书的‘田丰米有’，再多练几遍，也能裱起来当墨宝。”

笔尖一顿，长念沉默地抬头看着她。

“怎……怎么了？”沐疏芳又看了几遍，“妾身说得不对？”

“挺对的。”长念放下笔，低笑，“只是批折子可不能用草书啊，明日登基，我这手……”

“殿下不用担心。”沐疏芳扶着她坐下，“车到山前必有路，咱们只要将此事瞒好了，有的是解决办法。”

“比如呢？”长念垂眸，“让人替我改折子？”

很多折子是只有皇帝才能批阅的，若真设那么一个人来帮她，那必定又是一个新的威胁。帝位不稳，江山不宁，这也不是她想要的结果。

沐疏芳为难地捏紧了帕子，偷偷打量赵长念，总觉得她对自己的伤势有所察觉，整个人都沉郁了下来，可她又不好直接开口劝，只能眼瞧着屋子里的气氛越来越凝重。

这时，外头的红提突然通禀：“殿下，娘娘，辅国公过来了。”

沐疏芳大惊，看了看长念那被包得跟粽子一样的右手，连忙下意识地用手帕给她盖住。

长念苦笑：“这能挡个什么？”

“能挡一点是一点。”沐疏芳神色凝重，“满朝谁都可以发现殿下受伤，唯独国公，是万万不能让他知道的。”

顿了一下，她眼神微暗地补上一句：“您这伤，说不定就是他指使人来害的。”

长念沉默，拉过宽大的袖子，缓缓将右手盖住。

叶将白大步进门，也没跟长念行礼，只斜眼睨着沐疏芳道："太子妃怎么也在这儿？"

沐疏芳故作镇定地道："我与殿下亲近也不行？"

"倒不是不行。"叶将白淡声道，"只是在来的路上，在下听闻巡卫营那边出了事，北堂将军和定国公都在，娘娘难不成不过去看看？"

"什么？"沐疏芳急道，"出什么事了？"

"好像是定国公府的马车翻在了练兵场的沙土坡下。"

沐疏芳急急看向长念，长念颔首道："你去看看吧。"

"是。"沐疏芳狠瞪叶将白一眼，提着裙子就快步离开了。

叶将白觉得好笑："我只传信而已，她瞪我做什么？"

长念淡声道："许是看国公不太顺眼。"

"全京都的女子看在下都顺眼得很，独她不顺眼了？"叶将白走到长念身侧，不经意地看向桌上的东西。

长念飞快地伸出左手，将写了字的宣纸揉成一团。

"国公这会儿过来，所为何事？"她强自淡定地问。

叶将白轻笑，伸手去掰她捏着纸团的手："听闻殿下受伤了，明日就是登基大典，在下自然要过来看看。"

"小伤而已，不用国公操心。"长念捏着纸团不放，"国公明日准时到场便是了。"

白嫩的小手攥得死紧，他掰不开，更觉得有趣："听闻明日殿下要在天阶宗庙前书'国泰民安'，这会儿是在练字？这有什么见不得人的吗？"

长念皱眉："不是知会过礼部，说不用写了？"

叶将白戏谑地道："在下并未收到消息，礼部想来是忘记了。这登基大典本就匆忙，临时篡改规制更是来不及，殿下不如再多练练？在下略懂书法，还能指点一二。”

“不必了。”

“这般推诿……”叶将白看向她的右手，伸手慢慢覆上，“想来伤着的就是手了。”

长念心里一沉，抬头怒视他：“都说了小伤而已，要让国公失望了。”

“是吗，那明日在下就等着收藏殿下的墨宝了。”叶将白松开她的手，“殿下心里应该清楚，您能坐上皇位全靠时机，朝中不满殿下者比比皆是。”

她清楚得很，压根不用他再来提醒一遍。

手上的伤很疼，长念本就有些暴躁，再听他说这些阴阳怪气的话，脸色更是不善：“国公说完了吗？”

“没有。”叶将白心情极好地道，“本来还担心殿下的伤势，殿下既然说是小伤，那不如就陪在下下一盘棋吧。”

想了想，他眯着狐眸补充：“在御花园的亭子里下。”

长念闭眼。

这王八犊子定然是听到了什么风声，故意来为难她。她的伤势本是隐秘的，但现在看来，身边还是有嘴巴不牢靠的人，将消息泄了出去。

一旦众人知道她手伤严重，无法再写字，那些蠢蠢欲动的人就有了由头不让她登基。

咬咬牙，长念撑着桌子站起了身。

叶将白笑得很温柔，眉目都舒展开，像夏日荷池里摇曳的花，然而长念心情沉重，完全无法欣赏，只在脑子里想着怎么把这人大卸八块。

“今日的棋，殿下若是输了，可否答应在下几个条件？”

长念冷声道：“一盘棋几个条件？国公的算盘打得真是好。”

“那……便一个吧。”叶将白惆怅地叹息，“就一个，如何？”

“除了家国大事，别的都可以谈。”长念道，“但牵扯甚广的，就恕我无能为力了。”

“在下明白。”叶将白莞尔，引她去亭子里坐下。

四周站满了侍卫，长念不敢伸右手，但伸左手……她又不是左撇子，欲盖反而弥彰。

于是叶将白落下黑子的时候，她脸色铁青地看着棋盘，没动。

“怎么？殿下是怕众目睽睽之下输了难看？”叶将白笑着摆手，“叶良，把四周的竹帘放下来，你们守着的人都给我看别处去。”

长念一愣，颇觉意外地抬头看向他。

面前这人一派悠闲模样，听见四周竹帘落下的声音，便拿了她的白子，清脆地放在棋盘上。

“殿下可当心啊。”他笑，“在下的围棋功夫，可是厉害得很。”

清脆的玉石敲击着棋盘，“咔噔”一声就又落下来一颗，和着夏日清凉的风，让长念失神了好一阵子。

叶将白左手执白，右手执黑，慢悠悠地摆弄着他的棋局：“殿下应知落棋不悔，悔这一步棋，可要多应在下一个条件。”

长念猛地回神，皱眉道：“我没悔。”

“嗯？”叶将白眼里含笑地抬头，将白子悬在一处落点之上，“那这一局，殿下可要输了。”

长念瞪他，叶将白颇为无赖地朝她摊手：有本事你自己下啊，你自己下不了，我帮你下，那你可就只能输了。

“无耻。”她咬牙。

叶将白抬袖轻笑，狐眸扫向她的右手，眼里意味不明。长念下意识地将右手收到身后，皱眉道：“输便输了，国公想要什么？”

叶将白起身掀开一处竹帘，朝外头道：“君无戏言，今日在场的各位可都要作证，太子殿下输我半目，要许我一个条件。”

外头守着的宫女太监侍卫们低着头没敢接话，却都听着。

叶将白回头，看向长念，狐眸含情："这一个条件，只要不关乎国家大事，殿下都必定应我。"

长念磨着牙看着他，恼道："国公想要我应什么？"

"很简单。"叶将白笑得和善极了，伸出修长的手指在她面前一晃，"再许我五个条件。"

赵长念："……"

这一天阳光明媚，锁梧宫的宫人们大气也不敢出，一路跟着即将登基的太子殿下，听她骂笑得灿烂的辅国公，从锁梧宫一直骂到了御书房。

"要是无耻也有品阶，你都不用我来封，直接就称王了！"长念在书案后坐下，余怒犹在。

叶将白看一眼她那气鼓鼓的模样，笑得更欢："君子一言。"

"驷马爱追不追吧！"长念用左手狠狠拍了拍桌子，"你到底想干什么？"

转身挥手让宫人都退下，只留了红提和黄宁忠，叶将白敛起笑意，正色道："新帝登基之后，照例会有封赏。封赏的折子已经递到了礼部，在下看过，想添些人上去。"

长念皱眉："你想添就添？"

"君子一言。"他比了个"五"的手势，"这点要求，与国家大事无关吧？"

长念恨得牙痒痒，瞪着他问："想添什么人？"

"苏家有女名芫儿，乃风停云之未婚妻。"叶将白垂眸，"我曾许他，若有机会，必以皇后之礼葬他未婚妻，以报他之功绩。"

长念一愣，想起听闻过的风停云之事，有点唏嘘："以皇后之礼葬民女，礼制上是不可能允的。"

"我知道。"叶将白颔首，然后盯着她看。

长念恼道：“看我也没用，礼部那群老头子……”

“君子一言。”

长念：“……”

“还有这个单子上的三个人，封赏都不能小，在下自己搞不定，只能交给殿下了。”叶将白从袖袋里拿出一张名单，递到她面前。

长念看了看，气愤地道：“都是于你有大功、于我有大害的人，我凭什么替你封赏？”

“君……”

“别跟我说什么君子一言！”长念瞪他，“方才分明是你……”

叶将白没吭声，目光下移，落在她的右手上。

长念恼恨不已，拉着右边的袖子，闷了许久才沉声道：“我尽力而为。”

叶将白满意地笑了笑。

长念觉得很憋屈，手伤着了，疼就算了，还要被人威胁，匆忙登基，后患也是无穷，她昨天晚上几乎没睡，睁眼想这些事想到了天亮，都没能给自己想出一条退路。

旁边的红提和黄宁忠看着叶将白的目光里都带着防备与憎恨，叶将白倒是很自如，敲了敲桌子，问她：“外头荷花开了，要不要去看看？”

“不去。”长念沉着脸道。

叶将白恍然点头，然后看向她的右手。

三炷香之后，两人一起站在了荷花池边上。

“国公又想做什么？”长念冷眼看他。

叶将白深吸一口气，伸展了手臂，轻松地道：“明日殿下就要登基，在下心里不太好受，所以想让殿下陪着看看风景，喝喝茶。”

长念很想说她没空，明日的流程还没熟悉透彻，礼部刚送来的折子也还没看，还有字没练好，许多事都没处置妥当，哪来的闲心看风景喝茶？

然而，侧眼一看叶将白的表情，她就知道，她要是敢拒绝，这人一定又会看向她的右手。

宫人搬来了两把贵妃躺椅，放在假山一侧的树荫下头，叶将白一点不见外地躺了上去，长念瞪了他半晌，无法，也跟着躺下。

手边的矮几上放了新茶，目之所及是一片清新的荷花，日头灿烂却晒不着这一处，凉风习习而过，让人舒服得打了个哈欠。

长念本来还想问叶将白最后一个条件是什么，然而一个哈欠下来，她困倦地闭上了眼，喃喃两句，却没说清楚，想再说，也没了力气。

黄宁忠一直戒备地看着叶将白，生怕他图谋不轨，刺杀殿下。但是看着看着，他有点蒙。

殿下在躺椅上合了眼，叶将白本在看荷花，不消片刻却转过来看她，眼里带着的不是杀气，而是莫名的……黄宁忠看不明白，只觉得他眼里看见的荷花许是没消散，还带着潋滟的池光，全落在殿下身上。殿下睡着了，他也没将她喊醒。

黄宁忠后知后觉地发现，辅国公好像不是想出来喝茶看风景，只是想找个由头，让殿下睡一觉。

更奇怪的是，殿下分明那般戒备他，却可以在他身边入睡。

这一觉睡得极好，长念醒来的时候叶将白已经出宫了，黄宁忠神色古怪地扶她起身，低声道："国公走的时候说，明日的'国泰民安'四字，当赐给眼下握着兵权的梁将军，这不算条件，而是他的建议。"

长念皱眉。

梁将军是叶将白的人，他自己不去安抚，却让她来赐字？

赐字不是什么难事，但她的手……恼恨地捏了捏手臂，长念心里烦躁，眼眶发红。

别的麻烦她都可以解决，自己的手废了，她该怎么应付？

身上有持续不断的疼痛之时，人往往容易暴躁。若伤势过于关键，那导致的结果就是——

长念换上龙袍的时候，从镜子里看见了眼下乌青的自己。

泄气地别开脸，她问旁边的沐疏芳："这个模样，像皇帝吗？"

沐疏芳给她整理好衣襟，叹息道："反正众人都是跪着不敢抬头的，没人能看清您的模样。"

桌上堆满了废弃的宣纸，上面全是她用左手写的字。长念昨天晚上依旧没睡着，焦虑一晚上，练出来的字勉强能入目了。

只是，她要用左手写，就得想办法遮挡，紧张之下是否还能写好，她心里一点底也没有。

外头响了一声钟，十八个宫女迈着小步进门，手持龙形灯，整齐地跪在两侧。长念深吸一口气，按照之前学的规矩，一步步往外走。

太阳还没出来，天地间一片寂静，但钟声一响，四周都响起了细碎的脚步声。

还没入宫门，罗将军便拉着林茂道："听闻国公昨日进宫了？"

林茂神色复杂地点头："是，还去与殿下下了棋，听说赢了好些彩头。"

罗将军不解地倒吸一口气，摸着下巴道："我听人说殿下似乎手受了伤，而且伤势还不轻，怎么还能下棋？"

"这我就不知道了，宫里最新的消息，说那位无任何异样。"

罗将军低咒一声，和林茂一起入了宫。

"陛下。"红提早早地改了口，走在长念身侧低声道，"冯大人那边传来消息，说国公更改了流程，似是不打算行臣礼。"

意料之中的事，长念苦笑，叶将白那么傲气的人，哪里会这么轻易向她俯首称臣？

“他不阻挠，就算是情分了。”长念道，“别的都随他吧。”

红提沉声道：“国公未必不想阻挠，北堂将军带人压着而已，宫里从昨晚起就不太平，御林军调度也十分不顺。”

叶将白麾下仍有众多武将，就算他放她一马，他手下的人也难免动些手脚。长念叹了口气，只觉得头上的龙冠重得要命，身上的龙袍曳地，似在拽着她不让她前行。手腕上依旧有尖锐的刺痛，一宿没睡的身子发软，要不是勉强撑着一口气，她真是要倒在众目睽睽之下了。

第十章 条件

黎明破晓，天地间陡然生光，长念踏上了宗庙前的百级台阶，端正着姿态，一步步地往上走。

台阶慢退之间，她突然想起了很多事，想起年幼时经常望着窗外的秦妃，想起在她坟上号哭的北堂华，想起不待见自己的父皇，也想起伸手抱着她的叶将白。

都想了一个遍，长念才发现，原来叶将白也曾待她不错，哪怕彼时各自怀揣算计，他也会伸手接她吐出的龙眼核，会笑着说，给她种一棵龙眼树。

耀眼的阳光从宗庙一侧的屋檐上照射过来，长念抬头，微微眯眼，看见了台阶尽头站着的那个人。

文武百官都跪在了下面，独他一人捧着一卷画轴，高高地站在上面俯视她，双眸含笑，像是在等着一场好戏。

叶将白……

看见他手里的东西，长念陡然捏紧了左手。

她要写“国泰民安”，竟是他亲自来捧卷吗？

长念本就紧张，眼下更是浑身冒冷汗，她咬牙，一步步朝他靠近，看着他脸上的笑意越来越清晰。

“还扛得住吗？”叶将白带着戏谑小声问。

长念没理他，只偷偷拽着厚重的礼服，给自己省力。踏上最后一级台阶的时候，她深吸一口气，目光灼灼地望进他的眼里。

叶将白微怔。

橙色的晨光将两人包裹，面前这人眼里有他没见过的坚定和不容置喙的霸气，小小的身板撑着龙袍，倒也有那么两分君临天下的味道。

“看来是准备好了。”叶将白移开视线，看向旁边的捧砚之人。

定国公慈祥地看着长念，眼底却依旧有掩饰不住的紧张，手里的双龙戏珠砚台以极小的弧度轻颤着，里头的墨水粼粼泛光，折射出一抹朝阳来。

他伸手递给长念一支毛笔，长念侧头看了看四周，以左手接下。

“这墨宝可是要被收藏的，您确定用左手来写？”叶将白轻声问。

“能写就行，国公难不成还要指手画脚？”长念轻轻蘸墨，声音微紧。

叶将白笑了，看着她脸侧滑下的汗水，捏着画轴道：“宫中传言新帝右手重伤，今日众多的人等着看您的墨宝来证实猜测，您真以为用左手写就可以了？”

长念一怔，心跟着往下沉。

四周的声音好像都离她很远了，长念蒙着脑袋想，要是被人发现她是用左手写的，是不是又要被非议一番？然后朝政再起波澜，面前这个人又乘虚而入……

长念脚下发虚，微微趔趄，勉强撑住，咬牙道："国公展卷吧。"

事已至此，已没有退路。

叶将白脸上的表情让她生气极了，长念捏着毛笔看着他展开画轴，心想若是有一天她完全掌权，一定要把他大卸八……

国。

画卷展开，露出了一个写得工工整整，笔迹与她的极其相似的字。

长念愕然，看看那字，又抬头看看后头捧着画卷的人。

叶将白像个恶作剧得逞的小孩，此时笑得格外恶劣，下巴微抬，示意她动手。

长念傻傻地举起毛笔，这人便继续展卷。

她今日的礼服极为宽大，叶将白这样展开，从她身后看去，只看得见一个个写好的字从右边被拉展开去。

定国公离得近，当然看见了是怎么回事，捧着砚台的手抖得更是厉害。

长念茫然地看着那四个字在自己眼前展开，然后就听得叶将白喝了一声："好！"

响亮的声音，吓得她一个激灵，台阶下的文武百官霎时都起身又重新跪下，声音整齐，听得人浑身起鸡皮疙瘩。

她不明白这人是什么意思，再抬头，却听得叶将白小声道："皇位给你，但我不会称臣的。"

心里一股子奇怪的感觉翻涌而上，长念放下笔，眼看着他将写好的卷轴递给旁边的太监，再拢袖，施施然站到旁边皇亲的队伍里去。

工整的"国泰民安"四字被展于阶下文武百官面前，有人往上偷瞥一眼，又惶惶低头，心思百转，终究没有妄动。

长念随着执礼太监的指引一路往前，越过叶将白，往宗庙前最高的龙椅方向走。

大太监展开圣旨，尖着嗓音念：“予未小子，奉承圣业，夙夜震畏，不敢荒宁。先帝受命中兴，德侔帝王，协和万邦，朕承大运，继体守文……”

他每念四个字，长念就依制前行一步，待他念完，她便在龙椅之前站定，振开袖袍，面朝宗庙而拜。群臣起身随她再拜，袖袍甩动与膝盖跪地之声干脆利落。

长念再起，转身拢袖而坐，便听得下头山呼：“吾皇万岁万岁万万岁——”

任谁站在这上头，都会被这景象震撼，长念喉咙发紧，强自坐稳，抬手朗声道：“平身。”

“谢陛下——”

从“殿下”变成了“陛下”，好像只有一个字的变化，然而这其中经历的波折委实数不清，更何况，就算加冕为帝，长念也不敢保证自己能把这位置坐多稳当。

右下手第一个站着的人便是叶将白，一身绛紫色朝服十分霸气，旁人都拱手低头，只他站得笔直，一双狐眸似笑非笑地望着她。

长念心里的愁绪，一点没比之前少。

如叶将白的愿，典礼之后的封赏，她加上了他给的名单上的人，封赏都不低，但大多是空名头。只苏芜儿的恩赏没明说，但她已着礼部私下去办。

令她没想到的是，被封赏的那些人似乎都很意外，尤其是梁永生梁将军，这个叶将白麾下如今兵权最重的人，上前听封时瞪大了眼，继而身子发颤地跪下行礼：“谢主隆恩！”

长念不太明白他这是什么反应，下意识看一眼叶将白，后者漫不经心地回视她一眼，抬袖掩唇打了个哈欠。

“……”她觉得这人简直是在挑衅，但眼下，她拿他半点办法也没有。

登基大典从天不亮一直进行到了下午，长念精疲力竭地从龙辇上下来的时候，就看见北堂缪在养心殿前恭恭敬敬地朝她行礼：“陛下。”

身后跟着二十个宫人，长念想跟他说说私话也不成，只能挺直背脊道：“北堂将军辛苦，今日大典顺利，是将军的功劳。”

“这是微臣分内之事。”北堂缪低头行礼，看了看她身后的仪仗，想说什么，终是将话咽了回去，只道，“陛下今日辛苦，还请好生歇息。”

“好。”长念点头，“将军可要进去坐……”

话还没说完，旁边的大太监就小声提醒：“陛下，今日皇后入主中宫，等会儿要来谢恩，宫里不能留外臣。”

说了半截的话被硬生生咽了下去，长念无奈地看向北堂缪，后者拱手道：“谢陛下恩典，但微臣还有公务在身，便先告退了。”

“将军慢走。”

北堂缪颔首，只抬头的一瞬匆匆看她一眼，然后便垂眸，退了下去。

长念觉得，当个皇帝好像一点也不自由啊，她想跟兄长说话不行，累极了弯腰走路也不行，一宿没睡，现在想闭眼更不行，还要等疏芳来谢恩。

长念气闷地回养心殿坐着，小声嘀咕：“这皇位，还不如不要呢。”

宫里百官散去，梁永生在宫门外拦住了林茂和罗宏的车驾，皱眉问：“你们觉得陛下这是什么意思？”

今日的封赏，他得了个“安国大将军”的名号，林茂升为护城军统领，罗宏亦是升了忠勇大将军——这是他们万万没想到的，毕竟他们是辅国公的人，还曾带兵与当时的七殿下交锋过，甚至将她赶出了京都。就算陛下如今宽宏大量，也断没有反过来给他们这么大恩赏的道理。

本来他们还想伺机行动的，可这一场封赏下来，几个人的心都乱了。

跟着国公是想求荣华富贵，现在他们想要的东西陛下给了，他们……该怎么办啊？

罗将军的嘴巴都咧到了耳朵根：“还能是什么意思？器重呗，老子为国带兵这么多年，一直是个四品武将，如今终于得封二品，说明新帝有眼光。”

林茂的脸色很难看，瞪他一眼道：“真要是这么简单，我头砍下来给你们当球踢！”

“林统领有何看法？”梁将军连忙问。

“这封赏，多半是国公替咱们要的。”林茂神色恹恹地道，“若不是他，陛下不可能如此大方，黄宁忠尚且只是被封二品元帅，你我曾与陛下作对，他凭什么给我们高官厚禄？”

“国公？”罗宏皱眉，“怎么可能是国公呢？咱们都与国公犟着呢，更何况，陛下登基，国公不被处置已经是万幸，哪来的余力替咱们讨封赏？”

“你太小看国公了。”林茂恼道，“国公厉害着呢，新帝如今许多事都要倚仗他，一时半会儿没人能处置得了他。”

罗宏一脸不信，梁永生却若有所思，而后道：“若真是国公替咱们求来的，那咱们是不是应该给台阶下？”

有这么好的恩赏，谁还会硬着头皮去和新帝作对？他们光吃年俸就能福荫全家上下了，又何必去做那掉脑袋的勾当？

梁永生问这话就已经是打定了主意，只是看林茂犹且愤然，他不好直说。

林茂沉着脸道：“各位自己决定便是，国公自缴羽翼，我又能如何呢？”说罢一甩袖，翻身上马就走。

新帝登基，京都里忙成一片，沐疏芳和北堂缪、定国公等人天天有应酬，便只留了长念一个人坐在御书房里，对着成堆的奏折发呆。

大太监还在旁边劝她：“殿下，这些折子堆久了，恐要耽误许多大事，您还是早些批复为好。”

长念闭眼，她倒是想批复，可按照规矩，御书房里站了八个太监、两个宫女，她要是在众目睽睽之下用左手写字，惹人闲话不说，写出来的字下头的人也不一定能看懂。

“你们先退下吧。”长念试着吩咐。

然而大太监惊恐地摇头道：“陛下，按规制您身边要留六个人，不能全退下的。”

长念有点恼：“规制比朕的圣旨还管用？”

大太监被她吓得跪在地上瑟瑟发抖：“陛下息怒，规矩是祖上定的，奴才们不是不能退下，只是怕坏了规矩，惹出不少麻烦。这宫殿大，陛下若有什么吩咐，咱们在外头不一定能听见，更何况您也需要人磨墨，需要人收拾折子，还有……”

“行了。”被他念得头皮发麻，长念抹了把脸，“不退就是了。”

“谢陛下。”太监颤颤巍巍地起身，活像是被吓破了胆，抖着唇在旁边站着，瞧着可怜兮兮的。

长念叹了口气，动了动自己的右手，疼痛依旧，手指僵硬也依旧。她曾经面对千军万马也没惧怕过，但现在，长念觉得，奏折真的比敌军可怕多了。

正气闷呢，外头突然传来通禀："陛下，辅国公求见。"

一听这人来了，长念心情更差，很不想见他，然而她所在的位置迫使她只能点头："请他进来。"

叶将白今日穿的是一身藏青色的朝服，绣了展翅飞鹤，带着满身的清风进门，礼也不行，只笑道："这御书房里怎么阴沉沉的？外面那么好的日头，陛下也不开开窗？"

长念深吸一口气，皮笑肉不笑地道："国公要是想晒太阳，何必来这御书房呢？"

"来见陛下，自然是有事要谈。"叶将白突然正经了语气，神色也严肃起来，"还请陛下屏退左右。"

"这……"长念摇头，"按照规制，朕身边是必须有人随侍的。"

"哦？"叶将白冷笑，"那贻误军机也没关系？"

旁边的大太监皮子一紧，默默往下退了两步。

长念眼皮微抽，无奈地道："那就都退下吧。"

"是。"这会儿倒是不跟她跪哭什么规制了，十个宫人溜得飞快，全去大殿门外站得规规矩矩。

大殿里少了人，长念反而松了口气，问叶将白："有何要事？"

叶将白走近她，扫一眼她的右手，道："西北旱情严重，折子递上来已经半个月，陛下若还不批复，怕是要饿殍遍野。"

长念脸颊紧绷，捏了折子摔到他面前："国公既然都看过了，不如帮朕批复？"

要是别的大臣，闻言一定会跪下去，唯恐皇帝怀疑自己有不臣之心，但叶将白不仅不惶恐，反而顺手就接过，抽掉长念龙椅上挡事的手枕，十分自然地坐了下来。

长念："……"

叶将白伸手提笔，翻着奏折道："刚登基，事情自然要办得漂亮，拨款赈灾是必然的，以显新帝宽仁爱民，但这款落下去，要怎么才能不变成高门里的红礼，就得陛下多操心了。”

长念看着他落笔，朱红的字落在折间，像一根红绳。

“这折子是十天前的，说的是山东冤案，本就是个杀人案，但因为民情沸腾，也需要好生处置。”叶将白将写好的折子递给她，又翻开下一本。

长念左手接了折子，负气地看了两眼，又觉得没什么可挑刺的地方。叶将白对于处理这些事显然是得心应手了，难得的是，还知道让她看一眼。

但，这是她的皇位，折子也该她来批，长念气闷地道：“极刑太过，朕本就打算废除极刑，杀人偿命即可。”

叶将白手一顿，侧头看她：“废除极刑，何以惩处恶人？”

“刑设是为震慑于人，使人谨慎犯错，并不主在于惩人。”长念道，“朕以为刑罚太过严苛，并不是一国幸事。”

叶将白笑道：“杀一人为死刑，杀两人也为死刑，没有极刑在上头，那杀人者横杀无忌，该如何？”

“国公说的情况没有发生过，至少卷宗里没有。”长念道，“反而是极刑之下，人知自己要受极刑，必定癫狂而犯更重的罪，此例刑部案卷里有八十六起，国公可以查阅。”

“陛下说服在下容易，要说服刑部那群老头子可没这么简单。”叶将白收回目光，轻笑，“就算您登基为帝，您的话也不是落下去就可以成的。”

长念微恼。

叶将白不再说话，专心将桌上的折子批复完，才放了笔道：“陛下想登基久矣，如今夙愿得偿，怎么还一副闷闷不乐的样子？昨日下朝，朝中不少人来问在下，说陛下是不是病了。”

“朕没病。”长念咬牙，“天气燥热，心情不佳罢了。”

叶将白恍然，又笑：“还以为陛下是在为自己的右手烦心呢。”

“你……”长念站起身，瞪他，“你一早就察觉了，是不是？”

“陛下怎么又生气了？”叶将白撑着下巴看着她，一双眼无辜得很，“在下还以为陛下会感动呢，毕竟在下知道陛下的伤势，却没以此为难陛下。”

“你到底想干什么？”长念气得脸都鼓起来了，“若想以此为威胁，让朕替你做事，那朕大不了与你玉石俱焚！”

“这么激动做什么？宫人没告诉陛下吗？为人君当沉稳，喜怒不形于色。”叶将白伸手将她拽下来，叹息着摇头，“陛下还欠些火候啊。”

他越这样，长念越生气，憋闷了这么多天，眼下反正也是破罐子破摔，她干脆用左手抓了他的衣襟，怒斥道：“朕欠火候，本也就没你这么心机深沉，也没你对权势把握得透彻，但现在朕是皇帝，朕要杀你，你也得死！”

“然后拉上所有人陪葬？”叶将白任由她抓着，笑得更欢，“可怜定国公府和北堂将军府一心扶持陛下，在陛下眼里却不过是可以随意牺牲的石头。”

“玉石俱焚，你是石头，朕是玉！”长念咆哮。

叶将白眼波流转，翻手展开一串绳结，绳结尾上是两颗玉铃，碰在一起清脆作响。

他问：“是这样的玉吗？”

长念一愣。

面前这人笑着拉过她的手，将玉铃放在她手心。冰冰凉凉的触感，很快将她的烦躁压了下去。

“做什么？”长念闷声道。

“曾有人告诉我，生气的时候握着这个，就不会再气了。”叶将白将她的手指合拢，笑得温文尔雅，“如今陛下握着，也莫要再恼了吧。”

御书房里檀香袅袅，长念呆愣地看着手里的玉铃，怒意散去，心口竟忍不住一跳。

“你……你又有什么算计？”她戒备地看着身边这人。

叶将白别过头，伸手替她整理好折子，道：“能算计什么？无聊罢了。”

她是他养的宠物吗？无聊了便来逗逗？长念鼓嘴，扫一眼桌上垒得高高的折子，又泄了气。

人家到底帮了她，不管为什么帮，到底也是一份人情。

“国公用膳了吗？”长念闷声问。

叶将白长叹一口气，道：“如今在下式微，哪能如定国公他们一般，天天有人摆席？今日晚膳还没着落呢。”

长念听得翻了个白眼：“别人同朕说这话，朕都信，国公何必？您只消往这御书房外一站，赶着给您摆席的人都能直接排到宫门口去。”

叶将白轻笑，漫不经心地道：“旁的都不想吃，只想吃一碗馄饨。”

长念手指微紧，别开头：“山珍海味国公不选，选那百姓果腹的东西做什么？”

“不知道。”叶将白眸子半垂，淡声道，“就是一直念着那味道。”

长念沉默。

两人之间的气氛又开始尴尬起来，御书房里静悄悄的，连呼吸声都轻得很。叶将白转头去看旁边博物架上摆着的珍器，打趣似的说了一句：“那把玉剑是哪儿来的？倒是不错。”

长念顺着他的目光看过去，道：“是兄长送的。”

叶将白一顿，收回目光，轻笑道：“陛下已经登基，还唤他作兄长，是想封他个王爷当当？”

“不是。”长念摇头，“习惯了。”

“习惯也得改才是。”叶将白起身道，“北堂将军如今是外臣，又是武将，陛下这称呼落在他人的耳里，别人会怎么看他？宫里有规矩，武将不得擅自觐见，陛下也当分好亲疏。”

长念不太高兴地抬头：“这位置朕能坐上，有北堂将军一份大功在，不唤他兄长也罢，分什么亲疏？”

“对一个武将太亲近，从来不是什么好事，就算陛下自己觉得无所谓，北堂将军也不会背叛陛下，但下头的人呢？下头的人用北堂将军的名头拉虎皮做大旗，陛下到时候又该如何处置？”

长念微微一怔，懊恼地发现自己没法反驳，只能负气道：“那你呢？”

“在下？”叶将白笑得斯文，“在下与北堂将军怎么能一样呢？他是陛下心尖上的人，在下却是陛下总想着要除掉的人，在下与陛下亲近，于陛下百利而无一害，陛下巴不得在下麾下有人犯错，好捏着把柄才是啊。”

长念一噎，歪头想了想，竟然觉得挺有道理。

“陛下。”外面传来禀告声，“刑部几位大人来了。”

看了看宫漏，长念这才想起自己传了刑部的人议事，连忙推叶将白一把，示意他站起来，然后清了清嗓子道：“请各位大人进来。”

“是。”

叶将白瞥她一眼，寻了旁边的椅子坐下，没有要走的意思。长念瞪他一眼，也无暇多顾，看着刑部的人进来行礼便抬手：“众爱卿平身。”

她登基之后第一件要做的事就是废除极刑，已经给刑部的人写过手谕，奈何没什么回音，干脆抽空今日面议。长念设想得很好，然而当真同他们说起来的时候，她才发现事情没她想的那么简单。

“陛下，史书的确有载盛世之下轻刑罚，然而不是量刑轻，而是民风淳朴，犯错的人少。”刑部老臣拱手道，“量刑若轻，何以震慑于人？陛下看的史书太过单薄，不妨再多看几册《囹圄论》。”

“大恭的刑部卷宗，朕都查过。”长念皱眉，“每年犯法之人极多，但许多没必要的罪名，却重罚于人，冤假错案不少，蒙冤之人被处以极刑，连挽回的机会都没有。”

“那是刑部的人失职，微臣定当回去追责。”

“极刑和流放之刑，朕以为都可以改。”长念努力劝服他们。

几个老臣相互看了看，均意味不明地摇头，然后继续朝她拱手：“此事非一朝一夕可定。”

长念说得口干舌燥，间隙抽空喝一口茶，却发现叶将白不知什么时候拎来只鸟笼，正在旁边悠闲地逗鸟。

她很想骂他，然而想想这人也是不赞成废除极刑的，骂了反而多一个阻力，于是硬生生忍了下来，睁着一双无辜的眼继续听老臣说教。

半个时辰之后，刑部的人离开了御书房，长念夙愿未成，一脸不高兴地戳着茶盏。

叶将白放下鸟笼，问：“晚膳吃馄饨还是吃别的？”

“吃人。”长念咬着牙道。

叶将白轻笑出声，道：“皇帝不是那么好当的，坐在这位置上，你要用一种特殊的方式，才能达到自己的目的。”

“什么方式？”

叶将白笑而不答，又问：“吃馄饨吗？”

“吃！”长念恨恨地应下。

叶将白点头，出去吩咐了几声，长念就听得外头一片跪地声，接着就是叶将白冰冷的声音：“一旦有差错，你们都提头来见，可懂？”

“是，奴才明白！”

三炷香之后，叶将白进门来将她拽了起来。

“做什么？”长念皱眉。

“去吃馄饨。”

“不就在宫里吃？你这么着急忙慌活像是要出宫。”

叶将白拉着她出门，回头冲她一笑：“就是要出宫啊。”

长念：“……”

她登基之前就被礼仪太监教了各种规矩，身为帝王，是不能随意离宫的，离宫十分复杂困难，礼仪极多，需要的护卫也极多，要提前五日安排，所行街道全部戒严。

然而现在，她跟着叶将白坐着马车出宫，在车上被他伺候着更衣。

“这太荒唐了。”长念黑着脸道，“万一遇刺，你我才是真的玉石俱焚了。”

“担心遇刺，倒是不担心在下害了陛下？”叶将白一边给她换上常服外袍，一边挑眉。

长念没好气地道：“你全家包括风停云都在朕手里，害了朕，你就是孤家寡人，坐上皇位也没意思。”

马车骨碌碌地走着，叶将白听得她这句话，不但不恼，反倒笑了。

“是啊。”他颔首，“害了陛下，在下可就是孤家寡人了。”

系扣被他轻柔地扣好，长念右手不能动，只能僵硬地看着。风从车帘外吹进来，带了点集市的热闹味道，长念慌忙扭头，用左手掀开些帘子往外瞧。

“你是怎么做到的？”她疑惑地嘀咕，“按理说养心殿就不该放行，出宫门也是要查车的。”

叶将白松手回自己的位子上坐好，展开折扇，悠闲地道：“人定规矩，也按规矩行事，但定规矩的人，总是有特权的。”

“朕明白，朕也试过命令他们，可是光让他们从御书房里退出去都做不到，更别说别的。”长念很苦恼。

斜她一眼，叶将白撇嘴：“正儿八经地命令，人家自然会用正儿八经的规矩来劝，陛下已经坐上这个位置，很多话是不用明说的。”

“什么意思？”长念皱眉。

叶将白摇扇轻哼：“比方说在下今日想吃鱼，直接出门去告诉卖鱼的人，让他送一条，人家肯定会说，这是以强权压人。但在下要是走到卖鱼人身边感叹一句今日天气好，适合吃鱼。就凭着这身份，人家也上赶着给在下送鱼。两者结果相同，不同的是方法罢了。”

长念似懂非懂地想了好一会儿，皱眉：“所以，国公出宫的时候是怎么说的？”

“有要事需要他们看着养心殿几个时辰，一旦有外臣来，统统说陛下在休息，若是没办好，全部掉脑袋。”叶将白收拢折扇撑着下巴，“如此一来，他们只顾着自己的小命，压根不敢来念叨什么规矩了。”

长念神色复杂地看着面前这个人，抿抿唇，还是向他拱了拱手：“受教了。”

叶将白轻叹一声，道：“陛下不觉得，这位置还是让在下来坐，更为合适？”

长念浑身一紧，挺直背脊，沉着脸道：“事情已成定局，国公若有翻天之力，这位置再给您也无妨。”

“真小气。”叶将白看了看外头，起身道，“快到地方了。”

这集市还同之前的一样，卖馄饨的小摊飘着香气。长念下车，警惕地左右看了看，叶将白倒是什么也不顾，大步就往前走了。

“哎，你等等我。”

“怎么不自称朕了？”叶将白放缓步子，回头嗤笑。

长念没好气地道：“谁在这地方这么自称，那不是找死吗？我伤着的是手，又不是脑袋。老板，来两碗馄饨！”

“好嘞！”

长念径直在长凳上坐下，看着馄饨端上来，深吸一口气，伸手就想去拿筷子。

然而，她右手被包得严严实实，别说拿筷子了，手指都动不了。

长念微微一愣，收回手，眼里涌上些烦躁。

叶将白正专心看着他那一碗，伸手拿了筷子拌匀，然后端起来吹了吹，笑道：“好香啊。”

身边一团乌云隐隐有扩张之势，叶将白视若无睹，夹起一个皮薄肉多的鲜肉馄饨，在她面前晃了晃：“汤鲜肉美，这皮啊，入口即化。”

长念龇牙，怒意已经要抑制不住，正想爆发，却见他突然把馄饨塞进了她嘴里。

“……”

“尝尝看。”叶将白捏着筷子笑，“看看有没有毒。”

轻轻一抿，薄皮化在舌尖，鲜汤溢满口，长念很想吼他，哪有皇帝给他试毒的？然而馄饨实在好吃得张不开嘴，她也就不说了，吃完一个，巴巴地拿眼瞧他。

叶将白暗笑，又夹一个塞给她，嘴里还道：“再尝尝这个。”

于是，集市上来往的人都慢慢停下了步子，看向街口那生意极好的馄饨摊。

一个清风雅俊的公子正端着碗，一口一口地喂另一个小公子吃馄饨，那小公子吃得可真香啊，动作斯文，表情陶醉，任谁瞧见，都想去跟着尝尝那到底是什么样的馄饨。

于是来买馄饨的人越来越多，老板笑得合不拢嘴，结账的时候直朝叶将白拱手：“不必给了，两位公子是贵人，下次再来啊！”

叶将白挑眉，笑道：“我们可不常出门，下次也不知是什么时候了，这钱老板还是收下为好。”

“哎，不用不用。”老板满脸慈祥地摆手，看向长念道，“小公子长得俊，随便什么时候来，老汉都请吃馄饨，不收钱。”

叶将白收回钱袋，微微眯眼：“我不俊？”

长念“扑哧”一声笑了出来。

卖馄饨的老板站在摊上跟他们挥手，长念朝他颔首示意，左手费力地拉着一脸气愤想去与人理论的叶将白，边走边笑：“你是什么身份，也同人计较这个？”

“眼瞎了出来卖什么馄饨？”叶将白微恼。

长念没忍住，站在街上就笑出了声，越笑越厉害，最后忍不住半蹲了下去：“哈哈哈……”

叶将白瞪她：“你是什么身份，也听这点奉承？”

长念摇头，眼泪都笑出来了，捂着心口顺气顺不过来，打了个响亮的嗝。

“哎……嗝！”她笑不出来了，拉着叶将白的袖子皱眉，“怎么……嗝……办？这个不太容易停……嗝！”

叶将白眯眼抱胸：“现世报啊陛下。”

长念撇嘴，左右去找茶水摊，远远看见一个，连忙提着袍子往那边跑。

叶将白看好戏似的在后头跟着，不经意扫了一眼前头，脸色微变：“陛下。”

长念正着急找水呢，胳膊就被人拽住了。她回头，恼道：“快放手……嗝！”

“换个地方走。”叶将白神色凝重地盯着前头，一把将她往反方向推。

长念不解，还待回头看，便被叶将白从身后捏住双臂，半抱半推地带着往前跑。

身后响起了一串脚步声，长念知道是不好了，左右看了看，拉过叶将白混进旁边的大酒楼里。

酒楼里人声鼎沸，来往人极多，长念拉着叶将白上楼，推开挡事的小二，寻了一间厢房就进去。

“做什么？”叶将白皱眉。

长念没好气地道：“逃命啊，跳下去。”

叶将白深吸一口气：“跳归跳，你脱衣裳干什么？”

“不然等会儿会弄脏啊。”长念将外袍往楼下小院一扔。

叶将白深以为然地颔首：“有道理，但是陛下，您为什么脱的是在下的衣裳？”

长念飞快地将他的蚕丝袍往下一扔，然后看了看，攀上窗台道：“为了不把我的衣裳弄脏，肯定扔你的衣裳，这还用问吗？”

说罢，她纵身欲跃，却冷不防被他伸出手拦腰拉了回来。

叶将白笑得咬牙切齿的，看起来分外心疼自己的衣裳，就在长念以为他要揍人的时候，他却抱住她，单手攀住窗沿，身子下坠，灵活地落在小院里，然后顺手抄起衣裳，带着她拐进了柴房。

后头有吵吵嚷嚷的声音，但追得不是很近，长念缩在柴房一角，鼻尖前就是叶将白的胸膛，两人安静地躲着，听着外头的脚步声走近又远去。

“这些人……”长念皱眉，半开玩笑地道，“不会是国公请来的吧？”

叶将白低头看她，眼里暗光直闪：“陛下这话倒是提醒我了，不如现在就让他们把陛下送上黄泉，然后在下以护驾之势重伤，回去谁也怪不到在下头上。”

长念心里一紧，伸手推他，叶将白却不动，看她的眼神越发意味深长，叫她浑身直起鸡皮疙瘩。

“去那边看一看。”柴房外有人吩咐了一声。

长念侧耳，听见脚步声是往柴房来了，飞快地把叶将白推开，起身攀上窗台，小声道：“你我分头跑吧。”

叶将白没拒绝，长念跳出去便从最近的后门往外溜，然而她身上有伤，行动不那么利索，被个眼尖的人瞧见了，那人大喊一声：“后门外！”

长念被吓得心里一跳，拔腿就跑。

因为小时候日子不好过，长念偷偷跟着北堂缪学过些武艺，但到底是女儿家，身上又有伤，没跑几步就被人从后头追上了。她努力冲向大街，眼瞧着前头就有巡卫营的人在巡逻，她连忙大喊一声：“救命！”

然而，“命”字还没喊个响亮，身后的人就追上她，捂住她的嘴，七手八脚地将她拖回旁边的巷子里。

长念还手不及，右手伤口被人捏住，疼得额上顿时冒出一层冷汗。

“是这个吧？”有人拿出画像对了对，长念立马噘嘴鼓脸，旁边那大汉急了，一个巴掌甩下来，打得她脸侧过去，一阵发热。

“是这个，但是巡卫营的人好像追过来了。”另一个人拽着她继续往巷子里边走，长念挣扎，踹开两个人，又被后头涌上来的人按住。

右手疼得她眼睛发酸，身子被压得死紧，长念有点绝望，望着巷子角落里发黑的破木桶，她想，今日就不该随叶将白出来，这个人居心叵测，她怎么能放心地觉得他不会对她下手呢？

背后响起长剑出鞘的声音，尖锐得令人发毛，长念挣扎无果，只能一边等死一边想，她死了之后，这天下会如何？

兄长和疏芳应该能想法子隐瞒一段时间，然后让二皇兄继位。

但二皇兄敦厚老实，哪里是叶将白的对手？就算有别人帮扶，以二皇兄的性子，早晚也会被叶将白卖了还帮他数钱。

她要是能带着叶将白共赴黄泉就好了。

正想着，长念就见那漆黑的木桶上落下一个人来。

上好的蚕丝袍子上染了灰，却不影响他半点风华，他顺手抄起旁边搁着的竹竿，一挥便打在持剑之人的手背上，清脆的一声响。

"啊！"长剑飞出去，大汉捂手痛呼，转头看过去，恨声道，"把他也抓住！"

长念只觉得身上一松，脚步声都朝木桶的方向而去。叶将白轻飘飘地落下来，没看她一眼，倒是盯着一个人，以手撑墙，狠狠一脚踹在他脸上，直踹掉他两颗牙。

这是赵长念第二次看叶将白与人动手，但跟和北堂缪打相比，现在的他出手要狠戾许多，带着些市井的痞气，招式没多好看，伤害却极大，三拳四脚就撩翻一个，再转竹竿，直刺另一人的右眼。

一声惨叫划破半个京都。

正在往这边查探的巡卫营顿时全涌进了巷子，长念目瞪口呆地靠着墙，眼睁睁地看着叶将白杀人。

没错，他抱的不是把人打走就好的心态，而是真的想杀人，血溅了满身也不管，扔了竹竿夺了长剑，抓着人直捅心口。

利器穿破皮肉的声音听得人浑身发颤，巡卫营的人愣了半晌，眼看他杀完那五六个人，才想起来大喝一声："住手！"

叶将白双眼泛红，侧头朝他们望过来，身上是散不掉的戾气，手上长剑还在滴血，他喉咙里发出不耐烦的咕噜声，竟提剑朝巡卫营的人走过去。

"国公！"长念猛地回神，挣扎着起身喊他。

叶将白恍若未闻，眼里的嗜血之意极浓，逼得巡卫营的人纷纷拔刀。

“住手，快住手！”长念扑上去将他抱住，皱眉呵斥，“叶将白，你干什么？他们是官兵，不是刺客！”

叶将白脚步微顿，疑惑地低头，盯着她看了好半晌，眼里的淡红色才渐渐散开。

半身的血蹭上了她的脸，面前的人死死地抱着他，眼里满是惊吓：“你疯了吗？”

“护驾不力，委实废物，杀了也不可惜。”叶将白冷声道。

长念摇头，狠狠掐他一把，然后转身朝巡卫营的人出示信物：“送我们回宫。”

巡卫营的人本被叶将白说得来气，一看信物，连忙惶恐地行礼，然后去准备车驾。

长念拉着叶将白没敢松开，看看自己手上的血，嫌恶不已，继续呵斥道：“你不是文臣吗？不是最讲仁慈、爱戴百姓？这随便动手杀人的毛病是哪儿来的？”

“他们本就该死。”叶将白嘀咕。

长念横眉：“那也轮不到你来杀！你老实说，是不是杀人上瘾？我看你方才像魔障了一样，停不下来。”

“没有。”

“还狡辩！”长念快要气死了，“之前就听人说你滥杀暴民，现在在我眼前杀人，你也想抵赖？刑部要是参你一本，我可不拦着。”

叶将白很想说，刑部不敢参他，但侧头看一眼她气鼓鼓的模样，他竟然莫名地觉得心里很舒坦。

甚至，还有点想笑。

有种终于被人管着了的踏实感。

直到坐上车驾，赵长念仍旧在叨叨：“这要是被朝里人知道了，就算眼下不与你计较，往后只要有机会，也定会翻旧账。人命关天，天子犯法尚且与庶民同罪，你胡乱杀人，真要扣罪名，你也跑不掉。”

“我知你向来狂妄，但人总不会一辈子一帆风顺，难免有翻船的时候，难道你就不怕他人落井下石？这石头还是你自己给的，到时候砸你个头破血流，你也没话说。”

“你有没有在听我说话？”

叶将白靠在车窗边，手遮了半张脸，也没能遮住眼里跑出去的笑意。

“听见了。”他道，“但是未必会如陛下所言。”

长念的怒意更甚：“你不识好歹！”

外头驾车的人胆战心惊地捏着缰绳，听陛下骂辅国公骂了一路，可奇怪的是辅国公不但不生气，反而像是在故意惹怒陛下，陛下越骂，他越高兴。

到崇阳门下车的时候，车夫跪在一边，就听得辅国公笑声清朗地下来，后头跟着个怒意滔天的帝王，两人一前一后地往养心殿走，有种古怪的和谐之感。

第十一章 登基

夏日临近尾声，新登基的帝王完全熟悉了她手里的权力和该做的事，开始着力修律法、减刑法、平赋税。战后的大恭国力衰退，但因着一系列惠民之政，枯木之上又抽出了新芽。

沐疏芳忍不住感慨："我大恭终于等来了新的明君。"

北堂缪给旁边的定国公斟满茶，闻言道："陛下离明君一词，还早。"

"为什么？"沐疏芳不服气，"你看眼下京都，已经飞快地恢复到了战前模样，武亲王余党也平了，百姓对于新主也是一片赞颂，谁能说陛下还不是明君？"

北堂缪淡声道："先帝初登基之时，也与陛下一样，甚至政绩更为卓然。"

沐疏芳一噎，微恼道：“陛下登基，将军分明比谁都高兴，眼下怎么连夸一句都吝啬？”

“娘娘。”定国公皱眉斥她一声，“您如今身份不同，有些话不要随意出口。”

“这里又没外人。”沐疏芳起身，“我在宫里烦闷就算了，怎的回娘家还要听教训？”

北堂缪抬眸看她：“娘娘最近似是心情不佳。”

“能佳才奇怪，我主位中宫，这才几个月，就有至少两百个大家闺秀在我面前晃过了。”沐疏芳想起这事就来气，“一个个说得冠冕堂皇的，无非就是想进宫求个位份。陛下专心治国，哪来的闲心扩充后宫？”

“娘娘！”定国公神色严肃地道，“您身为皇后，这些本就是应做之事。正是因为陛下没闲心，您才该替陛下分忧，哪里还能抱怨？”

沐疏芳张口欲辩，想起自己的爹并不知道长念的身份，便又硬生生咽回去，只垂眸道：“爹教训得是。”

北堂缪深深地看了她一眼。

回房的时候，沐疏芳收到了一张字条。她扫了一眼，不动声色地继续进房间，支开身边的侍女，一把将头上沉重的凤冠摘了下来，然后换一身轻便的衣裳，撑着窗台便跳了出去。

北堂缪在无人的侧院等她，见她来，淡声问：“娘娘贪恋这皇后之位吗？”

沐疏芳抱着胳膊看着他笑：“我若是当真贪恋，便不会站在这里了，将军想来比我明白。”

北堂缪点头，手紧了又松：“那你觉得，长念她贪恋皇位吗？”

“她是被我们硬推上去的，说贪恋不至于，但……”沐疏芳道，“她还有很多想做的事，必须在那个位置上才能完成。”

顿了一下，她看向他的双眼，微微皱眉："将军总不能亲自扶她上去，又因一己私欲，将她拉下来。"

"我没那么想。"北堂缪垂眸，"我只是……有些迷茫。"

以前还能经常看见她，与她说话，可自从长念登基，他要见她得递折子，有时候还不一定能见得上，见上了也说不了两句话。反倒是叶将白，不知为何一直在她左右，每次理由都十分充分，谁也赶不走他。

"恕我直言。"沐疏芳抿唇，"将军与陛下……莫说是身份有别，就算没了身份的阻碍，也未必能有结果。"

北堂缪猛地抬眼，眼神凌厉地看向她。

"这是实话。"沐疏芳心里一跳，捏着手道，"佛家常说，求不能得之物是痴妄，与其痴妄，不如放下。"

脸上带了讥讽，北堂缪从袖口里抖出一枚香囊，上好的女红绣花，衬着锦蓝的缎子，就这么滚落在了地上。

"在下痴妄，娘娘何尝不是痴妄？"

沐疏芳脸色一白，缓缓低头看着那香囊，声音顿时弱了下去："那是陛下……"

"念儿不会女红。"

"那也是我替陛下送的人情。"沐疏芳挺直了背脊，指节捏得泛白，"没别的意思，还请将军莫要误会了才好。"

"是吗？"北堂缪皮笑肉不笑，朝她靠近半步，一双英眸直勾勾地看向她，"爱意这种东西，同醉意一样，是藏不住的，但凡落在人身上，人必定有所察觉。"

沐疏芳心里一沉，跟着后退："你……"

"她是帝王，你便是皇后，我与她不可能，你与我也断不可能。"绛靴踩过香囊，一步步将她逼至墙角，北堂缪冷声道，"与其劝我放下，娘娘不如先劝自己放下。"

心尖骤然被拧紧，沐疏芳十几年来头一次在口舌上说不过人，甚至觉得无地自容。

面前这人一张脸丰神俊朗，可眼神委实太残忍，像是看透了她，把她那藏得小心翼翼的心思扯出来扔在地上踩，脚尖碾过去，丝毫没留情。

“将军……误会了。”沐疏芳深吸一口气，努力平复声音里的颤抖，双目回视他，冷声道，“本宫对将军从无逾越之心，愿意相交，也不过是觉得将军与本宫一样，是性情中人。没想到，是本宫看走了眼。”

沐疏芳捏着袖袍慢慢地整理，笑道：“话不投机半句多，本宫这便先走了。”

长念在御书房与北堂缪议事，说着说着，就感觉面前这人又走了神：“将军？”

北堂缪一怔，猛地回神，垂眸道：“微臣在。”

“将军似乎有心事。”长念轻笑，“可愿说给朕听听？”

近日北堂家又开始催他的婚事，父亲因此与叔伯们闹得不甚愉快，看着他直叹气，他不忍父亲为难，可又实在不想与人将就过日子，心里烦闷，甚至拿皇后娘娘出了气。说话的时候是舒坦，可说过之后，他觉得自己做得有点过。

沐疏芳是个很难得的女子，不贪恋权势，却愿意替长念隐藏秘密，不惜守着活寡坐上皇后之位。

她对他有别的意思，他一早就感觉到了，喜欢一个人，瞒得住别人，瞒不住被喜欢的那人。他本是打算故作不知的，毕竟两人不会有结果，可谁知道她竟来劝他放下长念。

他是一时气恼上了头，才会那样说她。

北堂缪苦笑，张了张嘴，可扫一眼旁边站着的宫女太监，他又将话咽了回去。

这事半个字也不能让外人知道。

北堂缪垂眸："近日天气变化大了，微臣有些身子不适罢了。"

长念歪了脑袋。

兄长是个不适合撒谎的人，一撒谎她就看得出来，只是，如今的身份，她没法多问他什么，他不愿意说，她就只能干看着。

长念心里也有些烦闷，与他商议了西南募兵之事，便让他回去好生休息，然后自己蹲在御花园的鱼池边发呆。

"陛下难道不觉得，北堂将军太不容易了？"有人站在她身后，轻声说了一句。

长念头也不回地翻了个白眼："这话别人说来，朕觉得是真心，从国公嘴里说出来，朕觉得是在幸灾乐祸。"

叶将白的影子落在池水里，被碧波荡漾出华彩，他勾唇而笑，恶劣地道："那微臣换个说法，北堂缪落得如此下场，真是大快人心。"

长念不高兴地扭头瞪他："兄长如今功绩卓然，已超过其父之成就，怎么到你嘴里就是这么个样子？"

叶将白似笑非笑地道："他早过了娶妻的年纪，却一直未成亲，北堂府每天来往的人中，有一半是给他说媒的，北堂华不堪其扰，听闻是病了，偏生北堂将军不愿意将就，不娶喜欢之人，宁可一直独身。"

长念心里一跳，起身看着他："听国公的语气，是知道北堂将军心属于谁？"

"在下知道，陛下也知道。"叶将白幽幽地叹了口气，"只是此事不好成全。"

想起之前兄长与沐疏芳之间的联系，长念为难地道："登基之前，朕问过疏芳，她……说她不悔。"

“他俩的事，在下知道得到底是比陛下多。”叶将白意味深长地看她一眼，转身走向凉亭。

长念看了看左右站得甚远的宫人，连忙提了袍子跟过去，小声道：“你既然知道，就同我说说。”

叶将白抬高下巴，看向桌上放着的茶杯。

长念很是识趣地伸手捏了杯子，把茶斟了，递到他手里。

叶将白喝一口，轻“嗯”一声，满意地将手里握着的玉石往桌上一拍：“话说当日大军压城，北堂将军亲自披甲上阵，杀敌无数，战功赫赫，等归来之时，众人都只顾着与他庆贺，独一女子捧了伤药，担心地问他伤势如何。那一日，黄昏落西洒了漫天余温，她立于他身侧，眉目间的关怀啊，那是比晚霞还动人。”

长念听傻了。

“北堂要替人谋帝位，身边却不乏小人，偷偷泄密于人，给他招致杀身之祸。沐疏芳凤冠已拿在手里，听闻消息就带人以出城祈福之名，救将军于围困之中。事后她不敢与人说半字，便当真去山上祈福一趟，山风太凉，回来伤病两日。将军得知，愧疚不已，徘徊宫外三日，才终借定国公之手，将补药送到了中宫，还不敢叫她知道。”

“一个是重兵在握的将军，一个是母仪天下的皇后，谁都可以相许相守，但他俩不行，家里催得紧于是将军伤神，不敢与人知才叫皇后为难。陛下如今所瞧的，就是一对说不得求不得的有缘人，可奈何？莫奈何啊！”

玉石又是一响，叶将白正色道：“欲知后事如何……就要看陛下如何处置了。”

长念听得怅然，撑着下巴想：“他俩……没必要这样为难啊，朕一早就同疏芳说过，她是有退路的，真想和北堂将军在一起也未尝不可，只要换个身份……”

“陛下想得太过简单。”叶将白叹息，“北堂将军一向视陛下如亲妹妹，沐大小姐是您名义上的正妻，您未曾点头，北堂将军就难免有背德之感，此中煎熬，哪是一两个字能说清的？大小姐为人豪放，可到底也顾念陛下，要她重色轻义，她也不会点头。”

长念瞪眼：“这么说来，竟是朕的过错？”

叶将白沉痛地点头。

长念愧疚地低头，盯着茶杯里浮沉的茶叶想了许久，晚上去了一趟中宫。

沐疏芳笑吟吟地迎她进去，低声道：“前些天宫里人还说臣妾不得宠呢，这么久了，也不见陛下来后宫。”

长念拉着她的手就笑：“那朕以后天天来，叫你宠冠六宫。”

沐疏芳失笑，半垂了眸子，眼睛看起来有些肿。

“这是怎么了？没睡好吗？”长念伸手摸了摸她的眉眼。

“没事，认床罢了。”沐疏芳笑道，“这中宫里什么都好，就是床硬了些。”

这都多久了，之前还好好的，突然间认床了？长念微微皱眉，想起叶将白的话，便挥退了宫女，低声问她：“疏芳，你对北堂将军……是什么想法？”

这话她以前也问过，但没想到现在一问，沐疏芳的手都颤了颤，脸色也跟着发白，闭眼硬声道：“没什么想法。”

“嗯？”长念愕然，“之前……不是还说兄长他挺好的？”

“挺好是挺好，臣妾也一早就说了，他那人，待人太过冰冷，不适合过日子。”沐疏芳低声道。

她说得缓慢，神情也淡漠，若不是身子微微颤着，长念就要信了。

沐疏芳这个人很要强，从来不卑躬屈膝地求什么东西，只要那东西不是她的，她再喜欢也会说不想要。

在她出嫁之前，定国公来拜会过长念，说：“老夫这辈子唯一的挂念就是这个女儿，她的性子注定了她会失去很多东西，难过伤心也不会同人开口，老夫别无所求，只愿殿下往后能多疼惜她两分，万莫把她逞强的话当真。”

长念神色复杂地看向沐疏芳，苦恼地揉了揉自己的脑袋。

第二日下朝后，叶将白正打算回府，却瞥见赵长念坐在龙椅上殷切地望着他。

“陛下有事？”

“没有。”

“……”叶将白转身欲走，余光又瞧见那人捏紧了手，一副忧心忡忡的模样。

轻叹一声，他停住步子，冷声道：“关于西南募兵之事，在下还有话说，还请陛下移驾。”

长念眼眸一亮，立马点头，起驾去了御书房。

“这是新上贡来的秋茶，国公尝尝？”宫人退下后，长念殷勤地把茶捧到他面前，笑得眉眼弯弯。

叶将白瞥了一眼，伸手接过来放在桌上：“有话直说。”

“嘿嘿嘿。”长念搓了搓手，“朕遇到个难题，实在不知如何解决，还请国公出个主意。”

叶将白道：“募兵之事，和田玉十块。刑部之事，南阳玉五块。”

“那要是……私事呢？”

抬眼看了看她，叶将白微笑：“沐大小姐之事，皇位一个。”

长念脸上的笑容顿时消失，麻木着一张脸对他做了个“往外请”的动作。

“在下并未戏言。”叶将白端起茶呷了一口，眼神深沉地道，“若她还只是定国公府的小姐，今朝陛下的麻烦便荡然无存。但遗憾的是她已经入主中宫，想再回到以前，当真没有陛下想的那么简单。

顶着凤冠，她的顾虑也会比以前更多。”

“朕知道。”泄气地坐回椅子里，长念垂眸，“朕看得出来她对兄长有意，然而她不认，朕也不能逼着她认。在宫里锦衣玉食地过一辈子，其实也没什么不好。”

“这在下倒是不认同。”叶将白抬了抬下巴，“沐大小姐生来就是锦衣玉食，她不缺这些。有句话说得好，易得无价宝，难得有情郎。定国公府如今权势滔天，她一直主位中宫，将来也不见得会有好结果。”

长念一怔，抿唇：“朕是想尊重她的想法。”

“那大小姐真正的想法是什么，陛下可清楚？”

“嗯。”长念颔首，“许是知道的。只是，她自己都不愿再进一步，朕又何必急着替她安排？”

责备地看她一眼，叶将白摇头，神色严肃地道：“陛下，他们走到今日这一步，您要担主要责任。如今大小姐愁肠百结，您难不成还要置身事外，安慰自己说与您无关？”

“可……朕能做什么？”长念很苦恼，“毕竟是他俩之间的事。”

“您能做的就太多了。”叶将白勾唇，附身到她耳侧，轻轻嘀咕几句。

长念满脸为难：“这能行？”

叶将白胸有成竹地点头。

……

给风停云的赏赐在秋风乍起的这天落了实，长长的送葬队伍无声地从西城门外的坟地一路前往东迎山，来的人很多，但谁也没声张，大多着玄色常服。

风停云抱着灵位走在人群里，脸上是长念从未见过的温柔笑意。

“芜儿，我如约来接你啦。”他小声说着，“让你等了这么些年，你肯定等得不耐烦了，不过我给你寻了个好去处，生前你没享过的荣华富贵，那儿都有。”

许久未曾见这个人，长念发现他苍老了很多，以前那般风流华贵的浪荡子，现在下巴上满是青茬，鬓边也生了些银色，宽大的袍子被风一吹，船帆似的鼓胀。

他没再与人调笑，也没往别处看，只抚着怀里的灵位，笑吟吟地讲着说不完的话。

四周除了他，没有人笑得出来。

叶将白穿了一身白衣，深深地看着风停云的背影，眼里有一层厚重的东西。

长念小声问他：“你也会愧疚吗？”

“人不是我杀的，我为什么要愧疚？”他嘴硬地答，“只是看贤真如此，难免有些怅然。”

顿了一下，他扭头，恶劣地道：“陛下自己的事做好了吗？就来对在下指手画脚？”

长念撇嘴，很想说自己也就是随便问问，谈何指手画脚？不过看这位不太高兴的模样，她也就懒得拌嘴，耷拉了脑袋道：“兄长和疏芳都在，方才互相行了礼，疏芳就去前头了，兄长一声不吭地走在最后面，也不知在想什么。”

“陛下没别的安排？”叶将白斜眼。

长念鼓嘴：“有啊，在前头的歇脚亭，这不是还没走到吗？”

“出息。”叶将白嫌弃地摇头，左右扫了一眼，招来叶良嘀咕两声。

于是，北堂缪在后头走着走着，突然听见前面来人急声禀告：“将军，前方似有埋伏，皇后娘娘的车驾悬在了斜坡上！”

北堂缪一惊，想也没想，带人直往前赶。

沐疏芳正望着窗外发呆，冷不防听得人来禀：“娘娘，北堂将军求见。”

乍一听见这人，沐疏芳心里还是不争气地跳了跳，然而想起他那日所言，她自嘲两声，捏着袖子想了半晌，才下车去。

没什么，她暗暗想，就当普通臣子对待便好。

北堂缪脸上有急色，也不知发生了什么，但目光一触及她，整个人就冷淡了下去：“娘娘无碍？”

沐疏芳一脸茫然：“本宫什么时候有碍了？”

下颌紧了紧，北堂缪冷哼一声，甩了袖子便往回走。

“你站住。”沐疏芳觉得莫名其妙，“本宫做了什么，需要看将军如此脸色？”

“娘娘乃天下之母，做什么都不过分。”北堂缪咬牙，“但下一回想捉弄人，还请娘娘换个人，在下身系保护陛下之重任，没空与人玩笑。”

说罢一拱手，留沐疏芳一人站在原地，扭头便消失在了山路拐角。

山风很大，吹得人衣袂翻飞，旁边站着的侍女采红心疼地望着呆愣的沐疏芳，低声道：“娘娘还是先上车吧。”

沐疏芳摇了摇头，伸手将宽大的藕粉色常服外袍褪下，递到采红手里。

“娘娘，您再难过也不能糟践身子啊。”采红急了，“这到底是山路，凉得很，不穿外袍会染上风寒……”

“穿着外袍不好跑。”沐疏芳面无表情地道。

“再不好跑……等等。”采红愕然，“娘娘为何要跑？”

最后一个字还没落音，旁边这人已经风一般狂卷出去，以一种矫健的姿态，朝北堂缪追了过去。

“你给我站住！”

北堂缪正准备下石阶，冷不防肩上一紧，他下意识地反手抓住那手，要给一个过肩摔。

然而，那手触感冰凉纤细，他眼神一沉，挥手甩开，皱眉回头。

沐疏芳双眼微红，狠狠瞪着他道："将军当本宫是谁？任你冤枉了就可以走的？方才的话本宫一个字也没听懂，还请将军明示！要是本宫何处戏弄了将军，本宫这就给将军赔礼道歉，可要是没有……"

她顿了一下，眯眼："要是没有，以北堂家的门风，将军是不是也该给本宫赔礼道歉？"

四周还有人在往前走，乍一听她的怒斥声，众人都顿下了步子，满脸惊慌地看过来。沐疏芳侧眸一横，喝道："看什么看？"

"……"原本还想凑凑热闹，但念及沐大小姐一向不好惹，加之现在在宫外，规矩礼仪束缚不了她，众人纷纷低头，飞快地越过两人往前走。

北堂缪冷眼看着她，道："方才有人传话，说娘娘车驾遇险，微臣才急着上前来看，谁承想娘娘毫发无损。"

沐疏芳皮笑肉不笑地朝他拱手作男儿礼："本宫没死没伤，真是抱歉了，但是将军，你从何得知是本宫派人去传的话？"

"不是娘娘，还能是谁？"

"本宫是有多大的闲心，会同将军开这样的玩笑？"沐疏芳忍了再忍也没忍住横眉，"本宫避将军犹来不及，还上赶着给自己找麻烦？您但凡动动脑子，也不至于在本宫驾前出言不逊！"

北堂缪脸色微沉："娘娘慎言。"

"本宫可有说得不对？"沐疏芳怒道，"你这武夫，就是没脑子！打仗你厉害，武艺你厉害，可别的呢？"

扫一眼旁边路过都捂着耳朵的人，北堂缪也忍不了了，冷声道："娘娘身为一国之母，不贤淑端庄也罢，怎的还做起河东狮吼的事来？叫人看见，少不得议论。"

“河东狮吼是妻子吼丈夫，将军与本宫算什么，也能用这样的词？”沐疏芳冷笑，“说将军没脑子，将军还真现给人看。”

“沐疏芳。”北堂缪眼神阴沉，“你别胡搅蛮缠。”

“我胡搅蛮缠？”沐疏芳笑得眼里微湿，咽了两口气才道，“不过是问将军要个说法，上来阴阳怪气说了话就走算什么？”

“方才分明是有人传话。”

“那人呢？”

北堂缪皱眉：“这么多人来往，我如何还能找到那人……”

话没落音，旁边就踉跄出个人来，正是来通禀的小兵。

“将……将军。”那小兵战战兢兢地道，“方才是小的听错了，前头传的消息是有车驾卡着石头了，现在已经无碍……”

北堂缪：“……”

气氛一时有些尴尬，那小兵说完挠挠头，小心翼翼地溜回了人群，留北堂缪站在原地，一张俊脸发黑。

两厢相对无言，北堂缪垂眸，低声道：“娘娘也听见了，是误报。”

“所以呢？”沐疏芳抱着胳膊冷笑，“是本宫戏弄将军？”

“不是。”

“是本宫闲得无聊？”

“……不是。”

“那将军该怎么说？”沐疏芳抬了抬下巴。

北堂缪沉默，别开头看向一侧。

他不喜欢道歉，也从未有人让他道过歉，这点小事，解释清楚也就罢了，非揪着不放做什么？

可沐疏芳丝毫没有要放过他的意思，他想走，她就堵着路。

“有没有人说过，娘娘为人，实在有些咄咄逼人？”北堂缪微怒，“微臣并非有意，娘娘如此计较做什么？”

“你没听人说过吗？”沐疏芳笑，“我这人就是咄咄逼人，还盛气凌人，若不是遇见陛下，断是没人敢娶的。”

“倒是实话。”北堂缪轻诽。

沐疏芳笑着笑着就不笑了，红着眼看着他，耸肩道：“瞧瞧，这一闹，本宫又在将军面前碍眼这么久，将军可亏大了，下回没事别冤枉本宫，你我也就不必相见。”说罢，提了裙子就往回走。

北堂缪皱眉看着她沾了泥的裙角，心里有种古怪的酸疼，谈不上因何而起，但委实不太舒服。

长念和叶将白一直躲在后头的车驾里看着，见沐疏芳要走了，长念狠掐叶将白一把：“你看看你出的好主意，压根没什么用啊。”

“怎么可能没用？”叶将白摇着扇子道，“两人这不是又说上话了吗？”

“可你看疏芳多难过。”长念很心疼，“她从来没在我面前露出过那么伤心的表情。”

“废话。”叶将白斜她一眼，“陛下又未曾得她真心。”

长念泄气地抱着膝盖坐回去，嘀咕：“兄长是不是眼神不好？这么大个美人杵他面前他都没反应，只知道凶巴巴地吼人，他以前待我也挺好啊，拿两分出来，疏芳都不会如此。”

“那不一样。”叶将白眼神微凉。

“哪里不一样？”长念皱眉，心思微动，“难不成兄长他……”

“陛下别想歪了。”叶将白面无表情地打断她的话，“男人对自己真心喜欢的人是无法温柔的，尤其是没在一起的时候，少不得要惹人生气。你看他就没惹过你生气吧？”

长念点头。

“那是他未曾真心待你。”叶将白道，“不像对沐大小姐。”

好像挺有道理的，又好像哪里不对劲，长念想了半晌，还是决定相信他，毕竟男人才更了解男人嘛。于是她收回心思继续苦恼疏芳的事。

叶将白坐得笔直，余光瞥一眼旁边的傻子，暗暗吐一口气，眼神里的阴鸷却没散。

纸钱洒满了半座山，迁葬的仪式隆重而繁复，叶将白行完礼站在山间沉思，就听得背后来了人道：“你最近多提防着些林茂。”

叶将白头也没回地笑道：“前些天不是还生我的气？”

风停云翻了个白眼：“我是气你重色轻江山，气你轻而易举放弃唾手可得的东西，对不起自己这么多年来的努力。”

“那现在呢？”叶将白回眸看他，“现在就不气了？”

“现在……”风停云哼笑，“林茂说，我是替芜儿求到了这一场葬礼，所以不生你的气了，你觉得呢？”

叶将白深深地看他一眼，眼含笑意：“我觉得，你终于反应过来我在做什么了。”

风停云抿唇，别开头道：“你我相知多年，你最信任的是叶良，但你知道，最了解你的人是我。”

“是。”叶将白十分痛快地点头。

风停云看起来吊儿郎当，但毕竟与他一起长大，两人一起顶风尿过尿，一起爬过墙头，一起在太傅府的匾额上刻过字，也一起谋过江山。

叶将白一早就说过：“此去所求，愿万人之上，为所欲为。”

所有人都觉得他这是想求皇位，风停云也一直这么觉得，所以后来他责问叶将白改变初衷，责问他不思进取。但后来，当他拿到封赏圣旨，看他好端端地站在新帝身侧替新帝谋划的时候，他突然明白了。

叶将白依旧在做他想做的事，只是换了个方式。谁都没看清，他看清了，可就算是看清了，也不能同林茂他们解释。

“你这个人，就是心思太多，下头的人跟不上你，难免有误会。”风停云没好气地道，“跟天上的神仙似的，不肯与凡人多言，泄露天机。可将白，人是相扶而成的，没有人能孤身一人站在巅峰受住风吹，你该同人商量的。”

叶将白但笑不语，只轻轻摇头。

风停云低咒一声，伸手捶他一拳，横眉问：“当真很喜欢她？”

“你喜欢芜儿吗？”

“废话。”

叶将白颔首，轻笑着答：“废话。”

风停云一愣，神色顿时复杂起来：“可你和她之间……隔着的东西实在太多了。”

“那又如何？”他转头去看林间松树，“想要的，便去要，管那么多做什么？”

有时候风停云是真的羡慕叶将白的性子，横天横地的，分明也生在束缚极多的世家，却活得分外恣意潇洒。

两人正说着话，叶将白突然侧头往林间看了一眼，道：“北堂家家风严苛，难道没有教过将军，非礼勿听？”

北堂缪侧身从树后出来，面无表情地上前与他平视：“近日我进宫，陛下却总是无空得见。”

叶将白摇扇轻笑：“这话将军该去问陛下，怎的来同在下说？”

“国公当真要我问陛下？”北堂缪冷声道，“那便同之前的通禀一起问了，看究竟有多少请安折子是被国公扣下的，如何？”

叶将白看了一眼风停云，后者耸肩离开，留他二人对峙。

“国公不觉得这些手段很无耻？”北堂缪睨着他道，“是有多惧怕我与她相见，才出此下策？”

“将军误会了。”叶将白微笑，“在下并非怕什么，只是觉得将军三天两头往宫里跑，难免惹人非议，更何况，扣下那么多请安折子，也没见陛下问起过将军啊？”

眼神一沉，北堂缪捏紧了手。

“原先听说皇后娘娘还与将军狼狈为奸，探听陛下消息，这可要不得啊，传出去怎么好听呢？就算将军与皇后知道陛下的秘密，可别人不知道，只会当将军是觊觎皇位的乱臣贼子……”

“用不着你操心。”

“怎么可能不操心呢？”叶将白长叹一口气，“念儿会笼络人心，但于政事毕竟生疏，在下身为国公，总不好看着将军给陛下添麻烦，到底是要帮上两把的，还请将军好自为之，别总做些无聊的事。”

北堂缪侧头看着他，笃定地道：“你在害怕。”

“笑话。”叶将白合拢折扇，“在下有什么好怕的？”

“你怕她心里有我。”北堂缪的语气分外肯定，“你怕自己在她心里的地位，比不上我这个多年的兄长。”

下颌微紧，叶将白道：“将军也说了，兄长而已。”

“国公若当真这么觉得，又何必如此防备于我？”北堂缪摇头，满眼同情，“你欠陛下良多，与她之间隔着千山万海，就算如今想着法子时时在她身侧，你心里其实也没底，是不是？”

狐眸眯了眯，叶将白冷声道：“陛下与我的关系，比将军想象的要亲近得多，将军这些话吓不着在下，在下反而想问将军一句，将军对陛下的感情，当真如将军所想那般吗？”

“我的感情，轮得到你来置喙？”北堂缪眼神冰凉，“为她挡刀的一直是我，朝她挥刀的一直是你。”

“是，我不否认。”叶将白颔首，目光流转，“但将军也无法否认，比起将军，陛下更倾向于在下。”

“胡说八道。”

“在下之前让人打听过，将军原来是在陛下返乡祭母之时与其相识的。”叶将白摸着下巴道，“让我想想啊，将军这样的出身，又受的是武夫教导，想必对弱者的保护之欲极为强烈，所以在见到当时弱小无依的陛下时，将军定然就觉得自己动心了。”

“可是恕在下直言，这样的感情根本不叫动心，只是强者对弱者的怜悯罢了。将军从小便懂忠诚，一旦将怜悯当成了动心，就忠诚了这么多年，硬生生地将怜悯变成了别的感情。这样的感情只有在陛下依旧处于弱势的时候，将军才能维持下去，一旦陛下不再需要将军，将军便会变得茫然。”

“你闭嘴。”北堂缪阴沉了脸，“我的感情如何我自己知道，用不着你来分析。”

“旁观者清啊将军。”叶将白笑，“在下也是不想看将军继续执迷不悟，徒增痛苦。”

“你凭什么觉得，我一定会增添痛苦？”北堂缪道，“或许将来……”

“没有或许。”叶将白打断他，笃定地道，“有我在，将军就永远没有或许。”

林子里的气氛突然剑拔弩张起来，北堂缪盯着叶将白看了许久，冷声道：“国公口才过人，但终究也只是嘴上说说。”

叶将白挑眉：“那将军要付诸行动？”

北堂缪没再回答，淡然地收回目光，捏紧腰间佩剑，转身便走。

“喂。”叶将白脸色微沉，“话还没说完。”

北堂缪头也没回，很快消失在了林间。

第十二章 害喜

叶将白上好的心情，突然变得很差。

他跟着疾步走出去，穿过漫天纸钱，走过亭台回廊，闯进赵长念临时休息的小院里。

长念正在与沐疏芳说话，突然觉得有杀气扑过来，下意识地起身将沐疏芳护在身后，戒备地朝门口看过去：“谁？”

叶将白捏着门弦往里扫了一眼。

北堂缪不在。

神色放松下来，他靠在门边懒散地道：“除了在下，谁敢直接闯进来？”

长念微恼：“国公就不能敲个门？”

“下回记着了。”叶将白跨步进去，瞥一眼沐疏芳，稀奇地道，

“娘娘竟也会把眼睛哭肿？”

沐疏芳顶着一双红肿的眼，下巴微抬，冷声道：“没睡好肿了罢了，谁告诉国公是哭的？”

“娘娘说是没睡好，那就没睡好吧。”叶将白寻了椅子坐下，眼睛瞧着门口的方向，漫不经心地道，“时候不早了，今日本就说了只出来半日，陛下也该准备早些回去。”

“这里离怀渠较近，朕想顺路过去看看。”长念道，“听闻最近有一个营军心不稳，出了逃兵不说，还出了叛兵。”

“陛下去看有什么用？看看折子就够了。”叶将白道，“折子上的东西远比您亲自去看来得详细。”

“折子上说是有个叫洪宣和的人对统领不满，煽动人造反。”长念皱眉，“可朕觉得，事实应该不止如此。一个人若是无理，怎么可能煽动那么多人呢？”

“武将大多目不识丁，单纯易被利用。”

沐疏芳横他一眼，道：“国公此话未免有些偏颇，武将之中也有才高八斗的人在，不输文臣。”

“娘娘想说北堂将军？”叶将白嗤笑，“都如此了，还要帮他说好话？”

“不为帮谁，事实而已，国公此话带着偏见，就不该在陛下面前说。”沐疏芳正色道，“说偏言者，佞臣也。”

长念一惊，拉了拉她的衣袖，沐疏芳脸上却无甚惧色。

叶将白冷笑，抚了抚袖口道：“佞字无妨，这臣字在下可不认，朝堂之上在下尚且不跪陛下，缘何在这里要同娘娘讲这么多规矩？”

“你！”沐疏芳大怒，“陛下已经登基，你作为大恭之人，焉有不俯首称臣之礼？”

“娘娘是要我俯首于皇位？”叶将白摇头，“陛下如今这模样，可不足以让在下称臣。”

沐疏芳咬牙，虽气得要命，可也知道他说的是实话。陛下虽然登基，但羽翼未丰，功绩不足，与他的势力仍旧是伯仲之间。在这样的情况下，要叶将白称臣也太难了。

“好了，别吵了。”长念道，“国公先走一步吧，朕很快就起驾回宫。”

叶将白抿唇：“在下与陛下同行。”

“没你的位置。”沐疏芳哼声道，“车驾上只容得下本宫与陛下。”

再扫一眼门外，确定没人往这边来，叶将白撇嘴，挥袖道：“那陛下先答应在下，这一路上直到回宫，谁也不见。”

长念道：“国公还担心朕偷溜去怀渠不成？”

“陛下应了就是。”

“国公，你虽不称臣，但也无权命令朕吧？”长念似笑非笑，“朕要见谁，国公可以给建议，但没道理替朕做主。”

叶将白脸色微沉，冷冷地看着她。长念抬头回视，半分不让：“今非昔比，朕并非国公手里的玩偶，国公该给予朕尊敬。”

这压根不是尊敬不尊敬的问题，叶将白心里烦躁，沉声道：“陛下若是不答应，这门在下就不出了。”

还来劲了？长念觉得很好笑：“您贵庚？堂堂国公，在这里同朕闹什么小孩子把戏？”

面前这人下巴微抬，满脸冷酷，眼里却当真有小孩子般的倔强。

沐疏芳起先还跟着生气，瞧着瞧着，却觉得不太对劲。

“国公这是在防备着谁？”她若有所思，“怕陛下见谁？”

“没有。”叶将白否认得极快，“担心陛下安危罢了。”

“说句不好听的，朝野上下最盼着陛下有三长两短的人就该是国公了，有什么可担心的呢？”沐疏芳眼里划过一道光，“对了，本宫方才与北堂将军有些不愉快，仔细想来，觉得是过了些，但也不好再与他说话，便请陛下替臣妾安抚将军两句，如何？”

叶将白眯眼：“沐疏芳，收起你的小聪明。”

“国公大人，本宫如今是皇后，哪能直呼其名？”知道自己猜对了，沐疏芳笑得更欢。

长念将她护在身后，皱眉道：“国公怎么总爱与女子计较？”

叶将白气得翻了个白眼：“是她在与在下胡搅蛮缠。”

“皇后到底是女儿家。”

“她哪里像女儿家？”叶将白没好气地道，“嘴巴厉害起来能敌得过满朝文武呢，你不多担心担心自己，倒是替她说话。”

“国公。”

“行了。”叶将白恼道，“起驾回宫，在下坐车累了，正好骑马跟在御驾旁。”说罢，一挥袖先踏了出去。

沐疏芳笑嘻嘻地拉着长念的手小声道：“方才我还难过呢，不知为什么，看他这么生气，我反而开心了。”

“为何？”长念很不解。

沐疏芳想了想，道：“大概是觉得天涯沦落人不止我一个，突然就很舒坦。”

长念：“……”

她不太明白叶将白那种要风得风要雨得雨的人哪里像“天涯沦落人”，但疏芳高兴了就是好事，再叫她哄下去，她都要没词了。

新帝起驾，各处都开始准备。长念看了看四周，问黄宁忠：“可曾看见北堂将军了？”

黄宁忠答：“方才似是要来请安，但不知被什么事耽误了，又没见了人。”

掐指一算，长念发现自己已经有十来天没见过北堂缪了，当下就道：“把将军请来一趟。”

“是。”黄宁忠应了就要走，哪知一转头便迎上叶将白，“国公？”

“黄统领先去休息。”叶将白道，“在下有事要与陛下商议。”

黄宁忠看向长念，长念皱眉沉默半晌，点了点头。她发现这人情绪不太好，原本面上的喜怒都是做给人看的，可眼下他是当真不高兴，一双狐眸乌黑乌黑的，带着山雨欲来的阴郁。

“谁惹着国公了？”

“烦忧之事甚多，还请陛下以大局为重，少做无关紧要之事。”他沉着脸盯着她，“西南募兵一事尚未落定，怀渠动乱也未平，哪有闲心与人说家常？”

“国公误会了。”长念道，“朕召北堂将军，就是想商议怀渠之事。”

“他不负责那一块，要议也是找梁将军。”

长念一顿：“那护城军总归他管。”

“护城军现下无大事。”叶将白睨着她，“陛下是非要见北堂将军一面？”

长念有点生气：“朕为何见不得他？是犯了哪条律法不成？”

面前这人一张脸绷得紧紧的，抿着的嘴角又泄出点委屈来：“没犯律法，陛下非要见，自然是能见的。”

他转头看向旁处，脸色有些苍白，被一身白衣一衬，更显出两分病气。

长念软了态度，瞅了他半晌，问：“国公是不是哪里不舒服，所以心情不佳？”

她不说还好，一说面前这人就咳嗽起来，喉结上下滑动，眼睑合上，长长的睫毛落在眼下轻颤，修长的身子在风里微微摇晃，像是山风再大些，他便要被卷走了。

“陛下不必管这些，去见北堂将军就是。”他道，“总不好让陛下思念成灾。”

长念哭笑不得地点头："那好，朕这便去。"

说罢，她往左边走，想绕过他。然而，她往左，面前这人便往左，她往右，面前这人也往右。

"国公。"长念气极反笑，"你这是做什么？"

叶将白抿唇道："没什么，陛下只管去。"

"你挡着朕，朕怎么去？"

他扭过头来，一双眼里水光盈盈，似怨似恼地望进她的眼里，闷声道："用刀砍了，自然就能去了。"

长念委实想不明白，道："叶将白，你在同我闹什么？过家家吗？叫人看见像什么话？有什么不能直说，偏要这样为难我？"

"旁人与你就是亲近，我与你就是为难？"

"那能一样吗？"长念皱眉，"旁人可没像你这般觊觎皇位。"

"上次救你的人是谁？"叶将白眯眼，"我若当真觊觎皇位，你还能站在这里？"

长念一愣，低头想了想，好像也是这个道理。

面前这人脸绷得紧，看起来怒气高炽，可嘴角往下撇着，怎么看都委屈巴巴的，伸手挡着嘴轻咳，一边咳一边碎碎念："谁都能得你两分怜惜，偏我不能，对梁永生他们你还知道做做表面功夫呢，唯独对我，冷漠又无情。就算是对手，也该生两分惺惺相惜，你倒好，油盐不进，一心只把我当仇人，我可曾这样对过你？"

长念听得干笑，心里有点发虚。可转念一想，这人又不是个善茬，从来不做亏本买卖，她总不能被人卖了还帮着数钱。

于是她道："国公身子不舒服，就去车上休息吧，这些事情，等身子好了再谈。"

"陛下还是要去见北堂缪？"叶将白寒声问。

长念没答，等于默认，叶将白顿时觉得火气直冲天灵盖："陛下那么喜欢他，怎么不把他召进后宫做男宠？总归律法我已经修过了，娈宠也入得厅堂后院！”

“你这是什么话？”长念也沉了脸，“兄长是北堂家的人，是在战场上保家卫国的英雄！”

“是啊，会打仗就是这么了不起，要劳陛下时刻惦记。”叶将白讥道，“怎么不见陛下多惦记惦记姚重夜抑或是黄统领，独独就对北堂将军上心？”

长念气得手发抖：“他是我兄长，我见他一面罢了，也要被你如此扭曲？照你这样说，我是不是该永生永世都不见他？也别惦记任何武将，不然就是想把人召进后宫？”

顿了一下，她又冷笑：“文臣也一样，总归都是男子，是不是？”

她是当真生气了，叶将白的脸色也很难看，他想说的不是这个意思，但她非要去见北堂缪，他就有些上火。

“你就不该坐这位置。”他道，“老实享受荣华富贵不好吗？”

“然后眼睁睁看着你夺去我赵家江山，用你的暴戾和杀戮去祸害天下百姓？”长念红了眼，“我不该坐这位置，你就该吗？叶将白，你真是我见过的最自私的人！”

骤然爆发的争吵把外头的随从统统吓退了十几步，远远地不敢靠近。

叶将白皱着眉，见面前这人被气得小脸通红，胸口剧烈起伏，连忙放软了语气，闷声道：“随口说说罢了，你这么着急做什么？”

长念哽咽，胸口一团气出不去，眼泪吧嗒吧嗒地往下掉。

叶将白这才真慌了，左右看了看，捏着袖子想去给她擦，长念飞快地躲开，通红的眼瞪着他，眼里满是怨气。

“我……”眼珠子一转，他闷哼一声，捂着心口急急呼吸两下，哑声道，“我有些难受。”

“与我何干？”长念漠然道，“整个朝野里最盼着你有个三长两短的人，也是我。”

面前这人痛苦地皱眉，嘴唇苍白，脸色也如纸，高大的身子一点点往地上倾斜，手指止不住地颤抖："陛下……也想我死吗？"

"想。"赵长念斜睨着他，"你死了，朕的皇位才坐得稳。"

叶将白苦笑，撑着的手骤然松开，整个人直直地往地上砸去。

急坠的感觉在半途戛然而止，叶将白抑制不住地扬起嘴角，又飞快地伸手盖了去。

赵长念半跪在地上，用膝盖撑着将他扶住，怒道："多大岁数了，还玩这种把戏？"

"在下……委实站不稳了。"叶将白很想继续装虚弱，但委实太高兴，笑意从语气里偷跑出去，拉都拉不回来。

长念沉着脸，一双眼里怒意粼粼，想松手让他摔下去，叶将白却反手抓住她，低声道："莫要生气了。"

"……"

"我都给你台阶下了，你就不能让我一步？"叶将白叹息。

这不是让不让的问题，分明是他无理取闹，还反过来怪她生气？长念神色复杂，看着叶将白的神态，火气是消了，心里的疑惑却下不去。

他究竟想做什么？

"陛下，车驾已经……"黄宁忠进来传话，一看里头的场面，话一顿，立马扭头往后转。

长念骤然收回手，任由叶将白摔到地上，然后站直身子拂了拂衣袍："朕知道了，走吧。"

叶将白闷哼一声，跟着撑着地起身，颇为无奈地看她一眼。

长念视若无睹，跟着黄宁忠往外走，走到车驾边时，她想了想，还是想解释："朕与国公方才……"

"陛下不必担心。"黄宁忠笑道，"卑职什么都没看见。"

"不是，方才是他……"

“陛下先上车。”

千万句话堵在喉咙里，长念抹了把脸，很是无奈地掀开车帘上了车。

车厢里有人，长念不意外，方才就说了要与疏芳同行，但她余光瞥见的不是疏芳的紫黄色常服，而是白色的衬甲长衫摆。

心里一动，长念抬头。

狭小的车厢里，北堂缪坐得端正，见她抬头，伸手比了个“噤声”的姿势。

长念缓缓坐下，听见外头叶将白翻身上马的动静，又听见黄宁忠朝他道：“国公，风大人似乎是有什么事，在后头找您。”

叶将白应了一声，马蹄顿了一下，便往后去了。

“兄长？”长念好奇地看着北堂缪。

北堂缪微微松了口气，朝她道：“陛下，方才微臣路过树林，不慎听见了国公与风大人的对话。”

“他们说什么了，能让兄长这么严肃？”长念微笑。

北堂缪笑不出来，他捏着佩剑，沉声道：“国公让位于陛下，似乎是另有所谋，并未放弃野心，也似乎已经达成所愿。”

卧榻之侧是不允他人酣睡的，尤其是帝王的卧榻，叶将白那样的人多留在朝中一日，她的危险就多一分。北堂缪觉得这是件很严肃的事，哪知说出来，眼前这人却笑了。

“朕一早就知道他有所谋，这也在情理之中。”长念道，“朕只能想法子励精图治，坐稳这皇位，却无法拿他如何。”

“臣只是担心陛下中他什么奸计。”北堂缪道，“还请陛下仔细思量，有没有什么把柄落在他手上？”

把柄？长念垂眸：“他知道我是女儿身算不算？”

北堂缪白了脸，英眸里满是惊慌。

长念低声道：“这是他一早就知道的，也是我到现在都没想明白的一个问题——他分明只要戳穿我，便能给我重击，但他为什么没有？”

一旦她的女儿身秘密暴露，这皇位她是无论如何都坐不稳的，虽说还有二皇兄在，但戳穿她对他有利无害，他却一直没走这一步。

北堂缪沉默，指节在剑柄上捏得发白。

他是男人，他知道答案，但这个答案他不想说。

“先别管他了，兄长，朕还有别的事想要你做。”长念回神，正色道，“怀渠动乱，朕觉得没那么简单，朕想让你去一趟，亲自去看看是怎么回事。”

“臣遵旨。”北堂缪拱手，又抬眼看她，轻声道，“陛下自从登基就分外操劳，还请保重身子。”

“没事，比起别人来说，朕锦衣玉食的，身子好着呢。”长念道，“倒是兄长，先前就听皇后说你伤得重，就算好些了，也要多小心着些。”

北堂缪颔首，看着她，想像以前那样伸手抱抱她，然而，瞥一眼她常服上绣着的暗色龙纹，他顿了一下，还是收回手：“是。”

长念与他寒暄，问过了北堂老将军的情况，又问了他最近的公务，便让他下了车。疏芳不知道去了哪里，她一个人坐在车里走神，忍不住想，叶将白如今还能用什么来算计她呢？

不知道是山风凉还是一路颠簸，长念回到宫里身子就有些不舒服，为了不让御医院大惊小怪，她自己喝了姜汤便睡了。

然而，接下来几日，长念都觉得打不起精神，而且越来越困，连在御书房里改着折子都能睡着。

“陛下？”沐疏芳唤醒她，担忧地道，“您这般疲惫，不如好生睡一觉。”

长念迷迷糊糊地放下折子，叹气道：“朕昨日已经睡了半日，今日起来依旧困倦。”

沐疏芳神色一紧，捏着她的手道：“该不会是……”

“什么？”

“被人下毒了？”沐疏芳紧张万分，连忙道，“快请御医院的人来看看。”

长念一把将她拉住，好笑地道：“想睡觉而已，算什么毒？要真是有人有机会给朕下毒，怎么也该下鹤顶红那种一口致命的才对。”

“那您这是怎么了？”沐疏芳心疼地抹开她额间碎发，“要不再去睡会儿？”

长念起身伸了个懒腰，扫一眼桌上的折子，闷声道：“让冯静贤进宫来帮帮忙，朕眼睛睁不开，左手写字本就丑，这下更是丑，干脆他来改，反正只有些琐事。”

“好。”沐疏芳扶着她去内室，替她更衣，让她好生躺着，掖着被角小声嘀咕，“当皇帝真是不容易。”

这一觉长念结结实实地睡到半夜子时，中途一次都没醒。睁眼的时候宫殿里灯光昏暗，红提正坐在她榻边打盹。

长念坐起身，感叹了一下自己这能和猪比的睡意，然后扫了一眼屏风上挂着的衣裳，突然觉得哪里不太对劲。

她身份的秘密太大，以至于所有私事都是她自己处理，其中最重要的就是每个月的月信，她弄脏裤子，总是会瞒着红提自己去洗。

可看着屏风上挂着的里衣，长念突然想起，她登基以来，似乎一次月信也没来过，上个月是太忙了忘记了，可这个月呢？按理说，日子也过了许久了，可半点动静也没有。

下意识地伸手摸了摸自己的肚子，长念突然有种不祥的预感。

早膳琳琅满桌，红提笑吟吟地布菜：“这些都是御厨新研究的菜式，这一道‘湖光山色’用的是快马送进宫的新鲜鲤鱼，陛下尝尝。”

御膳房处理过的鱼是没有腥味的，但不知为何，长念看着就想吐。

她强忍着不适，摇了摇头：“朕吃饱了，还有折子没看完呢。”

红提一惊：“陛下，您才吃了半口清粥。”

“够了。”长念起身，匆匆起驾去御书房，扶着书桌缓了许久的气才平息下呕吐的欲望，心里的不安越发浓厚。

“陛下。”叶将白像往常一样来到御书房，越过她拿起书桌上的折子和朱笔，瞥她一眼问，“陛下今日身子不适？”

长念心里担忧，看见他就更是烦闷，左手扯了他的朱笔道：“国公前些日子不是还称病不上朝？这会儿也不必来替朕看折子，回去休息吧。”

莫名的火气喷得叶将白一脸茫然，他盯着她看了一会儿，作势想去探她脉搏。

长念如同奓了毛的猫，飞快地收回自己的手腕，龇牙：“做什么？”

手僵在半空，叶将白眼神微动，收回手轻轻捋了捋袖口，沉吟半晌才轻声道：“请个御医来给陛下问脉吧。”

“不必。”

“在下听宫里人说，陛下都两个月没请过平安脉了。”叶将白深深地看着她。

其实他是不知道的，这样说完全是为了套话，谁知赵长念的反应极大，她怒目而视：“你监视朕？”

还真两个月没请脉了？叶将白心里一跳，手指慢慢收拢，深吸一口气道：“在下只是有些担心陛下。”

想起那日马车里北堂缪说的话，又想起很久以前自己醒来时身子不适，长念心里有了计较，只觉得一团火气在胸口冲撞，眼里慢慢充血：“都给朕退下！”

四周站着的太监一惊，头一回没听叶将白的话，齐刷刷地退出去关上了宫门。

叶将白有些不悦：“你气什么？”

“你是不是一早就开始算计我？”长念胸口起伏，怒声问。

“算计陛下什么？”叶将白皱眉。

赵长念伸手摸上自己的小腹，冷眼而视：“你是不是就盼着这里有个什么意外，好让我对你言听计从？”

她若真的怀了身子，那可比她女儿身的秘密泄露了还严重。她一个人倒是无所谓，可有了孩子，还不得任叶将白摆布？这人从那日与她饮桃花酿的时候起就没安好心，怪不得不揭穿她的秘密，怪不得看着她登基，他就等着她有身孕的这天，好彻彻底底地威胁她！

叶将白没回答她，只盯着她的小腹看，半晌才朝外头喊了一声：“宣风停云大人进宫。”

“是。”

“你敢！”长念伸手抓了他的衣襟，清秀的一张脸难得地狠戾起来。

叶将白伸手握住她的手，恼道：“陛下确认这里头有意外了？”

“……”

“那敢请御医来确认？”

“……”

望着她那张发白的脸，叶将白叹了口气，低声道：“等风停云来确认了，你再与我算账，如何？”

长念死死地抓着他的衣襟不放，气得直喘气，鼻翼不停地扇动。

“冷静些。”叶将白微怒，“你身子本就不好，万一真有意外，再这样怒极攻心，会出事的。”

“站着说话不腰疼！”长念眼里豆大的泪珠直往下滚，越滚越多，最后坐在龙椅上就哭。

叶将白傻眼了。

面前这人一身明黄色的龙袍，上头的五爪金龙威风而霸气，可她捏着龙袍的袖子擦眼泪，小脸皱成一团，粉嫩嫩的耳朵通红，哭的声音不大，但一直抽泣，看起来像是被他欺负惨了。

“陛下？”

长念不理他，兀自哽咽着。

叶将白软了语气，在她身侧半蹲下：“你别哭啊……”

御书房里的哭声时大时小，外头的太监多少有耳闻，一边感叹陛下真是太可怜了，要被权臣欺负，一边赶紧往外走去找风停云。

风停云跟着进宫的时候，就听老太监一路念叨：“大人也该劝劝国公，哪里能在御书房给陛下难堪呢？陛下毕竟年轻，不如国公稳重，真哭起来也不好收场。”

叶将白什么时候这么会欺负人了？风停云唏嘘地想，难不成是两人政见不同，他就把人骂哭了？

然而，一跨进御书房，他没有看见想象中的对峙画面。

三级台阶之上，一向孤傲的叶国公正蹲在龙椅边一声声地哄：“给你买糖人？民间的。要不让人进宫给你表演皮影戏也行。我府里还有新进的八角亭玉雕，也送给你，行不行？收收风，当心哭伤了。”

赵长念捏着手帕抽抽搭搭地哭个没完，眼睛都已经肿了。风停云愕然地看着，都忘记上前请安了。

“你过来。”叶将白看见他，如获大释，连忙将他拉去龙椅边，拿手帕盖了赵长念的手腕，递给他。

“出什么事了？”风停云好奇地问了一声，顺便把手指搭上去。

这一搭，他吓得打了个嗝。

长念恶狠狠地看着他。

“这……嗝。”风停云诊了好一会儿，才收回手，抚着自己的胸口顺气。

“怎么样？”叶将白望向他。

风停云张口欲言，就迎上长念那杀气十足的眼神，立马把话咽了回去，拱手拜了拜叶将白，又拜了拜长念。

看他这意思，长念哭得更伤心了。

叶将白一把将他拉开，皱眉问：“到底怎么样？”

风停云唏嘘地道：“赵家祖上积德啊，终于有个皇帝能自己生皇嗣了。”

叶将白：“……”

“先前还以为国公只是为了暂时安抚我等，没想到您是认真的。”风停云笑道，“这下好了，皆大欢喜。”

国公府下头不少人对现状不满，以林茂为首，时常折腾，但若吃下这颗定心丸，他们必定会兴奋无比，继而誓死效忠赵家皇室。叶将白呢，也因此能稳坐权臣高位，大家皆大欢喜。

只是……

风停云看了看赵长念，低声道：“别让陛下情绪太过激动，容易出意外。”

叶将白还沉浸在一种莫名的喜悦里，冷不防被风停云最后一句话打回了凡间。

“情绪太过激动是？”

“就是陛下现在这样。”风停云指了指。

叶将白愕然，立马回到龙椅边，伸手按住赵长念想扔折子的手。

“放开！”长念红着眼吼。

叶将白手指僵硬，深吸一口气，低声问：“想不想知道前日西宫进刺客是怎么回事？”

长念不哭了，睁着一双眼看着他，带了些恍然。

叶将白微恼：“不是我干的，但我知道是怎么回事。”

前日西宫进了刺客，到了西德门才被发现，宫中因此惊恐不已，西门四个统领被问罪，十个刺客一个被抓自尽，其余九个都顺利逃跑。黄宁忠说，由此可见宫中并不安全，需要彻查。但这一查就牵连甚广，如今长念还在头疼这件事。

叶将白有线索，那便可以省很多事了。长念抹了把眼泪，哑着嗓子道：“你说。”

余光瞥一眼下头站着的风停云，叶将白轻咳一声将他打发出宫，然后才提笔在空折子上写，边写边道：“这几个人我无法处置，毕竟站在我的立场上，他们并未做错。但他们为人实在偏激，也不听管教，时常煽动人心。陛下要处置，在下也不心疼。”

长念双眸发亮，看着他写下的名字，飞快地将折子合拢收起来，眼珠滴溜溜地转，像极了一只打主意的小老鼠。

叶将白又气又笑：“这会儿开心些没有？”

狠瞪他一眼，长念抱起折子就往外走。

“你去哪儿？”

“不要跟着朕。”

这没心没肺的白眼狼又要跟他闹脾气了，叶将白叹了口气，想跟上去，又顾忌风停云说的话，只得在原地站着，眼睁睁地看她离开。

第十三章 瘟疫

冯静贤和沐疏芳等人收到传召，齐齐去了养心殿，还以为陛下是要商量什么事，结果一进去就见她坐在主位上发呆，唇上没有血色，怀里抱着张折子。

“陛下？”沐疏芳很是担忧地过去探了探她的额头，“您还好吧？”

长念回神，摇了摇头，又看向后头的冯静贤：“朕有事要吩咐。”

她难得这么严肃，冯静贤也正经起来，拱手听着。

“怀渠之乱朕已经让北堂将军亲自去查了，昨日送了密函回来，说怀渠有武将心怀不轨，且担着三品武职，那洪宣和不过是个顶包的。他正在想法子不让事态扩散，可能会动杀戮，若是有请示来，你们只管让调兵动手。京都已经经不起动荡了。”

“二皇兄在太后宫里陪伴，你们也可以将些不重要的折子送去先让他批阅试试，但别让他在叶将白面前走动，以免被坑了去。”

“刑部废除极刑之事尚在商议，后续若还有人反对，你们都记得要坚持朕的主张，不要退让。国库空虚，税收加征江西一带，并且最好设立监督之职，上下清廉才好。”

冯静贤和沐疏芳越听越觉得不对劲：“陛下，您要出远门？”

长念笑着摇头：“以保万无一失罢了。”

“若陛下是担心刺客的问题，微臣已经监令刑部在查，相信不日就能找到幕后主使。”冯静贤道。

长念颔首，把怀里的折子递给他，道：“不用查了，这上头的人抓着审就是。”

冯静贤接过来看了看，陷入沉思。

长念扭头对沐疏芳道：“二皇兄有一子，其母早逝，你要是喜欢，我便跟二皇兄说说，让你抚养，如何？”

沐疏芳皱眉：“陛下，发生什么事了？您准备这些后路做什么？”

“别多想。”长念道，“未雨绸缪而已。”

眼下什么事也没有，叶将白也尚未亮出他的底牌，没有明言告诉她要她如何，若是一般的威胁，长念决定为了肚子里的孩子让他两步，可若是触及底线，长念就决定逃。

这些事必须提前都安排好，事到临头才不至于慌乱。叶将白最多也不过是要她禅位，她可以写遗旨立二哥的孩子，然后想法子跑。

一旦她不是皇帝，他也就不可能再威胁得到她。

将藏匿玉玺的地点告诉两人后，长念脸上终于有了笑意，她挥挥手让他们去休息，就躲去寝宫里翻东西了。

沐疏芳越想越不对，在回中宫的路上问了采红一句：“今日谁去见陛下了？”

采红答：“听人说只有国公大人。”

果然又是叶将白，沐疏芳气不打一处来，以前不觉得这人可恶，现在站在对立的立场上，怎么看都觉得他委实太过阴狠，与长念那般亲近都不愿意放过她。

“明日国公再进宫，你知会本宫一声。”

“是。”

长念的性子本来就软，饶是现在坐着龙椅强行刚硬了两分，但到底是个女儿家，叶将白真要欺负人，她压根说不过。沐疏芳决定去帮她一把。

于是，第二日辅国公刚去御书房，采红便去禀告了中宫，沐疏芳换了一身黑红宫装，气势十足地杀去了御书房。

她一推开门，就见叶将白飞快地站直身子，手里扔下个什么东西，眉目凌厉地看过来：“皇后娘娘请安也不用通禀的吗？”

沐疏芳狐疑地看着他，大步走过去问长念：“陛下可还安好？”

长念茫然地眨眼：“安好啊。”

沐疏芳左右看了看，想去捡叶将白扔在龙椅后头的东西，却被他拦住去路。

“做什么？”她横眉，“这可是御前，你要对本宫不敬？”

叶将白的脸色不太好看：“娘娘如今母仪天下，却还行事鲁莽，不合适。”

“本宫只是想看看那是什么。”沐疏芳道，“若是平常物件，你拦着本宫做什么？若不平常，那本宫就要看看国公是安的什么心了！”说罢推开他，走去龙椅之后。

一个何仙姑模样的糖人安静地躺在地上，五彩的仙裙被摔裂了，露出里头蜜色的糖来。

沐疏芳：“……”

叶将白冷着脸问：“看够了吗？”

沐疏芳的气势瞬间弱下去，她看看叶将白，再望望一脸平静的赵长念，像是意识到了什么，一个没忍住，“扑哧”笑出了声。

清脆的笑声回响在御书房，叶将白微微低头，眉目都隐在阴影里，手负在身后收紧，身子呈弓张的紧绷之态。

长念瞧见了，伸手拉了拉沐疏芳的裙摆。

沐疏芳笑得擦眼泪：“国公你别动怒，本宫只是随便笑笑，没别的意思。”

这话一点说服力也没有，说完她还笑得更欢，头上的凤钗步摇都跟着晃，当真是花枝乱颤。

叶将白作势要上前，长念连忙拦住他，推了沐疏芳一把，道：“皇后先去给太后请个安，朕最近忙，没法去尽孝，只能你替朕花心思。”

“臣妾领旨。”沐疏芳擦了擦笑出来的眼泪，看一眼恼羞成怒的辅国公，提起裙子就跑。

御书房里安静下来，叶将白抿着唇一言不发。长念倒是回头看了看，将龙椅后的糖人捡了起来，道：“手艺真好，可惜不能吃了。”

叶将白闷声道：“陛下若是想吃，过两日在下再带进宫来。”

歪着脑袋看了看他，长念笑着点头：“好。”

见她笑了，叶将白脸色稍有缓和，将她按在龙椅上坐下，开始给她念折子。

长念听着，心想也不知道是不是因着身孕的原因，叶将白好像待她更加温柔了，到目前为止也没要求她做什么事，这倒是好，给了她更多准备的时间。

风停云来诊的脉，长念没指望这消息只会有三个人知道，但她也明白这是叶将白的筹码，所以这些人一定不会公之于众，只是，令她没想到的是，这个肚子好像带来了不小的福气。

“折子上的人已经悉数关进了大牢。”午膳之后，冯静贤来禀告，“微臣觉得有些奇怪。”

“何处奇怪？”

“折子上那些人……大多与国公府有关系，最近的一个是李统领，乃林茂之徒，关系亲密，平时林统领对他也多有提拔。但这次入狱，林统领一方未作任何阻拦。”

长念一顿，又继续往前走：“林统领深明大义，这也算奇怪吗？”

冯静贤摇头：“若他当真是深明大义之人，此事也就平常，可陛下，之前的时候，林茂可是连国公的话都不听的，屡次有犯上之意，刑部已经参了他很多本。微臣去捉拿李统领的时候已经做好他要来阻拦的准备，可李统领躲去林茂府上，竟然都直接被抓了出来。”

长念咋舌：“在他府上都没护着？”

“是，林统领连面都没出。”

长念想了想：“他最近去过国公府吗？”

“没有，林统领除了宫中和自己府上，别的哪里也没去。”

长念沉默，抚着小腹想了想，带着冯静贤往崇阳门走。

林茂正在巡宫，冷不防有人传话：“大统领，陛下宣您觐见。”

林茂神色复杂地应下，转头往养心殿的方向走，一路上神思飘忽，好几次差点踢着门槛摔下去。

到了崇阳门附近，侍卫拦着他说要在外头等等，林茂就在候宣亭里站着，左右走动之时，便见引路太监带着叶将白过来了。

林茂避着叶将白久矣，先前是气他不思进取，但昨日听过风停云一席话，林茂现在心情分外复杂。

国公有太多他想象不到的厉害之处，也知晓太多的秘密，他是鼠目寸光，不知大局，竟还反过来埋怨国公。如今再见，他实在觉得没什么脸面。

“卑职……拜见国公。”

叶将白抬眼瞧见他，颇为意外，但一想风停云说去见过这人了，也就顺着颔首：“统领不必多礼。”

“国公还是唤卑职的名姓吧。”林茂别扭地道，“那样卑职好受些。”

叶将白淡笑：“不敢。”

林茂脸色一变，“砰”的一声朝他跪了下去，声音之响，吓得叶将白眉梢都跳了跳：“统领这是做什么？”

“卑职愧对国公！”林茂红着眼给他磕了个头，“国公一路提拔卑职，卑职却走了邪路，妄自批判国公，以怨报德，实在……”

“统领有自己的想法，算不上什么罪过。”叶将白道，“道同则行，道不同不相为谋，没什么好愧疚的。”

“不，卑职从未与国公背道而驰，只是实在气不过。”林茂闷头道，“国公雄才伟略，又大局在握，白将皇位让人，卑职实在觉得可惜，故而……”

“我现在也并未坐上皇位，统领怎么就原谅我了？”叶将白淡笑。

林茂脸羞红，咬牙道：“是卑职浅陋，不懂国公之谋划，妄下定论。如今……如今卑职知道了，卑职再不妄动，一切听国公差遣。”

能让皇位上坐着的人怀上自己的孩子，这等本事天下几个人有？林茂觉得现在国公坐不坐皇位都一样了，不费一兵一卒而夺得自己想要的东西，这才是最大的本事。而他，效忠于当今陛下，也等同效忠国公。

叶将白深深地看他一眼，也不多说，只道：“在其位谋其事，统领做好该做的便是，其余的，不必多说。”

“是，卑职明白。”林茂偷看他一眼，搓着衣角道，“那国公……”

“在下还有事要面圣。”

“哎……好，国公慢走。”知道他向来不太容易原谅背叛自己的人，林茂低头行礼，目送他离开，心里愧疚更甚。

冯静贤的脸色很难看，他扶了一把站了许久的长念，两人从候宣亭背后的围墙外离开，径直回了御书房。

“陛下。”路上冯静贤轻声道，“微臣想不明白，国公是用了什么手段，才能让林统领有如此转变？”

长念神色平和地道：“朕心里清楚，你放心，没什么大事。”

“可是……”

“你先去处置李统领那些人。”长念摆手，“其余的，都有朕在。”

冯静贤欲言又止，终于还是叹了口气，拱手应下。

叶将白在御书房站了一会儿才看见长念进来，扫一眼她穿得单薄的衣裳，皱眉问：“去哪儿了？”

“去御花园散了会儿步。”长念若无其事地坐下。

叶将白看了红提一眼，冷声道：“已经是深秋，该穿多少衣裳，陛下心里没数，身边的人还不知道吗？”

红提吓了一跳，捏着手低头后退两步。长念上前挡着，道：“外头又没多冷，国公凶朕的大宫女做什么？”

“宫女就该做宫女应做之事。”叶将白没好气地扫她一眼，“若是无能，换人上来最好。”

长念皱眉瞪他，叶将白抿唇，转头道：“不知陛下今日传召在下，所为何事？”

“怀渠已经封镇，北堂将军传回折子请示，欲灭镇中两万不愿臣服之贼。”长念神色严肃，“朕一向爱惜人命，不愿大肆屠戮，但怀渠之兵宁可卸甲归为贼寇，也要扰我京都安宁。是以朕思索两日，决定允北堂将军所奏。”

叶将白挑眉：“这种事，陛下竟告诉在下？”

大肆屠戮之事一向隐蔽行之，以免动摇民心。叛贼当诛，但毕竟是两万余人，尸骨成山血流成河，不是件光彩事。

长念笑了笑，道：“因为想借国公的义乌之兵用用。”

叶将白一顿，低咒了一声。

这小崽子的算盘是越打越精了，虽说义乌离怀渠最近，方便支援，但借他的兵，便是要他来共担这杀戮，一根绳上绑着，谁也跑不掉，怪不得愿意告诉他呢。

“我要是不借呢？”叶将白问。

长念叹了口气：“朕也不能强要国公借兵，只能动之以情晓之以理。国公也是大恭之人，覆巢之下，焉有完卵？此乱一平，我大恭才能真正回到战前的太平。眼下朕兵力不足，刚收复的武亲王麾下之兵也不敢妄用，只能求助于国公……”

“在下没有必须要帮陛下的理由。”叶将白看着她道，“此事对在下和在下的人都是有害无利。”

长念心里也清楚这兵不好借，她叹息一声，坐回龙椅上耷拉了脑袋，开始想别的对策。

“午膳可用过了？”叶将白斜眼看向红提。

红提惊恐地摇头，又慌忙点头。

“到底是用过还是没用过？”

“回国公……殿下近日胃口不好，膳食都是一口即止。”

叶将白心里一沉，上前捏了长念的手腕，冰凉不说，还纤细了不少，抬起她下巴瞧瞧，一张小脸也没什么血色。

“让御膳房去炖汤。”他微怒，“要鲜鸡汤，用老母鸡炖，放点补血的药材。”

长念皱眉：“听着就难喝。”

“难喝也得喝！”叶将白道，“陛下现在的脸色，和墙上那水墨画有得一拼。”

“国公干涉国事就算了，连朕吃什么也要管？”长念瞪眼，“你干脆现在就带兵把朕这皇宫打了，行不行？”

见她的脸色又沉下去了，叶将白深吸一口气，硬生生忍了怒意，放轻语气道：“皇宫在下没兴趣打，和陛下做个交易可好？”

长念气鼓鼓地看着他，示意他说。

叶将白道：“陛下每日进膳，由在下陪同，若陛下按照在下的安排进食，义乌之兵，借陛下一用也无妨。”

长念的眼眸“噌”地亮了起来，嘴角直往耳朵边咧：“国公说话算话？”

“算。”叶将白没好气地翻了个白眼，“但兵力调度是大事，可以借给陛下的至多四个营。”

“一言为定！”长念欣喜地拍手，扭头就朝红提道，“快去吩咐御膳房，按照国公说的炖汤来。”

“……是。”

红提战战兢兢地退出御书房，一路提着裙子小跑，心里余悸还未消。

这辅国公，谁都知道不好说话，精于算计，眼下是吃错什么药了，对陛下这么……她说不上来是怎么，毕竟国公看着还是凶巴巴的，但做的是好事，她想不明白这其中有多少门道，但能让陛下吃东西，那就是好的。

红提觉得，国公可能是看陛下太瘦弱了，一时心软。

可没想到接下来还有更心软的。

前皇后获罪关在宗人府，其娘家在朝任职者，三天两头上奏要陛下宽厚，放过前皇后，以平人心，陛下置之未理。红提很明白陛下的心情，前皇后害死秦妃，陛下没处死她已算仁慈，谈何放过呢。

但朝中那些人不觉得陛下仁慈，只觉得陛下不孝，阴阳怪气的折子不少，更有在朝上给陛下念《孝悌》的。

陛下没什么反应，但右手下方第一个站着的叶将白出列，一脚踹在那人膝盖窝，叫他跪了下去，然后问："'忠孝'二字，何在前？"

"自然是……忠。"

"那大人岂敢不忠，在朝堂之上说这等逆臣之语？"

"国公，下官不过是给陛下进言孝悌，如何是逆臣？"那人愤恨地道，"陛下不孝，还不允人说？若是忠言逆耳，那臣愿以死为谏！"说着，作势就要往柱子上撞。

群臣唏嘘，有大步跟上去想拦的，叶将白也跟了上去。

那人看见叶将白跟来，心里正暗喜，却不想下一瞬后襟就被叶将白抓住，一股力道使来，他猛地撞在朱红的大石柱上，头痛欲裂。

"陛下生母为秦妃，生父为先帝，皇后不过是母后，论孝义，陛下为太后修佛堂是孝，为秦妃追封是孝，为先帝追回棺椁是孝。而前皇后，教子无方让大皇子弑君谋位，更是开城门迎敌军，毁大恭百年太平！这样的人，陛下没以极刑处死已经是孝，大人还企图让前皇后重归皇宫？"

群臣一惊，被他抓着的大臣更是惊慌不已："国……国公松手！"

叶将白哪里肯松，抓着他往那柱子上一下又一下地撞："大人要死谏，在下觉得无妨，若还有什么话没说完，下黄泉去给在下托梦也行。"

他下手极重，只两三下，那人就已经头破血流。

看呆了的众臣回神后纷纷去拉，硬生生将叶将白与那人隔开，七嘴八舌地劝道："国公息怒，息怒啊。"

长念坐在龙椅上，看着那满脸是血的大臣对叶将白怒目而视，微微抿唇。

大皇子一派其实早该清算，是她心软，才将这些人留在朝中，想给他们一个机会，不承想……

如今叶将白已经给了她台阶，那她也就顺着下了吧。

“传朕旨意，追责大皇子一派叛国之罪，株连嫡系之外亲属以及前皇后，具体罪名，刑部择日上报于朕。”

长念捏着龙头扶手，望着抬头看她的叶将白，微微一笑：“有罪之人，绝不姑息。”

朝臣们后知后觉地发现，辅国公竟和新帝一起唱了出大戏。原本一直未被定罪的前皇后和大皇子余党，在这出戏里统统下了狱。

很多人想破脑袋也没想明白，国公怎么会帮着陛下呢？按理说他不是应该与陛下作对吗？这人连臣都不称，如何还做臣事呢？

难不成，他和陛下背后做了什么交易？

这样的疑惑一直持续到怀渠爆发大战，叛贼负隅顽抗，北堂将军带人杀穿了怀渠镇，有人提议让北堂将军先回京的时候。

“此一役死伤无数，尸骨尚未安置妥当，怎好就让将军回来？”叶将白淡声道，“将怀渠清理妥当了再说吧。”

“可是……”冯静贤皱眉，“陛下之意，此非将军之任，将军是可以早些回朝的。”

叶将白看他一眼，不应，就连陛下发下来的手谕也给拦了，说怀渠形势不稳，不宜撤兵。

于是众人发现，国公也并未对陛下言听计从，他好像只在某些特定的事情上会有反常的举动。

“红提姑姑，您说呢？”

一群宫人躲着议论国公，七嘴八舌地猜他的心思，有机灵的小宫女直接扭头看向红提，笑道："姑姑常在陛下身边，应该知道得最多，提前给咱们立个话，往后咱们也就不怕哪里做错了惹着国公。"

"是啊，姑姑帮帮忙。"小太监苦着脸道，"奴才有时候当真不知道错在哪儿了，就被国公瞪，那么俊的人，瞪起人来可吓死奴才了，一宿都没睡好觉。"

"你上回做什么了？"红提问。

小太监挠头："也没做什么呀，按着时辰推门进去添茶，当时陛下和国公就在外殿里坐着。"

"门全推开了？"

"姑姑明察，奴才是按着规矩只推开一半，但外头秋风实在大，跟着冲门，奴才费了好大的劲才拉住了门扇。"

红提失笑："那就不怪了，陛下身子不好，受不得风，你带风进殿，国公瞪你也是应当。"

小太监愣然，小声叨咕："怎么比御医管得还严呢？"

"谁说不是呢。"红提唏嘘地抬头望着远处的落日余晖。

旁人都不知道国公的喜怒从何而来，但她是看得真切的。陛下的饮食起居，但凡有差错，国公要瞪人；朝中但凡有人惹陛下不高兴，回去脸色沉上半晌，国公就要动手收拾人。

照这样来看，国公应该是心疼陛下才对。可……当真心疼陛下，他为何还不称臣呢？

红提想不明白，也觉得这种事不是她该想的，时候不早了，还是快些去寝宫将被子熏暖，万一国公一时兴起去一趟养心殿，见事没做好，又得瞪她了。

长念觉得最近的日子过得十分舒坦，吃好睡好，虽然经常会反胃呕吐，但在御厨变着法子的膳食花样之下，她身子养得还不错。

叶将白也很让她省心，不但把琐碎事一手包揽，还天天给她带民间的小点心。她最近爱上了酸角糕，这人也不知道去哪里寻的，每天就带进宫来一小块，馋得她时常伸着脖子等他进宫。

不过，这天临睡前，长念终于想起问："最近北堂将军怎么没进宫来请安？"

红提支支吾吾地道："许是还在忙别的事。"

北堂将军压根没回京，距离上一次送请安折子已经过去了半个月，消息都被国公拦下了，不让惊扰陛下，众人都想着反正没什么大事，也就从了他。

长念按了按心口，总觉得有些不安，低声道："明日宣将军进宫一趟。"

"……是。"

怀渠的战役打了半个月，以叛贼完败告终，武亲王麾下最后一支叛乱的兵力就此归于尘土。北堂缪带人清理尸骨，每天都有成车的尸体被运到镇外，其中不乏被误伤的平民百姓。

怪不得她不喜欢打仗呢，北堂缪看着地上还未散去的淡红色，闷头想，伤敌一千自损八百，这流的都是大恭人的血。

"将军。"旁边有捆着面巾的士兵上来跪下，拱手道，"镇中医馆出现数十人寒战高热，大夫怀疑是瘟疫，还请将军先往义乌撤退。"

瘟疫在大恭一向是令人闻之色变的词，北堂缪心里沉了沉，扫了扫四周。

尸骨累积，老鼠横行啃食，确实有些不妙。

"暂时封锁怀渠，让大夫确诊。"

"是。"

长念做了噩梦，醒来时小脸苍白，侧头就问："红提，北堂将军进宫了吗？"

一只手从旁边伸来，捏着帕子给她擦了擦额上的冷汗，曼声道："陛下对将军当真是记挂。"

长念微怔，侧头，就见叶将白皮笑肉不笑地看着她。

"国公。"她深吸一口气，"朕做错了何事，需要你守在朕床边，叫朕睁眼便看见你？"

叶将白额上青筋跳了跳，眯眼道："看见在下，陛下很难受？"

"非常难受。"长念皱眉下床，穿上红提拎着的外袍，"你是不是又拦下了北堂将军进宫请安的折子？"

"没有。"

长念直勾勾地盯着他。

半晌，叶将白垂眸："陛下想见他，过两日吧。"

"为什么？"长念皱眉，"自他去怀渠，朕已经一个多月没见着他了。"

"怀渠出事了。"

"什么？"长念一惊，伸手就抓住他的衣襟，"出什么事了？北堂将军呢？回朝了吗？"

叶将白伸手覆住她的手，觉得冰凉，皱眉接过红提递来的披风，低声道："疫情而已，是战后常事。之前京都大战，怀渠和义乌那边就埋了不少人，眼下更添尸骨，又连日放晴……怀渠已经封锁，北堂将军去了义乌，待就诊后确定身子无恙，便回京来。"

长念眼眶发红，拽着他道："朕方才做噩梦，梦见他在前头跑，朕怎么追也追不上……朕很担心他。"

"将军那样壮实，能有什么事？"叶将白弹了弹她的额头，"明日就抵达京都了也不一定，陛下且安心吧。"

长念沉默，眉心皱着未曾解开。

怀渠的疫情蔓延得很快，最先发现不过十几个人，短短五日，感染疫情的人就多了五十个，御医院就此开了药方，呈到了赵长念面前。

“御医院各位御医都有经验，当年瘟疫肆虐京都，也是刘御医和赵御医立下头功。这次怀渠的疫情虽然严重，但……”

“吴御医。”长念听不下去了，打断他的话，“朕只想知道，有谁能前去怀渠坐镇？”

众位御医面面相觑。

怀渠死尸极多，老鼠横行，怎么看都不是个好去处，称为死人窟也不过分。若是像之前京都那样的小疫情，大家还都会抢着去立功，但……命到底还是最重要的。

大殿里安静下来，长念等了许久也没有等到一个御医开口，颔首道：“各位都是我大恭的栋梁，医术精湛，上有老母下有妻儿，去做这么危险的事，实在是为难各位了。”

闻言，众人都松了一口气，正想拱手说点场面话，就见陛下的脸色陡然一沉：“既然如此，都好生回去休息吧，年纪大了需要告老还乡的，早些来给朕递折子。”

“陛……陛下……”

“都退下吧。”长念摆手，小脸铁青。

御医们噤声，纷纷往外退。

叶将白斜眼瞥着她的脸色，轻哼道：“意料之中的事，这么动怒做什么？”

“朕只是觉得寒心。”长念抿唇，“都说医者仁心，宫里的大夫是整个大恭最好的医者，可竟没一人肯站出来。光给方子有什么用？他们连病人都没看一眼。”

“这也怪不得他们。”叶将白道，“能活着，谁愿意死呢？”

“是啊，能活着，谁愿意死。”长念捏拳，“可怀渠的人就想死吗？叛贼当诛，百姓何辜？如今只有大夫才有法子救人，可他们没一个愿意去，难道要将怀渠封起来，让里头的人统统等死？”

叶将白不以为然：“陛下认识怀渠那些人？”

“不认识。”

“那他们是数量极多，足以动摇国之根本？”

“……也没有。”

“那陛下在急什么？”叶将白轻笑，“上位者向来是看惯了牺牲的，您的眼光也该放宽些，想一想如何处置才能让疫情不扩散、安定民心，而不是纠结那么几百人的生死。”

长念愣怔地抬头看他：“为君者，不是当以民为子？”

“那是《帝王策》里哄人的话。”叶将白道，“自古帝王，有几个能把素不相识的百姓当自己亲生儿子？少收赋税已经是爱民如子，还真要全心全意去对他们不成？天下这么多人，您真要养这么多儿子，养得过来？”

“……”

“您好生养着身子吧。”叶将白缓和了语气，“此事只需交给巡察使，再拨些粮款安定民心。只要疫情不再扩散便好，其余的，您只是帝王，不是神仙，管不过来。”

长念沉默，目之尽处是怀渠送上来的折子，管辖怀渠的长史是个仁善之人，所书字字血泪皆为百姓，怀渠全镇封锁，即便是未曾染疾的百姓，也不得离开，镇内暴乱，官兵镇压，他称为“人吃人”，请求京都调度大夫，好歹能救下些人。

可现在叶将白说，这不是她能管的。

那她该管什么呢？管兵权，管文武百官，每天锦衣玉食地上下朝，然后就在御花园里遛鸟？

长念觉得，这样的皇帝，谁都能当。

“把这个喝了。”

太监送了补品来，叶将白单手接过递给她。

长念斜眼：“国公是对红提有什么看法吗？”

“此话怎讲？”

“自从国公在朕身侧，红提已经几日未曾做事了。”她接过补品喝了一口，弯眼笑道，“再过几日，怕是要下放到洗衣房嗑瓜子了。”

叶将白眉梢微挑，横她一眼：“得了便宜还卖乖？”

“朕也只不过是觉得国公辛苦。”长念道，“每日做这么多的事，还要来看着朕进食进补。”

叶将白冷哼：“碰巧在这里站着罢了，也不是专程来顶替红提的。”

“那这几日就少来些，好生休息。”长念道。

叶将白狐眸半眯，不悦地看着她：“你倒是还嫌我？”

长念笑眯眯地没接话。

叶将白这叫一个气啊，他挤出时间来陪她，没想到她还不乐意。

“那我明日就不来了。”他沉着脸道，“正好也不想来。”

秋高气爽的天气，文武百官却发现辅国公像是上了火，在朝堂上脸色难看不说，说话也冲。新帝同往常一样问政，他上来就怼，冯静贤帮着新帝说话，他就转头与冯静贤理论，整个朝堂上硝烟弥漫，旁人战战兢兢地不敢插嘴。

“启禀陛下。”眼看着朝会要结束了，有人还是壮着胆子出来道，“怀渠一方，北堂将军带兵撤退至义乌，留守的官兵人心不稳，近来已经发生五起逃兵事件。怀渠离京都太近，兹事体大，还请陛下定夺。”

长念一听，前倾了身子：“疫情又严重了？”

叶将白回头看了说话的人一眼，那人一抖，斟酌再三道：“若是封锁得当，应是不会扩散，就怕现在官兵遁逃，百姓跟着冲出怀渠，那难免将疫情带至别处。”

“巡卫营增派两个营，午时之后便出发。”长念道，“再召集些大夫，一并带过去。”

“陛下，民间大夫德高望重者寥寥，还是应派御医院之人，才能坐镇。”

长念沉默，手里摩挲着玉铃，半晌才道：“爱卿言之有理。”

可谁愿意去呢？

“御医院的刘御医，多年前就控制过京都的疫情。”叶将白淡声道，“就请他老人家走一趟吧。”

长念看他一眼，心想这是赶鸭子上架啊，他在朝堂上这么说，是想替她担了强人所难的名头，可……

思前想后，长念叹了口气，道：“就如国公所说。”

她没别的选择，若是不指派一个人，光民间的大夫聚在一起，谁也做不得主担不了责。行方下药，还是得御医院的人来。

下朝之后，长念想起那群御医不情不愿的模样，微微抿唇，低声吩咐红提：“等下你随朕去一趟御医院。”

“是。”

朝上的消息在宫里传得飞快，长念蹑手蹑脚地走到御医院的时候，里头的人都已经收到了消息，全围在了主药房。

刘御医坐在上座的太师椅上，四周同僚将他围了个水泄不通，他声音亮堂，穿过层层人群，还能清晰地落在长念耳朵里。

“君要臣死，臣不得不死，又有什么好说的呢？只是老夫实在有些惋惜，几十年的呕心沥血，也尚未将《驻经论》编纂完成。圣旨一下，此书怕是要靠在座各位了。”

“刘大人实在是时运不济。”年轻些的声音连忙奉承，“谁知道突然就点到您了呢？陛下对御医院向来不了解，但凡知道些，也断不会点着您！”

刘御医笑着叹息：“不点着我，也总要点着别人。”

有人愤然道：“咱们在座的，哪个不是行医数十载，功德无量？

一句话就要丢命，往后这御医院谁敢进来？要我说，陛下若真觉得去怀渠轻松，那他自己去啊。”

“方大人慎言！”

主药房里一阵唏嘘，似是有人七手八脚地捂住了说话人的嘴。

红提听得愤然，小声道：“陛下，这些话说出来是可以让他们掉脑袋的！他们不愿意去救难民，那干脆送他们上刑场。”

长念摇头，拉过她就往外走。

“陛下，您就是太宽厚，他们才敢如此放肆！”红提恼道，“国公指的人，他们也这样编派您，分明是觉得您好欺负！”

“他们也没说错。”长念走在宫道上，淡笑道，“都是救过无数命的人，没道理为朕一句话就去送死。”

“可他们是御医啊！御医不就是该救人的？”

“御医是该救人，但谁也不能逼他们用命去换命。”长念道，“人之常情，今日若有人肯站出来，朕必嘉奖厚赏。他们不站出来，通通后退，朕也不会怪罪。”

红提皱眉，她觉得陛下当真是太仁慈了，甚至忍不住想，要是国公在此，会如何呢？

巡卫营去往怀渠的一营出现大量逃兵，紧接着前往怀渠的送粮队和送药队都出现了溃逃之象。

怀渠的疫情越来越严重，每天都有尸体被扔去乱葬岗，封锁的范围越来越大，百姓暴动越来越厉害，群臣忧心忡忡，但少有敢在新帝面前提起的。

原因没别的，国公不让。

用叶将白的话来说，这等每隔几年就会发生的小事，经验丰富的各位大人要是都解决不了，那留着有什么用？陛下日理万机，很忙，没空，别去烦她。

于是，当长念问起怀渠之事，冯静贤只能道："没什么要紧的了。"

长念轻笑："连你也这么说。"

"陛下……"

"最近朕的御书房里，少了很多折子。"长念歪着脑袋问，"你知道去哪里了吗？"

国公与他商议过，觉得没有必要再让陛下为怀渠的事费神，故而有关怀渠的折子都被筛掉了。

冯静贤觉得心虚，若没有陛下，他坐不上今日这位置，可这事，他觉得国公没错，对待特殊之事，手段是该狠辣些。

"爱卿原来也不知道，那便罢了。"长念皮笑肉不笑，起身道，"朕在你们眼里，总归只是个十几岁的孩子，该好生护着，教朕学着做帝王该做的便宜事，觉得朕做不好的，干脆就不让朕知道。"

冯静贤"砰"地就跪了下去。

长念笑道："跪什么，跪这身龙袍？朕脱下来放在龙椅上，你们跪个够可好？"

"陛下息怒！"

"朕不怒。"长念咧嘴，"朕感谢你们替朕分忧呢。"

冯静贤："……"

叶将白在国公府里望着萧萧落叶，安静地听着人禀告。

"陛下不知为何朝冯大人发了火，但听闻午膳用得尚好，只是锁在御书房里不肯见人。"

叶将白微微一哂，道："她那人，就是爱钻牛角尖。"

怀渠形势严峻，但轮不着她来亲自操心，如今朝中臣心渐渐安定，她要做的就是继续笼络人心，将他麾下尚有反骨之人一一掰正，如此，皇位才能坐得稳。

风停云和林茂都觉得他是在用孩子控制赵长念，只有叶将白自己心里清楚，他是把自己的势力双手捧着给她，偏生她还怀着戒心，不肯好好收。

真是令人操碎了心。

“继续盯着，一旦陛下膳食用不好，便来回禀。”

良策欲言又止，他觉得自家主子管人家吃饭实在是太……可主子执着于此，丝毫不觉得自己比内务府大总管还体贴。

“是。”

过了两日，叶将白上朝的时候往龙椅上看了看，发现赵长念脸色不错，心情似是也还好。她嘴角带着笑意，哪怕下头那不知死活的巡察使正在禀呈怀渠的消息，也面不改色。

长大了啊！叶将白突然有一种老怀安慰之感。

然而下朝之后，他被拦在了御书房外。

“陛下批阅奏折，传令任何人不得进去。”红提颤颤巍巍地拦在他面前，“陛下还说了，进去一个人，晚膳就少吃一碗饭。”

叶将白：“……”

这种明摆着是威胁他一个人的话，听得他简直怒火中烧：“她觉得这么说我就不会进去了？”

红提咽了口唾沫，抖得更厉害了。

叶将白脸色阴沉，重重地哼了一声，往前走半步，转了个圈，踩着脚下青砖就往外走。

红提被吓得面无人色，好半晌才缓过神来。

“阿弥陀佛。”她喃喃念着，看了一眼身后紧闭的大门。

御书房里空荡荡的，一个人也没有。

第十四章 微服

刘御医奉旨离京，家里人哭天抢地，一边收拾行李一边道："老爷，实在不行您就跑吧，那地方听说天天都在死人，老鼠吃死人养得溜圆！前些天去的几位大人不是都寻由头跑了吗？您也多为自己想想。"

"妇人之见。"刘御医摇头，"我跑了，你们会被株连，都老实待着，等我回来。"

"可是老爷……"

"行了。"刘御医抱起自己的小女儿亲了亲，眼眶微红，一咬牙，转身出了门。

怀渠断粮断药，已经是无人能管的地狱，他这一去，怕是回不来了。

刘御医长叹一口气，掀开了停在府外的马车的车帘。

长念坐在车里，朝他笑了笑，露出一排洁白的牙。

刘御医怀疑自己是太担心了以至于出现了幻觉，陛下怎么会跟只耗子似的缩在他的小车厢里呢？

刘御医一把将车帘甩下，笑着摇摇头，然后深吸一口气，重新将车帘一掀——

赵长念依旧笑得跟只耗子似的，贼眉鼠眼地朝他招手，小声道："大人上来说话。"

刘御医握着车帘的手颤抖了："陛……陛……"

长念一把将他拽上了车。

因着怀渠的特殊情况，派遣前往的人都有御林军"护送"，以免再出现遁逃情况。眼下车外守着层层护卫，刘御医坐在车厢里冷汗直流，旁边这人倒是轻松，哼着小曲问他："咱们过去，该做点什么来保命呀？"

刘御医一个趔趄就往前跪了下去，抖着胡子道："陛下，老臣受任前往怀渠，绝无半点不愿，此去是为社稷造福，救助百姓，是老臣的福气！"

长念欣慰地点头："大人能这样想，朕就放心多了。"

刘御医长松一口气，正想接着表决心，就听得长念接着道："不然朕此去怀渠，还真有些害怕。"

刘御医愕然抬头："陛下？！"

"朕从小在宫里长大，没见识过民间疾苦。"长念笑眯眯地道，"这大好的机会，朕可要去好生看看。"

"陛下！"刘御医的脸色都变了，"万万不可啊！这可当不得儿戏，怀渠已经是个死人窟，进去凶多吉少，臣等微不足道，您可不能冒险啊！"

长念不笑了，歪着脑袋问他："你们死得，朕死不得？"

这不废话吗？新帝要是死了，尤其还死在怀渠，那不仅他得死，他全家上下一个也跑不掉。

“刘大人宽心。”长念看着他道，“朕出宫时留了手谕，此去生死自负，不会牵连任何人。”

刘御医绝望地抬头：“陛下的手谕，是留给谁的？”

长念想了想：“朕放在御书房的书案上，第一个看见的，应该是国公吧。”

刘御医心里猛地一梗，白眼一翻，往马车里一倒，重重地抽搐了两下，没动静了。

长念：“……”

刘御医觉得自己做了个噩梦，梦里新帝跟着他一起去了怀渠，怀渠尸横遍野，新帝刚去就被百姓撕着吃了。他逃回京都，就看见自己家里百十来口人的头全挂在城门上，罪名是杀害新帝。

“老臣没有！”刘御医惊醒坐起，手往前伸，碰着个东西，整个人才清醒过来。

原来是梦。他欣喜地叹了口气，捂着心口拍了拍。

“刘御医醒了？”旁边响起个温柔的声音，“先将药喝了吧。”

“多谢。”他接过药含了一口，顺便抬头看了一下递药的人。

赵长念朝他笑了笑，欣慰地道：“你可算是醒了，外头怀渠的大夫们都在等着呢，你要是不醒，朕就要替你开方子了。”

一口气冲上来，刘御医“噗”地把药喷了出去，溅了长念半身。

“老臣该死！”他骨碌碌滚下床，连忙磕头，“请陛下恕罪！”

长念一把将他拎了起来，对上他茫然的双眼，严肃地道：“咱们现在没工夫耽误了，你赶紧开个初方拿去给怀渠长史，咱们才能在天黑之前过怀渠封锁线。”

刘御医瞪眼：“咱们？”

“对，要是天黑之前没能进去，那可就完蛋啦。”长念咧嘴，

“国公派来抓咱们的人，肯定已经在路上了。”

宫里早有传言，说辅国公关心陛下得很，饮食起居不妥当都要发怒，宫里内侍没几个不挨骂的。

而眼下，陛下正穿着单薄的衣裳，跟他一起杵在怀渠镇外的歇脚阁楼。

刘御医很想再晕过去一次。

他这是造了什么孽啊！

“陛……陛下。”

“说。”

“您要不去义乌等着吧。”刘御医老泪纵横，“老臣不跑，绝对不跑，一定好好在怀渠救死扶伤。”

长念拿过他写好的药方递给身后宫人，一把扶起他就往外走：“有密报告诉朕，怀渠已经发生人吃人的事了。可人有疾，食人者也跟着染疾，如此往复，死的人更多。好好的一个镇子，活生生成了人间炼狱。”

刘御医很不能理解：“陛下既然知道，何必来这一趟？您是真龙天子，是天下之主，哪能这么轻易……”

“朕下过的旨，他们阳奉阴违。”长念轻声打断他，“朕让人送粮食来怀渠，他们送到的没有十分之一不说，竟畏惧传染，半路遁逃。朕下旨送药材，也是如此。他们不听朕的旨意，大抵是觉得朕威望不足，无法一言九鼎。朕指挥不动他们，便只好自己来了。”

刘御医愕然。

面前的帝王清秀可人，没有半分威严可言，换下龙袍，更像是谁家的俏公子，垂着眼有两分委屈。

“朕进怀渠，怀渠就能活了。”

刘御医很佩服她的勇气，但多少也觉得这位帝王委实想得太简单。她不是大夫，又是私服前来，凭什么觉得能救下整个怀渠？

然而，他没有胆子当面质疑，只能闷头数自己全府上下有几口人，他要是现在自尽，能不能换两口人回来？

药方呈上去了，长念拖着刘御医在黄昏时坐上前往怀渠镇内的马车。两人一路望着车外景象，一过封锁线，四周立马有衣着褴褛的人朝他们扑过来。幸好长念带的侍卫足够凶悍，勉强将人吓退，才能继续往里去寻药堂。

路边有腐烂的尸体，不少女尸边跪着一脸茫然的小孩，有的还吃着手指，扯着女尸的衣裳“哇哇”地喊饿。

镇上只有两个粥棚，并且都没人，棚子被人拆了一半，空空的木桶倒在地上积了一层灰。

长念沉默地听着四周痛苦的呻吟声，感觉自己正在走过十八层地狱的饿殍路，多的是朝她伸出来的无助的手，以及半点光亮也没有的眼。

刘御医偷偷打量她，实在忍不住好奇：“陛下瞧着这些，不难过吗？”

竟然都没红眼睛，众人都说新帝是最爱哭的。

“朕没脸面难过。”长念闭眼，“怀渠在天子脚下，尚且溃烂如此，别的地方，朕更是鞭长莫及。这泱泱江山，除了龙椅那几尺地方，别的地方都不属于朕。”

她是个糟糕的皇帝，在权力逐鹿之中投机取巧坐上皇位，低头四顾，眼下的旧山河压根无法像她想象中那样被轻易收拾妥当，听她话的人一心帮着她巩固皇权，不听她话的在背后笑她无能。

长念觉得，她应该做些事，不是坐在冰冷的龙椅上写不知道会不会被履行的圣旨，而是亲眼见，亲耳听，亲手达到自己想要的目的。

她不怕死，只怕庸庸碌碌地过一辈子。

药堂子支起来了，刘御医带着几位民间大夫去看过几个病人，开出几个方子试药，方子递到长念面前，长念就听得满脸憔悴的怀渠长史道：“这些药已经算是常见，但咱们这儿没有了，三日前京都说会有药材送来，可眼下不知为何又没了消息。”

长念皱眉：“三日前的药，不是已经送到了？”

督察使还写了收药单子，递上了户部，与那些个消息折子一起被疏芳寻着路子偷来，她都看过。

长史直摇头：“本官一直在此，若是有药，情况也不至于糟糕成这样。这位大人，您既然能来怀渠，想必也能和京都通消息，还请想个法子让药材快送来，早送一天，就能多救几条人命。”

长念起身，带着黄宁忠出门，去寻封锁线上管事的人。

等了几炷香，管事处出来个不耐烦的胖子，摆着手道：“没药没药，若是有，还能不让进去？”

“敢问大人，督察使何在？”黄宁忠问。

“不知道，反正不在咱们这块。”胖子上下扫了扫黄宁忠，撇嘴，“您要真着急，自己去京都运药呗，反正离得近。”

黄宁忠回头看向长念，长念颔首，递给他一方信物，就让他去诊脉，确认身子无恙，便离开怀渠去往京都。

那胖子许是没想到这些人真有能耐走，噎了许久才道：“不是我泼冷水，就算有药，想运进怀渠也没那么简单。”

“此话怎讲？”长念问。

“谁都知道但凡赈灾的东西，从上头大人们手里漏下来的都只剩那么一丁点。你想不经过大人们的手，那谁会让你运？别的不说，就说咱们这儿那督察使，据说跟朝中厉害得不得了的人物有关系，他说一，咱们这儿没人敢说二。你真想用药，就赶紧去他那儿走动走动。”

长念听着，心想这儿的督察使既不是出身名家，也没有高拜师门，能和朝中哪个厉害的大人物有关系啊？

“督察大人贵姓？”她问。

胖子神秘兮兮地答：“姓叶。”

赵长念：“……”

因着谋杀先帝，叶家的人在她登基之后便消失于朝野。

除了辅国公叶将白。

天已经黑了，也不知道宫里有没有出什么事。长念扭头回药堂，心想那位厉害的大人物她是惹不起，但若要拦她拿药，那可就别怪她不客气了。

夜色沉下来，宫灯四起，红提站在御书房门口，冷汗折射出柔和的烛光，粼粼直闪。

她面前站着个人，其脸色以肉眼可见的速度阴沉下去。

“陛下人呢？”

“陛下……在改折子。”

“改了一整天？”

红提欲哭无泪，她很想说本来是不用改一整天的，到时辰就说陛下回寝宫休息了便好，谁承想国公大人一直在宫里候着，也不说要见陛下，就在御书房附近来回晃悠，吓得她压根不敢轻举妄动。

于是现在，真的要瞒不住了。

“让开。”叶将白冷声道。

红提腿一软，“咚”地跪了下去：“国……国公，陛下……”

“趁我现在还愿意听你说话，你最好老实交代。”叶将白皱眉，心里的不安越来越重，“陛下怎么了？闹脾气不肯吃饭？”

“不……不是。”

“肯吃饭就好。”他神色微松，轻出一口气，和蔼地抬眼，“那你这么紧张做什么？让开。”

红提挪开身子，跪到一侧，听见殿门被推开的声音，死死地闭上了眼。

下一瞬，国公的怒喝声便响彻半个宫廷。

“去民间贪玩了是不是？马上给我抓回来，对，用抓的，谁都不用同她客气。”

“自己如今什么身份自己心里没数？还同以前似的随意乱跑？”叶将白步伐凌乱地走在宫道上，一边甩袖子一边怒斥，“叶良你也别闲着，带御林军出去找！明日早朝之前把人给我找回来！”

“是。”接着吩咐的人纷纷往外跑。叶将白怒气难消，扭头看向红提：“她走的时候只带了黄宁忠？”

红提吞吞吐吐地道：“还有一些暗卫。”

叶将白停下步子：“多少人？”

“二十余……”

这么多人，要离开皇宫，他怎么可能半点消息都没有收到？叶将白越想越不对劲，扭头问林茂：“宫里什么时候同时出去了这么多人？”

林茂低头答：“只有刘御医出宫前往怀渠的时候大开过宫门。”

叶将白：“……”

红提已经不敢看国公了，四周的空气凝固得像铁，几十个人跟在他后头，愣是没发出一点呼吸声。

完了，红提想，主子最好没事，若是有事，估计他们一个也活不了了。

长念在怀渠衙门睡了一觉，醒来的时候黄宁忠已经回来了，他皱眉道：“封锁线上的人以检查为由，扣下不少药材，卑职藏了些在身上，才勉强带回了些血参，供刘御医开药。”

“督察使那边回话了吗？”

“卑职以自己的名义传话询问，得到的消息是督察使抱病在义乌休养，无暇他顾。”

长念冷笑：“他给朕的圣旨上说的可是日夜守在怀渠，寸步未离，现在倒好，找他都找不到，难不成还要朕捧着红礼去请他？”

“陛下息怒。”

“别息怒了。”长念洗了把脸，然后跨出门，“去镇口上等着吧。”

等什么？黄宁忠茫然。

清晨的怀渠依旧死气沉沉的，镇子口的路上飞着黄沙，渺无人烟。黄宁忠左顾右盼，正有些困意，突然瞧见一阵烟尘席卷天地，烟尘之中，几辆车子冲破烟雾，气势汹汹而来。

守镇的士兵统统被惊醒，管事的胖子裹着衣裳出来，就听得人禀告：“大人，有人要运送大量药材和粮食入镇。”

胖子大惊，手直摆：“不成不成，这要督察使大人允了才行，让他们把车停下等着，先写信函送去督察使那边……”

“大人，他们来势汹汹，有些拦不住啊！”

“胡扯！咱们这儿可有北堂将军亲下的封令，他们还敢硬闯？”胖子一边说一边斜眼瞥着，发现从远处而来的车队真有强闯的架势，连忙裹了衣裳往外跑。

黄宁忠正想上前去接应，却被胖子一把拉住：“使不得啊，怀渠本就不是可以随意进出的地方，这么多人要进去，需要很多大人点头才行的！更何况这些东西，都是要督察使先看过的！”

黄宁忠皱眉：“督察使大人看了能有什么用？这些药材会自动变成仙丹？”

“倒不是，但这是规矩啊！”眼瞧着拦不住，胖子急得团团转，“督察使不是好惹的，真让这么多人进去，小的担不起上头问罪！”

看着那车队最前头驾着马车的人，黄宁忠轻松地道：“你放心，上头不会问罪的。”

不给督察使好处，却送进来这么多东西，上头怎么可能不问罪？胖子绝望地带人去拦，却压根拦不住，只能眼睁睁地看着那群马车牛车冲破阻拦。

“多谢大人。”黄宁忠远远地朝为首的马车拱手。

胖子哆哆嗦嗦地看过去，就见那车上跳下来一个人，锦袍翻飞，人面如玉，却是一副怒极的神色，巍巍如泰山将崩，看得人心生骇意。

“她人呢？”那人问。

黄宁忠稍稍后退半步，答：“在里头。”

这里是封锁线，再往里，就是疫情笼罩的怀渠镇。

叶将白指尖发颤，完全是被气的，好半晌都没能说出话来。

黄宁忠将头埋得更低，瓮声道：“主子有他想做的事。”

“她想做的事，就是拿自己的性命开玩笑，就是任性妄为，非要冲进这死人窟？！”叶将白横眉，眼里怒火若岩浆喷发，“她有没有想过，一旦她出什么意外，这天下会如何？！”

黄宁忠抬眼，平静地看着他道：“想过。”

想过，她还是这样做了。

胸口发堵，叶将白扶额，缓了一会儿才道：“把她给我带出来。”

“……大人。”

“带出来！”叶将白眯眼，“否则这几十车的东西，她半车也别想要！”

四周寂静无声，旁边的胖子已经看傻了，根本不敢靠近，远处的黄宁忠似很是为难，一时也没吭声。

靴子踩在干稻草上的声音响起，一声声，从左侧飞快地朝这边靠近。

叶将白侧头，就瞧见赵长念满脸欣喜地提着袍子往这边跑，大大的鹿眼里分明映着他身后装着东西的牛车，别的什么也没有。

“有救了有救了！”长念在离他们二十步的地方停下，笑着拍手，“今日刘御医他们能熬药了！”

一日不见，这人脸色苍白，身子单薄得像副架子，怀渠的风要是再大点，好像就要把她直接吹回镇子里了。

“赵、长、念！”叶将白从牙齿缝里挤出这三个字。

长念好像才看见他一样，朝他挥挥手：“您亲自来啦？”

叶将白深吸一口气，抬步就想过去，却被旁边冲过来的胖子和守卫七手八脚地拦住：“大人，使不得。”

“怎么？”叶将白皱眉。

“再往前就是疫情之地，一旦进去，再想出来便很麻烦。”胖子冷汗涔涔地道，“这镇子每天都有几十个人被感染，御医说疫情凶险，最好不要再有人扯进来。”

叶将白心里一沉，看向赵长念。

长念笑道：“大人保重身子才是，东西送来就好，您回去吧。”

这种话，得多狼心狗肺的人才说得出来？叶将白要气死了，他在路上就担心了个半死，现在更是惊骇万分，无法平静，这人怀着身子，就这么站在黄泉路口，还让他保重身子？

“你给我出来！”尊称不要了，谦辞也不要了，叶将白冲着她就吼，“马上出来！”

长念为难地挠头：“国公有所不知，一旦进来这里，再想出去，得让御医诊脉，确定没有感染才行。”

她怀着身子哪，哪能让御医诊脉？

“你知不知道自己在做什么？”叶将白双眼血红，“万一你有个三长两短……”

“我现在只是个在怀渠的普通人。”长念歪了脑袋看着他，“有三长两短是常事，这里每天都有很多的人丢命。”

叶将白看着她，突然就明白了她在想什么。

她在怀渠，朝野必倾尽全力相救。一旦举朝上下都重视，怀渠能活下来的人自然也就多了。

堂堂天子，就为了这点百姓，竟然以身犯险，她脑子里到底在想什么？叶将白直摇头，恨不得把她抓出来打一顿。

“主子。”见他有往前走的意思，叶良也上来拦了拦他，沉声道，“陛下已经进去，您不能再进去了，否则京都无人为主，怀渠上头的阴霾也散不了。”

长念远远地看着，觉得叶将白像一头暴躁的狮子，难得地失了风度，在原地来回踱步了好几圈，然后狠瞪她一眼，挥手让身后的车队全进镇。

车上大包小包的药材和粮食足以维持镇上小半个月的活计，长念数着数量，觉得自己像个丰收的农户，笑得合不拢嘴，一边接应一边安排人：“把这些送去药堂，其余的放去衙门，不许人哄抢，将镇里活着的百姓都赶去练兵场。”

“是。”

安排妥当后，长念转头，郑重地朝叶将白拱手。

叶将白本在生气，乍然看见她这动作，微微一惊。

他印象里那个傻傻的七皇子，如今站得笔直，神色严肃又感慨地以帝王身份朝他行礼。

这一礼，是替怀渠的百姓行的。

叶将白愣怔地看着，心里有一种说不出来的感觉。

牛车马车都朝怀渠里头而去，长念欣喜地跳上最后一辆牛车，朝他摆摆手，头也不回地回到那死亡之地。

怀渠镇里重新燃起了炊烟，长念原本的意思是修好粥棚，重新发粥发药，但不承想怀渠长史听着直摇头。

“行不通的。”长史叹息，“镇上自封锁不出开始，就出了一批暴民，打砸粥棚，打伤官兵，一旦哪里有人施粥，他们就会去闹事。”

长念皱眉：“有多少人？”

“一开始只有五个人，后来不知怎的越来越多，如今怕是已经有二十余人了。”

长念暗自思量一番，还是带着黄宁忠出了门。

几大桶粥放去了粥棚，四周闻着香味的百姓蜂拥而至，你推我攘地想抢粥，黄宁忠长刀一横，将他们吓退，朗声道：“官府派粥，粥管够，排队来领。”

饿慌了的人自是没那么听话，拥挤的人群里还有打起来的。长念按着木桶没揭开，秀眉微皱：“排队，两列。”

这俏公子眉清目秀，远没那拿着大刀的将军吓人，可不知怎的，闹腾的人群竟慢慢安静了下来。

三炷香之后，长念将第一勺粥舀给了人。

粥熬得稀，没多少米粒，第一个接着的汉子大口喝完，又伸碗。

长念道：“一人一碗，先让后头的来。”

大汉不服气：“你说排队，我排了，怎的不给人粥？”

“不是给过你了？”

“哪有？你看看，哪有？”他颇为无赖地将空碗翻转过来，“你们说派粥，那就要真给人派呀，哪有这样蒙人的？”

黄宁忠在旁边气笑了，人越是在困境中越容易暴露本性，分明享受着别人的馈赠，却没半点感恩之心，还要反过来怪人赠予的不够多，一副泼皮无赖的模样，面目可憎。

长念心平气和地看着他：“去重新排队。”

那大汉对上她的双眼，有些不好意思。可这个关头，谁有好处不会使劲捞啊，能多蹭一碗是一碗，他反正就站着不动，这些施粥的人还会对他如何？

正想着呢，旁边的大刀就横过来了。

大汉一惊，立马往地上一坐，大喊："官差又要杀人啦！"

黄宁忠怒："你这人……"

长念摆手，轻声道："宁忠，你不用同他争。"

"主子，可他这……"

"直接拖到旁边押着就好。"长念皮笑肉不笑，"后头的人先上来领粥。"

"是！"还以为她要心软让步呢，谁知道竟不吃这一套，黄宁忠很是高兴，拖着大汉就押去了一边。那大汉依旧在吼叫："大家别领，这些人欺压百姓，粥里指不定有毒呢！"

这话在别处说还有用，眼下怀渠有粥喝太难得了，哪怕有毒，他们也会喝下去。

后头领粥的人络绎不绝，那大汉怎么叫喊都无济于事，他自己也喊累了，瞥着后头长长的队伍，屁股一拍，干脆也去后头重新排队。

然而排到他的时候，长念笑了笑，道："再排一次。"

"凭什么？！"大汉怒道。

"就凭你方才闹事，若不让你再排一次，如何对得起后头一直老实排队的人？"

大汉一噎，想再发作，但看了看眼神笃定的俊公子，蔫了，灰溜溜地继续去最后等着。

长念挨个舀粥，有端着小破碗来接的，也有拿手来捧的，有的母亲抱着两个孩子，孩子哭着，自己也哭着，还跟她道谢；有的小孩还没桌上的木桶高，眼巴巴地伸着手看着她；有的老人脸上溃烂，一双眼看着她，眼里依旧充满活下去的渴望。

这些都是活生生的人，不是叶将白所说的一个无关大局的人数，他们都想活，只要有人来救，他们中也有人能活。

“主子，该喝药了。”黄宁忠捧了药碗来，“刘御医说，您在这儿亲自派粥，一定要喝些防病的药。”

长念接过，想喝，又顿住，伸手摸了摸自己的小腹。

刘御医不知道她有身孕，这药会不会对孩子有害？可她去问，又不太合适，让黄宁忠去问，这人肯定会先问她为什么。

想来想去，长念道：“把这个给国公拿一份，就说是我喝的，让他也注意保重身子。”

“是。”

于是，几个时辰之后，叶将白黑着脸坐在农家院子里，沉声问带来的御医：“这药对有孕之人可有影响？”

御医尝过，又写下方子对照，半晌拱手道：“回国公，没有影响，怀孕之人也可以喝。”

叶将白松了口气，端起药，一饮而尽。

御医：“……”

真不愧是国公啊，御医颤颤巍巍地想，连怀孕都会，这天下还有他不会的事吗？

“怀渠里面如何了？”喝完药，叶将白问信使。

信使拱手道：“陛下正在亲手派粥。”

叶将白冷笑，拂袖而起，气得又在屋子里绕了两圈：“天下那么多事她不管，偏生要拿命来管这么一丁点百姓！”

满屋子的人不敢吭声，他兀自气了一会儿，问叶良：“我可能进怀渠？”

叶良皱眉：“主子，怀渠里头委实太乱，死尸累累，加之您还要替陛下改折子，不可被困在里头。”

“那你们谁能去把她给我带出来？”叶将白坐下又起身，围着桌子转圈，“不用什么御医把脉了，就把人给我带到这里来养着。”

“这……”叶良为难，“陛下怕是不肯。”

“她不肯，就打晕带出来。”叶将白怒道，旋即又觉得这些人下手没个轻重，连忙改口，“用药迷晕也行。”

不行，药也会伤着身子，她现在那身子……叶将白摇头，又围着桌子绕了两圈。

风停云看着他，伸手扶住了旁边的小方桌。

“做什么？”叶将白瞪他。

风停云一脸正色地道：“我扶着点，怕它被你绕晕了。”

叶将白一脚就踹了过去，风停云笑着躲开，道：“都这么久了，你还没发现？咱们的陛下虽然出身不好，从小没受过多少关爱，但她会爱护别人。她坐在龙椅上，你要她对在自己眼皮子底下受难的子民不顾，她做不到。你与其同她置气，不如做你该做的。”

叶将白微微一顿，收回了腿，稍微一思量，长叹一口气：“为什么那狗崽子总是给我找麻烦？”

大恭建朝至今，没有哪个皇帝像赵长念这么不要命，但她已经把命搁里头了，叶将白能做的，就是一边咬牙切齿，一边歌功颂德。

“吾皇心系百姓，御驾亲临怀渠，誓与百姓共存亡，此乃大恭百年之幸，万民社稷之福……”

洋洋洒洒三千字，说得朝中百官震撼不已，沐疏芳更是直接在朝后将叶将白拦下，冷声质问：“你打的什么算盘？”

她一脸的怀疑，活像是他故意把人扔进怀渠的一样。

叶将白眼神阴沉，皮笑肉不笑地逼近她半步：“娘娘乃中宫之主，连陛下什么时候出宫的都不知道，也有脸面来责问在下？”

沐疏芳一噎，气势弱了下去，瞥他一眼，讷讷道：“陛下又不住在后宫，本宫不知道也在情理之中，国公这么凶做什么……”

风停云笑着上来打圆场：“国公担心陛下，心情不佳，还请娘娘体谅。”

“谁担心她？”叶将白冷笑，“她要有个三长两短，这皇位必定换我来坐。”

“国公好大的口气。”沐疏芳皱眉。

“娘娘若是觉得在下冒犯，大可令刑部将在下抓走问罪。”叶将白嗤声斜眼，“在下就站在此处不动，等着御林军。”

沐疏芳的脸有点绿，别说御林军了，就算是北堂缪来，也无法将这人抓去大牢。

“没别的事，在下可就告辞了。”叶将白挥袖，恹恹地离开了。

风停云笑着跟沐疏芳行礼，然后大步追上他：“不是不担心陛下？都这个点了，你这么急是要去哪儿啊？”

“……散心。”

“可我怎么听林茂说，宫外候着要去怀渠的马车啊？”

“去怀渠散心不行？”叶将白横眉，“你与其在我眼前晃悠，不如去把怀渠的那些人清理了，连我亲自送去怀渠的东西都敢克扣，要钱不要命。”

“这您可就冤枉人家了。”风停云笑道，“雁过拔毛，向来是您的习惯，下头的人不过是有样学样。”

“那也得分情况。”叶将白恼道，“叫他们收敛些，否则吃了肉被割了舌头，可别怪我没提醒。”

风停云意味深长地看他一眼，拱手：“遵命。”

第十五章 称臣

朝堂上的歌功颂德，民间暂时还没有风声，长念与黄宁忠去派粥的第二日，粥棚就被砸了，传说中那群凶恶的难民来了，抢了粮食还想打人，被黄宁忠按在地上一顿暴揍，牙齿掉了几颗，漏着风咒骂：“鹰爪走狗！”

长念不解地问：“你们是在做打砸抢烧的坏事，我们在做救济于人的好事，为何你们还如此理直气壮？”

一个十八九岁的少年抬头，一双眼红得充血：“平时使劲欺压我们，反过来拿些粥米，就叫做好事？若不是被你们官府封锁弃置这么久，怀渠至于落得如此地步？！”

长念默然，拉开黄宁忠，低头看着瘦骨嶙峋的少年，轻声道：“我来迟了，但来了总比不来好，你们帮帮忙，别抢东西，还能救更多的人。”

少年不屑地呸了一口血：“我们不抢，这点粮食也救不活多少人！”

“后面还会有的。”

“还会有？”少年嗤笑着打量她，“你算什么？能左右督察使吗？说出来的话几斤几两重？要是后面没粮食了，把你剁了煮汤吗？”

黄宁忠闻言，一巴掌将他重新扣回地里。

长念在他身边蹲下，轻声道：“我说话算话。”

少年满脸是血地看着她，龇牙。

收拾好粥棚，长念让人将那些暴民押回衙门，只留下那个少年在柱子上捆着，和她一起继续布粥。

少年怒道：“你这小不点还没我高。”

长念递给阿婆一碗粥。

“长得细皮嫩肉的，像个女人。”

长念递给小牛两碗粥。

“别是谁家后院里养的小公子，一时兴起来这儿体会体会当菩萨是什么滋味吧？”他嗤笑。

长念放下粥，面无表情地解开他身上的绳子，一巴掌将他扣回地上。

少年：“……”

黄昏时分，粥发完了，可排着队的人还很多，少年正想笑她，却见远处又来了新的运粥车，车上的人跳下来对她拱手：“陛下，米粮已经接上，刘御医开的方子上的药材也都送来了。”

“没遇着阻拦？”

“回陛下，没有。”

热腾腾的粥又放了上来，长念松了口气，想继续派，头却有点发晕。

“喂，你发高热了。”鼻青脸肿的少年闷声道。

长念看他一眼，轻笑：“脸上有些热而已，怎的就是发高热了？”

少年不屑地哼了一声：“我扁家世代为医，要是连这点病症都看不出来，招牌给你砸……”说到一半，他一顿，眼神黯淡下去，自嘲地道，“招牌已经没了，没得砸了。”

长念挑眉，好奇地问：“你是大夫？”

少年垂眼：“不是，我现在是贼人。”

长念打量他一会儿，把自己和他一并拎去了衙门，请大夫给他上了点药。

“这不是扁鹊药堂的小公子吗？”上药的大夫认出了他，直叹气，“怎的被人打成了这个样子？扁老爷子临终前还托咱们多照顾你呢。”

少年沉默地低着头，长念盯着他看了一会儿，咳嗽两声，没再多说。

疫情席卷之地，家破人亡的事已经屡见不鲜，但这是长念头一次亲眼所见，场面鲜活，不再只是奏折上冰冷的一句话。她开始认真思考要如何应对，要如何利用怀渠本身有的东西，如何调度怀渠没有的东西。

去书房拿了纸来写画，一写就是一晚上，清晨时分她起身时，一个没防备就栽回了凳子上。

怀渠开始慢慢好了起来，药材、粮食充足，来救人的大夫和御医也日渐增多，街上来往的人蒙着面巾，将死尸抬去焚毁，病重的人都安置在了医馆，短短几日，整个镇上焕然一新。

少年神色复杂地站在长念床边，牙齿漏风地问她：“你到底是什么人啊？”

长念苍白着脸笑道：“怎么？觉得我厉害？”

“……没多厉害，也还行。”少年哼哼唧唧地道，“你说的粮食，外头一天也没断。”

长念歪着脑袋戏谑地道：“那你现在说，我的话有几斤几两？”

少年涨红了脸，别开眼道：“也算一言九鼎。”

心口一热，长念咧嘴笑了。

“陛下，请让微臣诊脉。”刘御医跪在床边急得直磕头，“在此地染上风寒实在凶险！”

长念摇头：“朕不让你诊脉，是为你好。”

这还叫为他好？刘御医要急死了：“您不让微臣诊，才是要了臣的老命！”

长念笑着摇头，问他：“疫情控制下来了？”

“您御驾亲征，哪有打不赢的仗？”刘御医想笑，眼眶却发红，郑重地给她磕了个头，“微臣惭愧。”

“刘大人医术了得，是御医院的瑰宝。”长念喃喃道。

想起自己之前对陛下的怨怼，刘御医实在觉得无地自容，“砰砰砰”磕了三个响头，抬眼想再说，却发现陛下已疲惫地睡了过去。

屋子里静悄悄的，只有黄统领在隔断外头守着，刘御医想了想，大着胆子跪行两步，轻轻探上长念的脉搏。

……

上好的玉器，突然就碎了一个，叶将白一怔，皱眉问叶良：“为什么三日不曾听见陛下的消息了？”

叶良闷声道：“想必陛下正忙着，几天没消息也是疏忽了。”

觉得有点不对劲，叶将白眯眼道：“你抬头，看着我的眼睛回答。”

“……”叶良抬眼对上他，又飞快地移开。

叶将白心里一沉，抓住他的衣襟，冷声道：“连你都要骗我？”

叶良眼里有愧疚，却垂眸道：“督察使大人出入怀渠，对怀渠的情况最为了解。主子真想知道陛下的消息，不如卑职去请他过来。”

叶将白松手，叶良飞快后退，匆匆跑了出去。

“主子别着急。”良策在旁边小声劝道，“陛下有龙气护体，定然不会有大碍。”

“我没着急。”叶将白心平气和地踹翻了旁边的凳子，冷声道，“我急什么？路是她自己选的，真出了什么事，也是她自己担着！”

话是这么说，良策低头想，您这样子可不像不着急啊，打从过来到现在，主子少说也绕着那桌子转了五十圈了，农家屋子的泥地都被踩出了一圈坑。

也不嫌头晕，真厉害。

心里烦躁，叶将白左右都顺不了气，干脆去院子里的软榻上躺着，决定在叶良回来之前，先睡一觉。

督察使叶横收到了风声，连滚带爬地进了怀渠，好不容易找到赵长念所在的院子，正打算递个请安折子呢，就看见门口坐着个满脸沧桑的人。

他打量了半晌，觉得这人像传闻里那被派来的御医。

“刘大人？”叶横伸手在他眼前晃了晃。

刘御医拿着一个大杆子烟，抽了一口，吐出两个忧郁的烟圈，看也不看他，只愣愣地盯着远方的云。

叶横觉得奇怪，在他旁边坐下，好奇地顺着他的目光往前看：“您瞅什么呢？”

“白绫。”

“啥？”叶横吓了一跳，“哪儿？哪儿有白绫？”

刘御医伸手指了指那一朵云，指尖都发抖：“你看那个，像不像陛下赐给我的白绫？”

叶横：“……”他觉得这个御医可能有毛病。

“大人多虑了，听闻大人医术了得，此番前来又是救死扶伤，陛下如何会赐白绫予您呢？”

刘御医扭头看他，一双眼可怜巴巴的：“老夫行医三十载，从来没把错过脉。你说，老夫有可能在这把岁数，把陛下的脉把错吗？”

“那不能吧？”叶横也不明白他在说什么，反正应和就对了。

哪知，刘御医一听反而激动起来，把烟袋往地上一摔，跳起来踩，一边踩一边叨咕：“没把错！没把错！”

他真把当今陛下把出个喜脉来！

刘御医胸闷头晕，“哎哟”一声捂住心口，连忙从袖带里掏出清凉药给自己闻。

“您这是怎么了？”叶横见他这样子，心也提了起来，“陛下生病了？国公可还在外头等着消息呢，陛下可不能有事啊！”

“没……”刘御医咳嗽两声，抹了把脸，惆怅地道，“陛下只是风寒。”

“只？”叶横眼都瞪圆了，“大人，这可开不得玩笑！多少感染疫情的人都是从风寒开始的，万一陛下真出了事，那我这颗脑袋定要被国公拧下来当球踢！”

“脑袋？”刘御医深深地看了他一眼，摸了摸自己的脖子，“只掉一个脑袋，那都是万幸。”

叶横脸都绿了。

……

简陋的农家小院里放着精致的贵妃金丝软榻，软榻上躺着个沉睡的美人，俊美挺鼻，软袍长身，路过的喜鹊瞧见，都忍不住停在他旁边的树枝上，叽叽喳喳地叫唤。

然而，美人睡得并不安稳，薄唇一抿，隐隐挤出一句脏话。

这不能怪叶将白粗鲁，他好不容易睡个觉，梦见的却是赵长念在他前头乱跑，挺着个大肚子一会儿爬山，一会儿下水，他怎么喊都无济于事，她还一直傻笑。前头有悬崖，他慌忙喊她，想将人抓住，这人却像是瞎了一样，摇摇晃晃地就往下跌。

心里一紧，跟着一沉，闷痛霎时袭遍全身，叶将白猛地睁眼坐起来，抓着枕头大口吸气，半晌才反应过来那是梦。

眼前跪着一票人，见他醒了，头埋得更低，一个个整整齐齐地排着，跟宫道上的方砖似的。

“做什么？”他揉着眉心问。

为首的林茂跪着上前两步，沉声道：“还请国公以大局为重。”

后头的人纷纷应声，行礼再拜。

叶将白冷笑：“我不过是睡了个觉，如何就是不以大局为重了？”

林茂抿唇：“卑职担心国公会冲动行事。”

叶将白白他一眼，没好气地道：“你跟着我也有几年了，何时见过我行事冲动？”

“那便好。”林茂松了口气，拱手道，“督察使传来消息，陛下感染风寒，发了高热，正在怀渠衙门里休息。”

“……高热？”

“是，御医已经看过，说暂时不确定是不是感染了瘟疫，不过陛下吉人自有天相，国公不用担心。”

叶将白撑着软榻站起来，扫了一眼跪着的人，又看向叶良：“你是知道了消息，才将他们都请过来的？”

叶良没敢吭声，“砰”地跪下去磕头。

“没必要。”叶将白轻笑，“各位大人来这一趟，就为了劝阻在下不要冲动？实在没必要。”

林茂欣慰地点头：“国公心怀社稷，是咱们以小人之心度君子之腹，这一趟的确没必要。”

“不是。”叶将白伸手解开外袍上的系带，“我说的没必要，不是说我不会去，而是说，我想去，你们都来拦着也没用。”

青色的锦袍被甩到了空中，又落回了软榻上，林茂瞳孔紧缩，骤然起身去抱叶将白腰腹，却不想叶将白动作极猛，撞开他就往外冲。

“国公，您说了不会冲动的！”

“国公慎重啊！陛下已经病倒，您不能再病倒了！明日还有早朝要上，您不能进怀渠！”

“国公，人命关天，怀渠哪里是能轻易进去的？”

叶将白胸口起伏，踩上马镫，回头红着眼问：“我不能进去，她怎么就进去了？是皇帝的命重要，还是我这个臣子的命重要？”

臣……子？林茂一愣，瞪大了眼。

身边的人都知道，叶将白这人高高在上惯了，要吃最精细的膳食，住最好的院子，用最贵的器具。除了对先帝假意低头，他再没让自己受过委屈。

所以很多人都觉得，他将来是会走垂帘听政之路，抑或是铤而走险，再掀波澜，直指皇位。

然而现在，叶将白说自己是臣子。

林茂瞪大了眼看着他，想说点什么，却没了之前那股子怒劲。

想想也是啊，陛下怀着国公的孩子，却置自己的生死于度外，与百姓共进退。这等气度风范，实在比他们这些收着红礼将怀渠弃之不顾的人好太多。

要是现在陛下在这里，他也会心甘情愿地俯首行礼。

林茂很纠结，他猜不透国公的心思，担忧又太多，干脆闭嘴不吭声。

叶将白想走，却被众人七手八脚地抱住腿。

“国公，听老臣一句劝。”刑部尚书哑声道，“您这一去于事无补，反而会让朝野恐慌，不如替陛下处理好后头的事，也免陛下忧心。”

“是啊，您别着急，宫里已经又有五位御医赶去怀渠了，陛下不会有事。”

叶将白红着眼低头问：“那她要是当真出事了，谁把她赔给我？”

群臣愕然。

陛下是大恭的陛下，赔给国公算什么？

“主子。”叶良出去了一趟回来，皱眉道，“运粮又受到了阻碍，怀渠里药材用得太快，眼下紧缺车前草。”

“怎么回事？”叶将白怒道，“不是下过令，任何人不得阻拦怀渠运送？”

“这……其中门路，还有些不长事的。”

“那就都关到天牢，让他们长长事！传令下去，即日起赶赴怀渠的大夫御医皆赏金百两，加官晋爵。反阻碍怀渠运送物资者，无论官职大小，关押天牢三个月！”

众人倒吸一口凉气，相互看看，无人敢反驳。

叶良趁机劝道：“这外头的事还得主子做主，否则不知多少人要钱不要命。”

叶将白皱眉，眼里焦躁翻涌，有滚烫的火硬生生被压下去，压得他嘴唇发白。

长念一觉睡醒，觉得外头天气甚好，鸟语花香，秋高气爽。她伸手摸摸自己的额头，觉得头没那么晕了，便穿了衣裳出门，笑吟吟地问黄宁忠：“怀渠是不是好起来了？”

黄宁忠点头：“有陛下在此，朝野对怀渠倾尽全力，昨天早上就有五千石粮食和九车药草送来，还有衣物器具。衙门已经令人洒扫了街道，除了医馆，别的地方已经解除了封锁。”

长念眼眸一亮，提起袍子就往外跑。

地上污黑的东西已被水冲了个干净，一块块方砖清晰整齐。空气里有药材的苦香，往日地上横七竖八躺着的病人已经都不见了，来往行人都换了新衣裳，看起来比平时还好些。

长念心里微动，问：“国公是不是下了什么令？”

“陛下英明。”黄宁忠轻笑，“往日是卑职误会了国公，以为国公定会趁机篡位，谁承想国公竟是一心为陛下，甚至不惜自砍羽翼。”

脚步一顿，长念侧头：“什么意思？

“叶氏一族，最近下狱的人不少，罪名都是贪污受贿。”

长念愣了愣，歪着脑袋想了半晌，咧嘴：“大义灭亲啊，咱们的国公终于分得清是非了。”

“倒不是。”黄宁忠摇头，“别处的事国公都没管，只特在怀渠，但凡有人在中间抽回扣，不论多少，通通下狱。”

心里一动，长念眨眼，再眨眼：“他还在外头守着？”

黄宁忠点头：“每日下朝之后，国公都驱车一个时辰，在镇外村里住下。”

“村里？”她有点震惊，“他也肯住？”

“是，听闻前天还想闯入怀渠镇，被林统领带着朝中老臣拦下了。”

说着看了看天色，黄宁忠微笑：“今日许是等会儿就该来了。”

长念一惊，下意识地提起袍子就跑。

“陛下？”黄宁忠满脸不解，“您跑什么？”

长念满脸慌张，穿过回廊跑到正门，一边跑一边道：“朕也不知道，但是先离开这衙门再说。”

衣袍飞扬，她刚跨出高高的门槛，就撞上个人。

那人后退半步，周身寒气散开，熟悉的气场让长念瞬间挺直了脊背。

“陛下。”叶将白的语气一点也不友善，带着一股子山雨欲来的味道。

长念小腿打战，脸上却没露怯：“国公怎么过来了？”

上上下下将这人扫了两圈，又伸手探了探她的额头，叶将白放松下来，别开头道：“如今怀渠疫情是举国关注的大事，在下自然要来看看。”

“这样啊。”长念点头，也不敢看他，轻咳两声，含糊地问，“已经过午时了，国公可用了午膳？”

“不曾。”

“那正好，衙门里有饭菜，国公将就用些，朕还有事，先去一趟医馆。”

“站住！”叶将白绷不住了，脸有点黑，“风寒刚好就想去医馆，是觉得命太长了？”

“倒不是，只是朕休养了三日，不知镇上疫情……”

“都控制住了，该死的陛下拉不回来，不该死的御医大夫会救，您该回宫了。”

长念头皮紧了紧，心虚地问：“要是朕还想再多留两天……”

没等她说完，叶将白就冷笑一声，眼含嘲讽，如二月冰泉，给她泼了个透心凉。

长念不吭声了，老实地耷拉着脑袋，跟着出门准备上车回宫。

叶将白冷着脸去安排仪驾，长念小声问叶良：“你家主子是不是心情不太好啊？”

叶良瞅了瞅远处浑身煞气的叶将白，轻咳一声，伸手挡了嘴闷声道：“不瞒陛下，方才主子他是自己跑到衙门来的。”

长念愕然。

在她慌慌张张准备逃跑的同时，我们一向要风度要气质的国公大人，连马都不要了，一路上气不接下气地狂奔而至，见了人又硬生生拗出一副“大爷只是路过”的模样，冷言冷语几句。克制力之强，让林茂对其的敬佩又多了两分。

“主子这几日很不容易，若是可以，还请陛下怜惜一二。”叶良小声道。

怜惜叶将白？

长念的神色有点复杂，脑海里出现了叶将白衣衫半开委坐在地，咬着嘴唇，狐眸含泪地看着她的场景。

她打了个寒战，猛地摇头：“使不得使不得！”

叶良满眼茫然，还待说什么，叶将白却回来了。

“仪驾要行上许久。”他面无表情地道，“请陛下稍候，车驾正在铺垫软枕。”

长念点头，眼珠子滴溜溜地转，问他：“朕不在朝中，国公可曾处理好朝事？”

叶将白一眼看穿她的心思，冷笑：“陛下既然抱着不要命的心思闯怀渠，又怎么还惦记着朝政？那么多事甩手交给二王爷，在下还以为陛下对二王爷甚有信心。”

“再有信心，也敌不过你老奸巨猾……”

“什么？”

“不是，朕的意思是，二皇兄远离朝野久矣，有些事未必能处置妥当。”长念干笑。

叶将白配合着她扯了扯嘴角，意味深长地道：“陛下放心，在下不仅替陛下处理好了朝政，还处理好了太后和王爷。”

长念心里一跳，绷紧小脸拽住他的袖子：“你这话什么意思？”

“就是您想的那个意思。”叶将白勾唇，“您也早该料到了，不是吗？”

长念咬牙，瞪眼看他，后者一副天不怕地不怕的模样，俯视她。

“你知不知道，朕来怀渠一趟，救下了怀渠五百余百姓？”

“陛下厉害。”面前这人敷衍地拍手。

他越不在意，长念就越执拗：“你不适合做皇帝，因为你没有爱民之心。皇位就算让给你，也不会有下一个盛世。你贪赃枉法，下头的人会跟着你贪赃枉法。你残暴不仁，下头的人也会跟着你残暴不仁。二皇兄也许没你对政务熟悉，但他也比你适合做皇帝！”

叶将白哼了一声，半靠在车辕上道：“那又如何？玉玺已经在我手上，陛下再说这些，怕是晚了点。”

“……”她走之前把玉玺藏在密匣里，原以为二皇兄能明白她的用意，但很明显，叶将白更加了解她。

离开京都去怀渠是很不明智的选择，她自己也清楚叶将白会乘虚而入，只是抱着那么一丝侥幸，希望他能改变主意。

但显然，叶将白没那么善良。

怀渠眼看着能有捷报，暴民安定下来，贪官抓了一堆，马上就是她东风将起的时候，若是顺利，她便能坐稳皇位，拥有一个皇帝该有的威望。

不承想，终究是一场梦。

“你想做什么？”她轻声问他。

叶将白痞笑，摸着下巴作思虑状：“三省六部响应于我者甚多，玉玺又在我手，就算我一时半会儿无法登基，可每日蚕食大权，陛下又能如何呢？”

长念皱眉：“不是说你亲手送了不少叶家人进大牢？”

“陛下消息灵通。”叶将白颔首，“不送那些个成事不足败事有余的人进大牢，我如何扭转尚书省老臣对我的偏见？”

辅国公喜好奢华，虽未曾被人抓住把柄，但背后贪污的事肯定没少做，为此朝中不少人对他有微词。叶家人一下狱，他反而成了一朵出淤泥而不染的白莲花。

长念这叫一个气啊，小脸都涨红了，指着他的手直哆嗦，正想骂他两句，旁边突然冲出来个人挡在了她前头。

“国公，陛下大病初愈，不宜久站，还请国公移驾后头的马车，让陛下透透气。”

叶将白侧头，看着行礼的人，颇为意外：“刘御医？”

刘御医满脸严肃，半步也没退让，拱手道：“国公请。”

这人虽说是被他指来怀渠的，但一开始对赵长念抱有的敌意也不小啊，怎么突然间就护她护成了这个样子？

叶将白疑惑不解，脚下没动，想了想，笑道：“让陛下坐下便是，在下还有话没说完。”

刘御医皱眉，颇为戒备地看着他，竟退一步站到了长念身侧。

长念眨眨眼，问他：“大人有何事？”

转脸朝向她，刘御医顿时和蔼起来，柔声道：“倒不是什么大事，老臣已经年迈，宫里学徒并未有贴心之人，老臣这几日与那民间的小伙计共事，觉得他天资过人，想收为御医院学徒，不知陛下可否通融？”

“小伙计？”长念满脑袋问号，想不起来是谁。

刘御医笑着指了指背后，长念顺着看过去，就见那扁家药堂的小公子神色复杂地朝这边走过来，甚为愤怒地瞪着她，瞪了两眼，一掀袍子，“咚”的一声跪了下去。

“……”她没看明白。

仪驾已经准备好，即将启程，可从扁家公子走来的方向，越来越多的百姓走了过来。

护卫见势不对，纷纷拔剑出鞘，护在长念和叶将白面前，长念回头看过去，连忙朝护卫摆手。

“别胡闹！”叶将白一把抓住她的手腕，“难民最容易暴走伤人。”说着，他又抬头吩咐，“派人驱散他们！”

“是！”

长念摇头如拨浪鼓：“住手！他们不会伤人，那些都是朕救过的百姓！”

“你看清楚，他们企图包围仪驾！”叶将白皱眉斥她，“你别总把人想得那么好，在百姓看来，官府都是欺压他们的恶霸，谁会感念你不成？”

长念咬牙：“百姓如此想，还不是你们经年不做利民之事，他们才会视衙门如猛兽。归根结底是朝廷的错，就该从朕这里改起！”

叶将白气了个半死，眼看着那群黑压压脏兮兮的人已经离他们五丈不到，他无法，只能横身挡在她面前。

然而，来势汹汹的一群人，却在五丈远的地方停下了。

叶将白松了口气，将她抱上车驾便喊：“启程！”

长长的仪驾队伍飘起了龙旗，长念坐在车驾里轻笑，心想那群百姓就是来看热闹的，哪里会伤害她呢？

刚走几步，背后突然涌起一波又一波的闷响，声音很奇怪，像是一大片鼓槌敲在石头上。

她掀开车帘，好奇地伸长脖子往后看。

一千多人集满了半条长街，男女老少都有，十分不整齐地正在朝她的方向下跪行礼，跪得七零八落，一点也不美观。

然而，喊出来的声音很是整齐。

他们喊：“吾皇万岁万岁万万岁——”

这声音万分动听，比她登基当日文武百官喊的声音要重很多，像一把木槌“哐”地砸在她心窝上，滚烫的血霎时充盈四肢，浑身都起了战栗。

车驾没停，后头的声音也没停，一浪又一浪，一直将她送出了怀渠镇。

长念红了眼，咬着嘴唇忍着没哭出来。

她没做错，就算给了人可乘之机，就算铤而走险、不顾全大局，可听着这些声音，她就知道，她没做错。只要没错，这条路就值得她义无反顾地走下去。

车外没有响动，叶将白也没说什么。长念深吸一口气，擦了擦脸，看向微微颤动的车帘。

京都会有什么在等着她呢？她大病初愈，精力有些不够，再加上这不该来的身孕，还要对付一个叶将白，委实有些勉强。

正想着，车一摇，长念眉头一皱就拉开帘子呕吐起来。

旁边的侍卫大惊，慌忙喊停车，四周的人都围了上来，有御医给她诊脉，长念想缩回手，却吐得昏天黑地，半点力气都没有。

完了，她想，被人查出怀有身孕，不更是火上浇油？

手腕被人捏了一阵便被松开了，刘御医的声音在离她很近的地方响起："陛下有些不适，这条路太陡峭，还是改辇吧。"

长念一愣。

有人拧了热帕子给她擦了脸，又递来清茶让她漱口，终于缓过神来的时候，长念就迎上刘御医和蔼的笑："陛下若实在觉得难受，这一路不如睡过去，反倒还轻松些。"

这是御医院医术最高明的御医，给她把过脉之后，竟说她只是有些不适？是当真没把出来，还是把出来了，只是怀着别的目的，所以不说？

长念心里焦虑更甚，张口又吐，吐得背弓起，整张脸都皱成了一团。

"你怎么回事？"叶将白黑着脸道，"怎么吐成这样？"

长念微恼："朕要是知道为什么吐成这样，朕还吐吗？"

气势汹汹的，像小奶猫伸出了爪子。

叶将白一噎，怒瞪她，刘御医拱手挡在前头道：“陛下身子太弱，心情不佳，若是烦闷不得纾解，这一路只会吐得更难受。还请国公消消气，去前头先行。”

“……”

叶将白很不明白，这个刘御医为什么跟防贼似的防着他？他稍大声点，这人就要来护着赵长念，是真觉得他会把人吃了还是怎么的？怎么看他也是为她好吧？不然吃饱了撑的跑来接她？

更烦人的是他身侧那个年轻人，跟只猎狗一样皱眉看着他，比刘御医对他的防备更甚。

叶将白气极反笑，朝他勾手：“借两步说话。”

扁齐戒备地看他一眼，望向刘御医，见他点了头，才跟着叶将白往前走了一段路。

“你是什么人？”叶将白问。

扁齐答：“怀渠镇上扁家药堂第一百三十七代传人。”

眼皮跳了跳，叶将白又问：“知道车里的是什么人？”

扁齐低头：“一开始没听清，以为他姓毕名下，后来知道了，他是皇帝。”

“那你知不知道我是谁？”

打量他两眼，扁齐觉得这人很可能是靠皮相当的官，嫌弃地摇头。

叶将白咬着牙微笑：“我是当朝辅国公，受陛下亲封的世袭一品大臣。我与陛下，比你与陛下亲近得多。”

“哦。”扁齐点头，朝他行了个礼。

“所以往后，我与陛下说话，你拦着刘御医些，别总往前凑，明白了？”

扁齐一顿，皱眉抬头看他，眼里的防备又出来了：“这个我做不到。”

“怎么？”叶将白皱眉，“你还想跟着刘御医以下犯上？容你们一两次是我脾气好，再有冒犯，等着你们的可就是牢狱之灾。”

“国公，您与陛下谁更懂规矩？”扁齐问。

规矩？那是什么东西？叶将白撇嘴，含糊地道：“陛下。”

“那陛下都没觉得我们是以下犯上，国公难道就要给我们定罪？”

叶将白这叫一个气啊，怎么她身边的人都跟她一样轴呢？他对付不了她，还连这些个人都对付不了了？

正摩拳擦掌地准备露出獠牙，面前这一直打量着他的人却突然道：“国公这样俊俏的人，若不这么凶就好了。”

叶将白微微一愣，好笑地指了指自己：“我凶？我不是一直笑着的？”

扁齐摇头：“凶在神，不在面，时常怄气会伤肝，肝伤着就会显在神色里。国公眼周微暗，肤色晦暗，想必经常生气，也怨不得陛下不待见您。”

民间的人就是这么不知天高地厚，叶将白冷笑：“你哪只眼睛看出她不待见我？”

“陛下一看见国公就会身子紧绷，想来国公经常让陛下觉得不适。”

还不适呢？叶将白眯眼：“但凡她有点脑子，都该知道我对她多好。”

扁齐纳闷地看他一眼：“就这一路，国公就吼了陛下两回了，这也叫好？”

“我吼她是因为……”叶将白想解释，看他一眼，又生生咽回去，兀自生闷气。

扁齐耸肩道：“反正我若待一个人好，绝不会对他恶言相向，知道他不舒服还凶他。”

“你懂什么。”叶将白斥他一声，眼珠子却心虚地乱转。

扁齐叹了口气，闷声道：“我怎么可能不知道，我有个未婚妻，是打小对她好着长大的，若不是被这一场疫情冲散了，我现在都该成亲了。”说着，他眼眶有点发红，小声嘀咕，“等我去了京都，有出息了，定要把她找回来。”

叶将白斜眼看他，觉得斗大个男人，站在这儿为个女人红眼眶，真是太没出息了。

他冷哼一声，扭头回到车驾边，赵长念已经吐完了，蔫蔫地靠在车辕上。他张嘴想说要赶路了，可心念一转，硬生生将话咽下去，改了个温柔的语气低声道：“舒坦些了吗？”

长念一顿，意外地抬头看他一眼，身子往里缩了缩：“舒……舒坦些了。”

这模样，活像是他把她欺负死了一样，可到底谁欺负谁啊？叶将白的火气又上来了，他捏着拳头深吸一口气，长长吐出来之后，又笑道：“时候不早了，若是舒坦些了，咱们就继续赶路吧。”

长念看他的眼神啊，那叫一个欲言又止、惊慌万分。

叶将白一开始还不太习惯，但脸上笑开了之后，倒是越发温柔了：“天黑之前回宫，还能去给太后请个安。

“这个垫子你靠着，腰后有个依靠，省力些。闻闻香囊，能减些恶心。要是不舒服，就再歇一会儿。”

“……”

仪驾队重新上路，长念抓着车帘战战兢兢地问旁边的刘御医：“大人给国公下药了？”

刘御医摇头，看向扁齐。扁齐耸肩道：“这不挺好的？”

要是旁人这么温柔，赵长念是觉得挺好的，可换成叶将白，她总觉得脊背发凉，尤其是在不知道他接下来会做什么的情况下。

怀渠离京都很近，就算长念一路吐，停停走走，傍晚的时候也进了城门。

只是，如她预料之中一样，进城之后，仪驾队规制收敛了不少，未曾有百官在宫门迎接，而是悄无声息地从西宫门回了宫。

长念捏紧了手，问了一句："北堂将军可归京了？"

黄宁忠皱眉低语："陛下，咱们离京已久，消息有些不太灵通。"

长念点头，心里有些沉重。

仪驾直接回了养心殿，长念刚进门，就见沐疏芳过来，神色凝重地朝她行礼，而后将她扶去内殿，低声道："陛下，形势有些不妙。"

"怎么？"

"您不在宫里的这段时间，国公与朝中百官来往甚为频繁，之前有些疏远的林茂等人都重新死忠于他。国公以往还有顾忌，如今却明目张胆地邀约重臣过府议事，拉帮结派。"

长念心里一沉，问："二皇兄呢？"

沐疏芳神色复杂地道："王爷他太过纯良，接手批阅奏折之事，却因着拿捏不准，多次请教国公。一来二去的，国公干脆就接管了御书房。王爷只在后宫陪着太后。"

长念抹了把脸。

她知道自家二哥不太聪明，可没想到这么傻啊！

"怀渠有好消息，国公替陛下大肆歌颂了一番，但说到底这只是一件博民心的事，臣心动荡，全靠国公安定，他势力太大，于皇室来说不妙。"

"北堂将军人呢？"

"将军已经回京，但一直病着，最近上朝都是北堂老将军亲自来。"提起这个人，沐疏芳神色微黯，"臣妾居于后宫，无法得知将军太多消息，陛下若是有空，便寻个由头去看看。"

"病着？"长念站了起来，"他从怀渠回来就一直病着？"

“……是。”

长念有种不好的预感，捏紧了拳头，转头想往外走，正好撞见进殿来的叶将白。

“陛下好生休息。”叶将白温和地道，“明日休朝。”

长念一惊，皱眉问：“为何休朝？”

“陛下刚从怀渠回来，太过劳累，要养几日身子。”

“那也不能休朝！”她急了，原本就脱离朝事已久，回来还休朝的话，大权更是旁落。

叶将白深吸一口气，微笑道：“这是为陛下龙体着想，还望陛下体谅。”说着，他扭头看向沐疏芳，“定国公府递了省亲折子，娘娘明日可以回一趟娘家。”

沐疏芳一愣，下意识地道：“你前几日不是不让本宫省亲？”

废话，她心思太多，放出去只会给他添乱。要不是看在赵长念的面子上，他还得关她半年。

叶将白扬起笑意，道：“知娘娘心忧，明日北堂府正好与定国公府有宴席。”

沐疏芳眼眸一亮，旋即又戒备地看着他：“你会有这么好心？”

“娘娘若是不想去，在下现在就替娘娘回绝。”

“本宫去！”沐疏芳瞪眼。

“那现在便请娘娘回宫去收拾东西，安排流程。”叶将白侧身作请。

第十六章 长安

沐疏芳咬牙，看看他，又看看长念，后者给了她一个安心的眼神，她颔首，提着裙摆便往外走。

大殿里安静下来，叶将白伸手将长念头上沉重的龙冠脱下，又给她拿来轻薄的寝衣换上。

她很是不习惯：“国公，这些事红提来就行。”

“别动。”叶将白伸手往她嘴里塞了一颗酸梅。

长念一含，酸得神清气爽，心情顿时好了不少，任由叶将白给她脱了外裳更了衣，再将她拎回龙榻上。

“就这样子，还敢去派粥？”他捏着她尚有些青紫的右手，皱眉。

长念含糊地道：“写字不行，派粥还不行了？这只手没怎么用力。”

“你想坐稳皇位，有的是途径，做什么非选最难的这一条？”他嫌弃。

长念哼笑：“朕愚笨，还请国公指条明路，何处还有途径？”

叶将白给她涂了药，又揉了揉，然后十分认真地抬手指了指自己：“收服我。”

“什么？”

“收服我，陛下可一劳永逸。”他狐眸半合，似笑非笑地看着她。

长念浑身起了战栗，摇头如拨浪鼓：“国公说笑了。”

“陛下是对自己没信心？”

“不，朕对国公没有信心。”她眯眼，“国公恃才傲物，不臣之心昭然若揭，不缺钱不缺权，也不缺女色，朕要以何才能收服国公？就算国公当真愿意被收服，朕也不敢信。”

叶将白垂眸，轻哼了一声，继续给她揉药。

一颗酸梅吃完，长念左右看了看，正想吐核，面前这人却伸出手来。

“做什么？”长念眨眼，“脏。”

“啰唆。”

小心翼翼“啵”的一声将核吐给他，长念小脸飞红，看着他若无其事地将核用手帕包了，又塞给她一颗新的，身心瞬间就放松了下来。

“御医说你吃的都吐了，待会儿含着酸梅有胃口了，再吃些垫肚子。”

“……国公。”

“说。”

长念咽了口唾沫，很是不习惯地道：“您还是老奸巨猾满脸算计比较正常，这样照顾我，我不太习惯。”

叶将白翻了个白眼：“我没照顾过你？”

“也照顾过，但是……现在你我好像不是一条船上的。”

叶将白冷哼一声，又塞给她一颗酸梅。

“还有那个……”

话没说完，他又塞一颗。长念眨眼，一张嘴他就塞，半个字都没能吐出来就被他塞得腮帮子鼓了起来。

叶将白冷眼瞧着，一个没忍住，侧头轻笑出声。

眼波潋滟如碧水横天，乍起的春色叫人眼前一晃。长念愣怔地看着他，恍然觉得自己在做梦。

可只那么一瞬，这人就收敛了笑意，清了清嗓子道：“好生休息。”

长念无辜地眨眼，看着他转身出去，总觉得这人不太对劲。

接下来两日，长念去给太后请了安，问候了自己的二皇兄，二皇兄满脸慈爱地对她道：“陛下放心，有辅国公在，什么事也没耽误。”

长念哭笑不得，没耽误是没耽误，可大权都被人夺去了啊皇兄！

二皇兄委实太纯良，长念也没法多说什么，受礼拜别后，便又回了养心殿。

“陛下。”红提忧心忡忡地道，“今日也没有任何大臣递折子求见。”

手一紧，又松开，长念低笑：“是不是很多人怪朕？”

“陛下多虑。”

长念摆摆手，叹了口气：“罢了，喝点补药去御花园散步吧。”

“是。”

她料到过会有这么一天，她穿着龙袍，却见不着文武百官，行走在花团锦簇的御花园里，身边只有宫女和太监。不过她不会认输，叶将白抢得走的东西，她也一定抢得回来。

只是，叶将白完全没有一个罪人应有的愧疚感，来看她的时候神色自若，甚至关上殿门后还将她抱起来放在膝盖上。

“似乎胖了些。”他笑。

长念一爪子拍开他捏着自己腰的手，微怒：“国公慎言。”

“怎么？胖了还不让说？”叶将白挑眉，左右打量她一圈，“不过气色倒是恢复得不错，再过两日可以上朝了。”

长念一愣，飞快地抓住他的衣襟：“当真？你肯让朕开朝了？”

叶将白被她勒得咳嗽两声，斜她一眼，含混不清地道：“上个朝也没什么大不了，只要陛下不乱说话。”

心里微沉，长念垂眸，泄气地收回手：“朕要说什么，还得你允准了才行？”

看她一脸戒备又气愤的模样，叶将白轻笑，端着腔道：“是啊，我还打算自封摄政王，垂帘听政，挟天子以令诸侯。”

长念没听出他话中的玩笑意味，小脸“唰”地白了，眼珠子转了转，发现没有太好的对策之后，整个人都耷拉了下来。

叶将白撑着下巴看着她：“想说点什么？”

长念哀怨地道：“你……朕不会让你得逞的！”

“还有呢？”

“定国公……还有冯大人他们一定会阻止你的奸计！”

“嗯，还有吗？”

长念心里难受，肚子也胀痛，看他还这样好整以暇地看她笑话，眼眶一红，抓着他的袖子哽咽地道：“你干什么非要抢皇位，你又不姓赵，国公当得好好的，要什么有什么，哪有你这样不知足的……”

看她说哭就哭，叶将白傻眼了，缓缓坐直身子，伸手捏着她的手臂：“我……也没有不知足。”

“没有不知足你还当摄政王！你没有皇位照样可以横行天下，朕没有皇位必定死无葬身之地，你分明都知道的，却还要跟朕抢！

朕肚子里不是你的孩子是不是？你的心是铁打的是不是？”长念“哇”地哭出声，什么也不管了，一边踢他一边咬他。

叶将白不敢动了，慌忙看向隔断外头的红提。红提一凛，装作什么也不知道，低头就往外退。

“哎，你……”

“你真要同朕抢也就罢了，抢个彻底不好吗？偏生一边抢，一边来对朕好，一副关心朕的模样。你这样，几个人受得住？我知道你手段高，但你不能全用在朕身上啊，你分点给别人不好吗？”

叶将白长叹一口气，拥住她：“分不了。”

“凭什么啊？”长念委屈死了，“你跟朕对付了一年多了，你换个人，去对付他行不行？”

“不行。”

长念不说话了，就这么抓着他的衣袖，眼泪“吧嗒吧嗒”地掉。

“当皇帝不可以哭鼻子的。”

“你管我！”长念拿着他的衣袖狠狠擤了一把鼻涕。

这要是别人，肯定已经被拖出去埋了，可看着她，叶将白惊奇地发现自己半点不生气，还觉得好笑，顺手把另一只袖子也递给她。

“你等着看吧。”她凶狠地道，“朕不会认输的，不管怎么样，朕都会成为一个很好的皇帝，名留青史的那种！千百年后人们提起朕，都会说朕是个明君，开创了一个难得的盛世！”

叶将白挑眉。

“不信是吧？等着瞧！”长念从他怀里跳下，气鼓鼓地走到书案边，以左手执笔，很是认真地写下四个字。

叶将白漫不经心地凑过去看，微微一怔。

国泰民安——这是她本该写在登基大典上的字，因着手伤，由他代笔了。就这么短短一个月，她竟能用左手写出这么工整漂亮的字。

叶将白微微皱眉，抓了她的手来，指腹一摩挲，果不其然，几根手指上都起了茧。

“什么时候练的？”

“你管我！”长念气愤地拿起宣纸，走去养心殿正殿，踩上桌子，呸了唾沫将宣纸贴在门楣上。

叶将白吓了个半死，黑着脸将人抱下来，怒斥：“干什么！”

“你看着。”长念指着那工工整整的四个字道，“朕要做给你看！”

气势汹汹的，把他看得气极反笑，长叹了一口气。

不知道是不是因为长念的反应太大，接下来几日叶将白都在养心殿守着她，一边看折子一边给她喂酸梅。

长念多次想联系冯静贤等人，可消息传出去都石沉大海，只听红提说，国公似乎在密谋什么，与群臣来往密切得很。

到了开朝这日，长念觉得自己终于有机会了，不承想，叶将白一大早就将她抱起来，更衣洗漱之后，一路抱去了朝堂。

“放朕下来，这成何体统！”长念怒道。

叶将白轻声问她：“朝中臣心乱，军心动，你摆得平？”

长念一顿，沉默。

叶将白又问：“我麾下的人不上朝，以我为尊，你改变得了？”

长念咬牙：“那也不要你抱着朕上朝！”

“如果陛下昨日睡觉腿没抽筋，眼下我也不想抱。”叶将白斜她一眼，看了看前头晨光里若隐若现的朝堂，脚步一顿，深吸一口气，大步走过去。

此时时辰尚早，朝堂四周除了御林军什么人也没有，空寂的大殿里黑漆漆的，只从雕花大窗里透来东边隐隐而出的光。长念满心忧虑，又挣脱不开这人的手，正赌气呢，突然就察觉他停了下来。

两人一起停在了龙椅前的玉阶之下。叶将白抬头看着龙椅上的雕龙，眼里隐隐有光。

长念心里一紧，抓紧了他的衣襟，满眼都是戒备。

叶将白回神，低头看看她，挑眉，抱着她往上掂了掂，抬脚踏上第一层玉阶："陛下可知，一开始您登基，我是如何想的？"

长念撇嘴："能如何想？就觉得我自不量力，这皇位你迟早能夺回去。"

叶将白摇摇头，道："我想的是，还不错，你的小命能保住了。"

长念一愣，抬头看他。

当时的局势，她同他争这位置，她坐上他能活，他坐上，她却因着是皇室血脉，必定被赶尽杀绝。所以其实，如果他真的不想她登基，她压根无法"乘虚而入"。

长念眨眼，再眨眼，怒气消了，心里突然有点发虚，别开眼不再看他。

"后来你开始处理政务，说实话，手段十分稚嫩，可以说是一根筋，把《帝王策》学了个通透，却压根不懂变通。若不是我替你收拾烂摊子，朝局必定更乱。"

"你怨我觊觎皇位，与你作对，却不知道我替你压住了多少造反之人。若我真有害你之心，下头那些人的暗杀行刺早就成功了，你哪里还有机会瞪我。"

长念哼哼两声，小声道："可没有你，他们也不会造反啊。"

"是，然而我谋大业在你之前，你后来居上，还要怪我一开始就不该造反？"叶将白轻笑，"哪有这么霸道的？我绸缪多年，天时、地利、人和占尽，废了三皇子、五皇子和太子，眼看着离这皇位只差一步。"

他在龙椅面前站定，深吸一口气，闭了闭眼，吐气的同时，轻轻将她放在龙椅上。

厚厚的软垫一看就是新加的，长念坐下来，有点茫然地抬头看他。

日出了，晨光从大雄宝殿的门口照进来，照得他身上银线绣的鹤袍闪闪发光，晶莹的冰种玉挂在他腰间，那双一向充满算计的狐眸睁开，映出她清秀的脸。

“你说过，要开创一个国泰民安的盛世给我看。”他勾唇，轻轻撩起衣袍，朝她半跪下去，抬头望进她眼里，“我信你，你可别骗我。”

长念：“……”

她浑身发颤，震惊地看着他，张嘴想说什么，都被眼前的画面吓得说不出来。

高高在上不可一世、不愿意向她称臣的叶将白，现在单膝跪在她面前，拿起旁边放着的官纱帽，放在了她手里。

那帽子很轻，样式很好看，一看就知道是挑剔的辅国公自己专门让人改的。

“你……”长念掐了自己一把，不敢置信地问，“你要朕给你戴这个？”

“不是日夜忧心，难以成眠，就因为怕我夺你皇位？”叶将白抬着下巴示意，“给我戴上这个，从此以后，皇位只归你一人，而我为臣，听君命，奉君事。”

这好比一个天大的馅饼，“哐当”一声掉下来砸了她个眼冒金星，长念很惊喜，可惊喜之余又觉得这太荒谬了。叶将白手握兵权，也与大臣来往密切，怎么会甘心为臣呢？就算他甘心，他麾下的人也不会善罢甘休才对。

将官帽翻来覆去看了两遍，长念觉得，这里面可能有机关，给他戴上就会射出箭来把她杀了的那种。

“胡思乱想什么？”叶将白眯眼，“再不戴，我可走了。”

“别……”长念慌忙拽住他的衣袖，站起身来，抖着手将官帽给他戴上。

叶将白闭眼低头，等她戴好才抬眼，挥袖拱手，喉结微动，哑声道：“微臣叶将白，拜见陛下。”

长念红了眼，跌坐回龙椅上，不知所措地看着他。

开朝了，文武百官都涌进了朝堂，叶将白退下玉阶，在她右手下第一个站着，同往常一样。只是，后头进来的官员都发现，今日的国公难得地戴上了官帽。

有人小声议论：“这是怎么了？国公怎么这副打扮？以往不都是常服？”

“是啊，陛下瞧着神色也不太对，是不是方才起争执了？”

细细碎碎的声音都没能唤回长念的神思，她呆愣地坐着，觉得自己回到了很久以前的八宝殿柜子里，四周一片漆黑，但外头有声音。

“开朝——”大太监甩着拂尘喊了一嗓子。

“吾皇，万岁万岁万万岁——”

群臣跪喊，长念却只听见了叶将白的声音。她一个激灵回神，四周黑暗退去，便看见下头百官叩拜，叶将白没像往常一样站着不动，而是拱手躬身，朝她深深鞠躬。

这人没有开玩笑，他真的对她称臣了。

为什么呢？为了她这个肚子，还是有别的什么阴谋？

群臣心里也震惊不已，但没人敢问。叶将白好整以暇地站着，可他这一拜导致的后果就是整个早朝君臣都语无伦次，上奏的官员说话都结巴，前言不搭后语，长念也听得心不在焉。

漫长的早朝过去，朝堂重新空了出来，长念顾不得别的，提起龙袍下了玉阶，拉着他的衣袖问：“国公想做什么？”

叶将白伸了个懒腰，看着外头灿烂的日头，很是轻松地道：“因为被陛下舍身为民的精神感动，觉得陛下会成为一代明君，所以想给陛下一个机会。”

长念怒道：“说实话！”

“好吧。”他转身看她，轻笑，“奸臣当腻了，想当个正儿八经的辅国公。”

长念还是瞪他。

“不好对付啊。”叶将白唏嘘，低头看着她鼓起的腮帮子，伸手戳了戳，满眼温柔地道，“因为心疼你了，行不行？”

“……”

堂堂一国之君，站在庄严肃穆的朝堂之上，却被辅国公调戏得脸上发红。

“微臣还要去一趟尚书省，陛下先回去用膳，等有空了，去御花园找微臣吧。”叶将白潇洒地挥袖，跨出了朝堂门槛，头也不回地走了。

一直站在旁边的冯静贤等他走远了，才敢上前，深深地朝长念拱手：“陛下，臣有事启奏。”

长念回头，眼神尚有些迷惘，就听得他道：“陛下离京，臣奉命监察朝中事务，见国公最近多有异动，便留了些心眼，不承想，国公所做之事，非臣所料。”

“他做什么了？”

“国公麾下七十二名四品以上文武官员，今日都上了朝。”

长念一愣，她震惊于叶将白的行礼，以至于忽略了朝堂上其余的异常。今日上朝的人的确比往常多，那些人不是一贯在国公府议事，不进大殿的吗？

“微臣有一事不解，想请陛下解惑。”冯静贤看了看四周的宫人，略微有点顾忌。

长念挥手让人都退下，大殿门缓缓合拢，长念皱眉问：“什么事？”

“殿下与国公……是不是有些别的纠葛？”

长念心里一跳，垂眸：“为什么这么问？”

“恕臣冒犯，臣冷眼旁观，觉得辅国公没有任何理由让自己麾下的人全数归心于帝，更不用替陛下歌功颂德，收拢人心。国公做的是违背自己利益之事，那微臣就只能往别处猜。”冯静贤满脸忧虑，压低声音问，“国公是不是有什么把柄在陛下手里？抑或是欠了陛下人情？”

问出口，他自己都摇头：“再大的人情，也换不来这样的局面。您走后第五日，朝中就有人蠢蠢欲动，结果国公半夜点了五百巡卫营将士，直接抄了那人的家，动作之大，惊醒了半个京都。那人还是靠着国公的，压根没想到国公会动手。”

“这一动，不少人想不明白，彻底背叛了国公，归于朝廷；想得通的，在半个月后，也跟着国公一起上朝了。以微臣拙见，国公似乎是想抛弃之前的所有绸缪，安心当一个人臣。”冯静贤的脸都有些扭曲，“他这样的势力，当一个人臣，微臣实在没想明白原因。”

脑子里光一闪，长念皱眉问：“他从多久以前开始有异动的？”

“从陛下离宫起，便是如此。”

她离宫是一个多月之前的事情了，一个多月以前，他难不成就起了臣服的心思？

冯静贤想不通为什么，她仔细想一想，却是能有些想法的，只是那些想法太过荒谬，她不敢认，却又没别的可认。

“接下来的局势，就轻松了很多。朝中四品文官换了一批，有北堂将军在，旁的武将也都老实，加上陛下这次在怀渠树立的威望、笼络的人心，重新稳固皇权的形势一片大好。”

长念深深地看他一眼：“以你之意，只要叶将白归顺，朕就可以高枕无忧了？”

“国公若当真愿意归顺，陛下不但可以高枕无忧，还如虎添翼。”冯静贤唏嘘，“朝中没有人不怕国公的手段，他顺于陛下，其余的人自然也就从陛下的意。”

“白捡了个大便宜？”长念喃喃。

“所以微臣才问，陛下手里是不是有国公什么把柄。”

伸手抹了把脸，长念摇头，转身往外走。

她手里没有叶将白的把柄，却隐约知道这人为什么这么做。只是，他为的这个原因太轻，轻得压根不像一个谋划了十几年想夺位的人。这让她有些无所适从。

出了朝堂，一路走向后宫，后头抬着龙辇的人追着她跑，四周好像也有人在不停地往下跪，长念都没注意，她提着龙袍，越过宫道，穿过回廊，走过月门，脑子里全是叶将白似笑非笑的模样。

他说，你收服我就好了。

他说，我信你。

他把她坐得摇摇欲坠的龙椅扶稳了，然后亲自抱着她坐了上去，还跟她说，吾皇万岁万万岁。

很久很久以前，长念恍惚间觉得他是喜欢过她的，可后来尔虞我诈，仇恨算计，将她那一丁点希冀掐灭了。她再没去想，再没去奢求什么。

但现在，他竟然把她不敢奢求的东西，双手捧到她面前，叫她看了个真切，再不能怀疑。

前头有人走得背影潇洒，长念轻喘着气，大步跑上去抓住他的衣袖。

叶将白一个踉跄，回头看见她，反手便将她扶住，斥道：“跑什么？”

一出口，又想起扁齐说的话，他硬生生将火气压下去，闷声道："没人抬辇还是怎么的，要陛下亲自跑成这样？"

长念抓住他的手，抬头看他。

叶将白一怔。

他有太久没看过她这样的表情，脸上带着欣喜和淡淡的红晕，一双清澈的眼藏尽了欢喜，没有戒备，也没有抵触，手指碰着他的手心，将他死死抓住。

"你……"心口一缩，叶将白抿唇，竟不知道为什么跟着脸上热了热。

两个人都有千言万语，这会儿傻愣愣地站在这里，却都像情窦初开的少年，一个脸红，一个脸更红，嘴张了半天，也没能吐出半个字。

"宫……宫里马上有午膳了。"过了许久，长念才硬着头皮开口，"国公要不要尝尝御厨的手艺？"

叶将白吐了口气，失笑："还以为陛下要说什么呢，午膳就不必了。"

他松手要走，谁知道竟松不开。

叶将白心里一跳，看向她。面前这人咬着唇，低声道："御厨手艺也不错的，做的四喜丸子很好吃，还有福禄大汤和千丝万缕，朕都尝过，也想让你尝尝。"

叶将白哭笑不得，还想再拒绝，背后却被人扔了块石头砸了一下。

他皱眉，回头看过去，就见前头站着的风停云直冲他翻白眼，张大了嘴给他做口型：快答应她！

为何啊？叶将白想不明白，风停云用嘴型也说不清楚，翻着白眼就过来笑道："陛下，微臣失礼，借国公一叙。"说罢，一把将人拉去前头。

"做什么？"叶将白很着恼，"这种时候，你就不能当作没看见，直接走掉？”

风停云没好气地道：“我走了，就凭你这脑子，你俩至少还得耗上半年。”

“什么意思？”

风停云双手叉腰，道：“文人表达心悦之意，说‘山有木兮木有枝’。武人表达心悦之意，说‘愿以热血护一世安康’。”

“那，咱们陛下是什么人？”叶将白皱眉。

风停云叹了口气：“陛下是个好吃的人，当她愿意把好吃的东西和你分享，那基本等于……”

话没说完，面前一阵风就掠了回去，风停云眨眼扭头，就见那傻子一脸淡定地回到赵长念面前，点头道：“正好午膳有空，陛下请。”

风停云觉得，人哪，这辈子该经历的事情都得经历，早晚而已。比如叶将白，前头二十多年，半分女色也不沾，谁都以为他薄情寡欲，甚至是个断袖。

没承想后头这一沾，竟重色轻了江山。

林茂那些个傻子，真当叶将白是算计了个龙种出来，不费一兵一卒就将这赵家江山收入囊中。只有风停云知道，叶将白那傻子分明是在用龙种顺理成章地招安，这人一开始就打好了算盘，宁可放弃自己的东西，也要保赵长念一命，让她安坐皇位。

他竟心甘情愿地让个女人坐皇位！

风停云很想给他两拳，可回头看看，这人站在长念跟前，眉眼间是他从未见过的少年意气和透眼的欢喜。风停云抿唇，长叹了一口气，轻轻笑了笑。

有心爱之人挺好，若是芜儿还在，他也愿意为她舍了这天下。叶将白做对了选择，还有机会，而他……

收回目光，风停云摇头转身，不再看那两人，抬步往前继续走，就听得风从后头吹来些声音：

“国公爱吃甜的还是咸的？”

“都可以”

“粽子也都可以？”

“嗯。”

风停云翻了个白眼，低骂：“没立场。”

新帝登基之后的第一个冬至节，国号改周为定，新帝祭祀于宗庙，辅国公臣于阶下，赵氏江山迎来了盛世之治。内乱渐平，朝中百官更替。外战将起，武将英杰辈出。新帝废极刑、减赋税，在极短的时间内实现了新政，在青史上留下了一抹亮色。

有人要问了，新帝是有什么本事，才能在根基未稳的时候就敢这般大刀阔斧地改革？

新帝穿着改松了的龙袍，乖巧地坐在龙椅上。

面前的辅国公问她：“江左巡抚进京述职的时候态度不好？”

长念摇头：“也还行，就是对减税不满。”

叶将白颔首，若无其事地给她理了理衣袍，将她送回养心殿休息。

两个时辰之后，正打算出京的江左巡抚感觉马车转了个方向，但他正在车里喝小酒呢，只当自己头晕，继续哼着小曲打着拍子。

结果马车停在了国公府侧门，辅国公亲自站在门口，笑吟吟地看着下车来的他。

江左巡抚：“……”

雪松嗑着瓜子看着那跪在亭子外头一动也不敢动的巡抚，问良策：“这是第几个了？”

良策吐了瓜子壳，掰了掰手指：“第十二个。”

朝中大事，但凡陛下想做的，国公必定为其开路，有阻碍或者冒犯陛下者，都被请来这亭子里喝茶。此举极大地安定了臣心，一开始还有人怀疑国公别有所谋，可后来众人都明白了，国公什么也不谋，就是谁忤逆陛下，他就收拾谁，而且收拾的手段极为隐蔽，朝堂上堂堂正正坐着的陛下半点也不知道。

越改越大的龙袍也无法完全盖住日渐变大的肚子，长念很发愁，叶将白却若无其事地道："反正也没人敢抬头看你。"

"那也不成啊。"长念苦着脸，"画师还说要给朕画像，难不成就画一张大着肚子的？"

"显得更威武。"

"我呸！"

长念怒，正想伸手掐他，却听得外头有人禀告："陛下，北堂将军求见。"

边关多战事，北堂缪自从回京就一直忙碌，病也总不见好，每次来见她都神色倦怠，不过今日倒是好，他换了一身新的盔甲，红衬白铁，英气十足，将病色也压了两分。

要是往常，北堂缪来，叶将白定会在赵长念身侧一步不动。可今日不知为何，他竟一句话没说就借口离开了，留了个空荡的大殿给这二人。

这么大方？长念很不习惯，看向北堂缪。

"微臣前来请旨。"他朝她拱手，"西门关战事吃紧，已经有城被破，臣请旨带兵，与父一道回去支援。"

长念一惊，连忙站了起来："兄长要离京？"

"是，已经与国公商议过，国公让微臣来请示陛下。"拳头放下，北堂缪抬头，"没有人比北堂家更了解西门关和关外的敌人，臣晚回去一日，边关百姓就多受苦一日。"

"可……可是北堂老将军刚刚受封……"

"陛下。"北堂缪抬眸，"我北堂家所受恩泽深厚，更该鞠躬尽瘁。”

他目光轻扫过她隆起的小腹，又垂眸，勾唇道：“更何况，朝中已经安定，陛下可高枕无忧，臣也放心了。”

长念挠挠头，下了龙椅来轻声问他：“兄长要走，与……与皇后说过吗？”

最近这两人见过两面，她还以为能有些进展呢。

“陛下说笑了。”北堂缪摇头，“皇后娘娘虽母仪天下，但毕竟是后宫之人，微臣乃前朝将领，行动只禀陛下，不禀中宫。”

“可是……”长念欲言又止，看了看他平静的表情，长叹一口气。

沐疏芳是个倔强的性子，她从不说自己的心事，但长念知道，她还是喜欢兄长，只是她有她的骄傲，也有她不能低头的理由。

这两个人好像没有叶将白说的那样好成事，身份的阻拦，加上兄长要走，两人想再见，怕是不知要到何年何月。

北堂缪请到了圣旨，又与她说了一会儿话，快要跨出门的时候，才顿了一下，道：“臣明日启程，不必告知其他人。”

连走也不愿意让她知道？长念叹了口气，无奈地点头。

冬日寒风凛冽，大军出征这日，长念只偷偷送北堂缪到了宫门口。站在宫城楼上，看着长龙托着旌旗远去，她眼眶有点发红，旁边却还有人吓唬她：“敢哭出来，以后有他的书信，我一并烧毁不上禀。”

长念一噎，扭头瞪他。

叶将白裹了裹她的狐毛小披风，低声道：“回去吧。”

“疏芳怎么办啊？”

“瞒着，反正她在深宫之中，也不一定能知道。”

姑且只能瞒一时是一时了。长念叹息，跟着叶将白回宫，完全没注意到宫城楼的另一侧，沐疏芳平静地站在那里。

旌旗飘扬，越走越远，她眼眶发红，脸上却没半点表情，只低声道："不是个能过日子的人，强求不来。"

说是这么说，回中宫后，沐疏芳到底还是大病一场。

长念与叶将白一路，问他："你最近在忙什么，总是不见人？"

叶将白没答，领着她回到了温暖的养心殿，递给她汤婆子抱着，才慢悠悠地道："帝王有帝王该做的事，臣子有臣子该做的事。"

"朕之所为，欲抚平天下，富万民。"长念骄傲地抬起下巴，"你忙着收红礼？"

"非也。"叶将白轻笑，将刑部一卷贪官定罪折放到她手里。

长念愣怔，低头翻看折子，喜色溢满瞳孔："你怎么做到的？这些人冯静贤说一直动不了。"

"臣有臣的手段。"

"你好厉害啊！"长念看着他，满眼崇拜。

叶将白很是受用地点头，然后趁着外头的太监不注意，俯身下来，轻轻在她脸上一吻。

"陛下也很厉害。"他狐眸含笑。

长念嗔怪，合了折子打他，叶将白一边扶着她一边躲，目光扫过养心殿隔断处的门楣。

上头曾经用纸乱糊的四个字，如今被裱好，方方正正地挂着。透过那字，仿佛还能看见当初她气鼓鼓又笃定的小模样。

"您方才是不是问，臣在忙什么？"

长念一愣，微恼："你又不肯答！"

叶将白轻笑，接住面前人打过来的拳头，放在自己心口："君之所为，欲抚平天下，富万民。臣之所为，收拾旧山河，朝天阙。"